글벗수필선 50 채찬석의 인물탐방기

사람의 발견

채 찬 석 글

도서출판 글벗

하나를 위하여 아홉을 버릴 용기

세상에는 많은 꽃들이 있다. 장미만 아름다운 게 아니고 백합만 우아한 게 아니다. 빛깔이 곱고 모양이 예쁜 꽃만 사랑받는 것도 아니다. 크기가 작아도, 모양이 괴이해도 세상의 모든 꽃들은 생명의 잉태나 유지에 꼭 필요한 존재들이다. 사람들은 각기 나름대로 자신에게 필요한 것들을 심사숙고하여 선택하며 살아간다. 누구나 자신이 선택한 길이 최선이라 판단하고 가는 길이다.

세상을 살아가는 길은 많고도 다양하다. 프랑스 생장(Saint-Jean)에서 산티아고 콤포스텔라(Santigo de Compostela) 대성당까지 800km의 순례길을 자전거로 달려보았다. 그 산티아고 가는 길에는 포장이 잘 된 고속도로도 있고, 일반 차도도 있다. 또 순례자가 걷는 길이 있는데 그 길은 주로 비포장 길이다. 어느 길로 가는 것이 가장 좋을까?

필자는 자전거로 포장된 차도를 주로 달렸지만, 상황에 따라 비포장의 순례길도 달렸다. 산티아고는 걸어가는 게 정석이라고 말해준 친구가 있고, 전기자전거로 가는 것이 능률적이라는 사람도 있다. 그러나, 어느 길이 가장 좋다고 말하기는 곤란하다. 각자의 목적과 여건, 취향과 관심이 다르고, 길마다 장단점이 있기 때문이다. 각자의 목적과 여건에 따라 선택할 문제이지 다른 길과 비교해서 좋은 길을 선택하는 게 아니다.

이 세상에는 가지고 싶은 것이 너무나 많다. 지위, 재산, 명예, 미모, 건강, 시간, 예술, 행복 등, 참으로 여러 가지다. 그런 것들을 되도록 많이 확보하기 위해 동분서주(東奔西走)하지만 원하는 것들을 다 가질 수는 없다. 가장 중요한 것이나 필요한 것만 선택해야 소유할 가능성이 높다. 일반적으로 성공한 사람이나 유명한 사람들은 어느 한 가지에 전력투구한 사람들이다.

그러나, 어떻게 살든 다른 이에게 피해를 주지 않고 최선을 다했다면 누구나 존중받을 자격과 권리가 있다. 각자가 자신에게 필요하거나 자기가 좋아하는 길을 선택하여 소신껏 걸어갔기 때문이다. 남들이 부러워할 만큼 소유한 재물도, 남들이 선망하던 지위도, 경탄이 튀어나오는 명승지의 관광도, 대부분 일시적인 것들이다. 떠날 때는 모두 남겨두고 가거나 자신이 끌어안고 가야 할 숙명을 지닌 존재가 인간이다.

다른 이가 보면 부러울 게 없으리라 여겨지는 사람도 가지지 못한 것이 있고, 아무것도 가진 게 없을 것처럼 보이는 사람도 소중한 걸 가지고 있는 것을 볼 수가 있다. 그래서 누군가 '하느님은 공평하다.'고 했는데, 그 말에 공감한다. 그렇지만 인류와 사회, 문화의 발전과 평화의 유지를 위해서는 누군가 감당해줘야 할 일이 있다. 그런 일에 자신의 이익이나 자신의 안위보다 누군가, 무엇인가를 위해 기여하려는 마음으로 사는 이가 있고, 또는 자아의 실현을 위해 묵묵히 실천하는 사람들이 있다. 그런 사람을 찾아보고 싶었고, 그런 사람의 삶을 세상에 알리고 싶었다. 그리하여 친구나 지인들에게 자아실현에 진력해온 분들을 문의하여 추천받았다. 또는 매스컴에 등장한 사람 중 필자가 관심이 가는 분을 찾아간 과정, 그리고 만난 인물들의 삶에 대해 간략히 쓴 탐방기다.

전국으로 자전거 여행을 다니며 자아실현에 진력하는 사람들을 만나기도 했고, 차를 타고 찾아가기도 했다. 1년 탐방, 1년 집필하면 이 탐방기를 펴낼 수 있으리라 여겼는데 무려 5년이 걸렸다. 취재하면서 책이 완성되면 보내드리겠다고 약속했는데 이 책이 나오기 전에 두 분이 세상을 떠났다. 출판이 너무 늦어져 취재에 응해 준 분들에게 송구스럽다. 사과의 말씀을 올린다. 그리고, 자아실현에 진력한 이 책의 주인공들에게 감사와 존경의 인사를 정중하게 올린다.

필자가 찾아가 만난 여러 사람 중에 이 책에 소개한 22명의 주인공들은 자신이 이루고자 하는 하나를 위하여 그 외의 아홉을 버릴 용기로 살아온 분들이 대부분이다. 그런 분들의 삶을 들여다보면 '세상을 어떻게 살아야 할 것인가?', '어떻게 살아야 잘 사는 것인가?'에 대한 답을 찾을 수 있을 것이다. '나는 무엇을 하고 살면 좋을까?' 하는 진로의 문제로 고민하는 청소년들에게도 참고가 되리라 여긴다.

이 책의 출판이 늦어진 점, 필력이 좋지 못하여 이 책에 등장하는 주인공들의 훌륭한 삶을 제대로 기술하지 못한 점에 대해 이 글의 주인공들과 독자에게 이해를 부탁드린다. 부족한 점이 많은 이 글을 읽어 주시는 분께도 감사의 인사를 올린다.

2023년 6월 글쓴이 채찬석 올림

‖ 차 례 ‖

■ 머리말
하나를 위하여 아홉을 버릴 용기 ················ 3

제1부 꿈의 실현을 위한 열정(熱情)
  1. **남명자** 식물생태 연구가 :
  식물생태 연구 30년의 여왕벌 블로거 ················ 10
  2. **신광순** 박물관장 :
  시비 정원과 종자박물관의 꿈 ················ 20
  3. **임봉덕** 조류연구가 :
  새의 관찰과 사랑에 빠진 40년 ················ 40
  4. **채바다** 해양탐험가 :
  떼배로 일본에 세 번이나 건너간 집념 ················ 54

제2부 사회를 위한 반사경(反射鏡)
  5. **김운기** 건축가 :
  국어 서적 수집의 30년 ················ 64
  6. **신근완** 색소포너 :
  평범한 삶에서 즐거움을 창조하는 연주자 ················ 74
  7. **유승룡** 초원장학회 설립자 :
  장학회의 운영과 이웃돕기에 바친 60년 ················ 88
  8. **장인순** 도서관장 :
  도서관을 운영하는 원자력 박사 ················ 104

제3부 예술 세계의 지향(志向)
  9. **김범수** 화가 :
  인물화와 회화 문화재 복원의 화가 ················ 126
  10. **김용택** 시인 :
  섬진강 시인과 진메마을 ················ 138

11. **김왕현** 조각가 :
자연적인 삶과 종교적인 신념을 이상화한 조각가 ……………… 148
12. **박남준** 시인 :
지리산 버들치 시인 …………………………………………… 158
13. **이외수** 소설가 :
기행과 파격의 인기 작가 …………………………………… 186

제4부 내가 좋아 가는 길
14. **덕산** 스님 :
산속 암자에서의 수행과 금강태극권 ……………………… 202
15. **송용현** 분재가 :
술과 골프도 잊게 한 소나무 분재 ………………………… 216
16. **이금석** 새한서점 대표 :
시대의 뒤안길, 국내 최대의 헌책방 ……………………… 232
17. **이안수** 모티프원 대표 :
글로벌 인생 학교, 모티프원 ………………………………… 240

제5부 스스로 쌓아 올린 자기세계(自己世界)
18. **김순란** 염색전문가 :
천연염색 공방을 운영하는 시인 …………………………… 256
19. **박기준** 전(前) 소대장 :
총격받아 중태에서 기사회생한 의인· ……………………… 264
20. **윤춘영** 가죽공예가 :
가죽공예의 예술가, 강진의 명인· …………………………… 280
21. **진영근** 전각가 :
특이한 이력의 전각 예술가 ………………………………… 290
22. **현봉래** 해녀 :
물질로 보낸 70년, 해녀의 노래 …………………………… 298

* 파트 별 게재 인물 순서는 가나다 순의 이름으로 배치함

제1부
꿈의 실현을 위한 열정(熱情)

남명자 식물생태연구가

식물생태 연구 30년의 여왕벌 블로거

식물생태연구가 남명자(2018.10.23. 안동시 온혜초 교장) 선생님

전국에 있는 식물의 사진과 특징을 무려 23,000여 건 이상이나 정리하여 블로그(현재 티스토리)에 올려놓고 공개한 남명자(전 온혜초 교장) 식물생태 연구가가 있다. 30년 동안 국내 야생 식물에 대한 탐사로 식물 관련 사진과 분류, 미기록종 발굴 등으로 국내의 대표적인 식물생태연구자로 공인받고 있다.

조선일보의 '꽃 이야기'를 연재하던 김민철 씨가 쓴 '야생화 고수들에게 한 수 배우며'란 기사(2018.3.15.)를 보았다. 그 글에 야생화 연구에 대한 남 선생님의 이야기가 나온다. "무슨 꽃인지 헷갈려 검색하다 보면 반드시 여왕벌 블로그에 가 닿는다."고 할 정도로 남 선생님은 2만 종 이상의 자료를 정리하여 공개하고 있다.

2019년 2월에 교장으로 정년퇴직하고, 국내의 식물과 야생화의 탐사를 계속하고 있다. 야생화 자료들을 도감으로 발간하기 위해 정리하고 있다. 아래의 티스토리에서 남 선생님이 정리해 놓은 식물의 자료를 살펴볼 수 있다.

https://qweenbee.tistory.com/#

I. 야생화의 연구 동기

학생들을 지도하고 학교를 경영하는 교장 선생님이 야생
화에 대해 그토록 많은 자료와 지식을 가지고 있다는 사실
이 놀라워 안동 온혜초등학교로 남명자 교장 선생님을 찾아
간 것은 2018년 10월 23일이었다. 전교생은 유치원생 3명
을 포함하여 18명인 소규모 학교다. 70년 전에 개교하여 학
교의 역사는 길지만 농촌 인구와 학생이 줄어 교직원 수가
학생 수보다 많은 학교다. 학생이 적어서 그런지 교정이 조
용하고 아늑했다.

안동 온혜초등학교 전경(2018.10.23.)

블로그 '여왕벌이 사는 집'을 운영하는 남 선생님은 지금
까지(2018년) 야생화를 촬영하여 분류한 자료를 1만 가지
이상이나 정리해 놓았다. 이렇게 많은 식물 자료를 정리하

게 될 줄을 처음에는 자신도 예상하지 못했다고 한다.

차 한 잔을 들며 필자의 질문에 차분하게 말씀해 주셨다. 교사 시절, 학교도서관에서 식물도감을 펼쳐 보다가 유년시절 들판에서 만나던 풀들의 이름이 실제와 다른 것들이 있음을 알고 야생화에 대해 본격적으로 공부하게 되었다. 식물을 주의 깊게 관찰하고 촬영하며 그 특징을 확인하고 또 새로운 사실을 발견하게 되면 그렇게 설레고 기쁠 수가 없었다. 그의 블로그, '여왕벌이 사는 집'에는 주변에서 흔하게 볼 수 있는 풀에서부터 희귀한 식물에 이르기까지, 식물에 대한 특징을 사진과 글로 정리하여 공개해 놓았다. 그렇게 식물을 직접 관찰하고 정리하다 보니 비슷한 식물의 야생화도 모양과 특징에 차이가 있는 것을 알게 되었다. 그리하여 그 다름과 차이를 비교하고 확인해 볼 수 있도록 많은 사진과 기록으로 정리해 놓은 것이다.

그렇게 식물을 관찰하고 사진을 촬영하며 정리하다가 식물 탐사와 연구에 30년이나 빠져들게 되었다. 그는 전국으로 탐사를 다니며 사진을 촬영하고 분류하여 특징을 정리하느라 많은 시간을 투자했다. 새로운 식물을 만나면 각종 도감이나 논문, 외국의 자료까지 찾아보면서 확인했다. 사진을 편집하고 내용을 정리하느라고 밤을 꼬박 새우는 일도 흔한 일이었다.

그는 학교에 재직하기 때문에 방학이나 휴일의 대부분을 야생화 탐사나 식물을 관찰하는 일로 보냈는데, 그 과정에 몇 차례 위험한 일도 있었다. 자동차 사고로 차를 폐차시키기도 했고, 인적 없는 곳을 탐사하다가 사람에게 쫓기듯 도

망치기도 했다. 강변 암반을 밟으며 식생을 살피다가 발목 뼈에 금이 가는 부상을 입은 적도 있다. 다리에 깁스를 하여 목발을 짚으면서도 강원도의 험한 산과 고개를 넘으며 탐사를 다녔다. 그가 식물 탐사에 대한 열정이 얼마나 깊었는가를 추측할 수 있는 일화다.

그가 담임하던 학급의 이름이 꿀벌반이었을 때가 있었다. 그때에 학생들과 교직원들이 여왕벌이라 불렀는데 그게 계기가 되어 지금도 닉네임으로 쓰고 있다. 여왕벌이란 닉네임으로 야생화 블로그를 운영하다 보니 대외적으로는 실제의 이름보다 그 이름이 더 유명해졌다. 그의 블로그(2023년 현재 다음 티스토리)에는 야생초와 수목류의 사진이 무려 2만 장 이상이나 수록, 분류되어 있다. 꽃 이름, 촬영 날짜, 특징을 간략히 기록해 놓고 누구라도 참고할 수 있도록 그 자료들을 공개하고 있다.

2. 교장에서 식물생태연구가로 인생 2막의 전개

그는 교장으로 재직하다 2019년 2월 정년퇴직했다. 그는 식물학 분야에서 비전공자임에도 불구하고 수준 높은 식물생태연구가로 공인받고 있다.

그의 블로그에는 야생화 애호가들뿐만 아니라 식물학 전공 학부생과 학자들까지 방문하여 자료를 열람하고 있다. 탐사 현장에서 처음 만나는 사람들이나 학회 행사에서 만난 전공자들도 알아보고 인사한다. 남 선생님 블로그에서 많이 배우고 도움을 받는다며 고맙다는 것이다. 그런 말을 들으면 고생하며 찾아다니고 밤새워 정리한 보람을 느낀다.

그는 2023년에도 국립생물자원관의 외부 연구원으로, 식약처, 국립수목원 등 정부기관에서 주관하여 추진하는 각종 프로젝트에 11년째 참여하고 있다. 정부기관에서도 그의 식물에 대한 지식을 인정하고 협조를 구하는 것이다. 그리하여 우리나라에 자생하는 생물자원의 식생에 관한 조사, 식물의 DNA 정리를 위한 시료의 채집, 등의 각종 프로젝트를 수행하고 있다. 2023년에는 호남권생물자원관에서 섬과 연안 생물자원의 조사발굴로 국가생물주권 확립을 위한 연구원으로 위촉받아 활동하고 있다

그런 탐사 과정에서 그는 새로운 식물인 신종, 국내 미기록종을 발굴하는데 기여하였다. '사막갓'(*Coincya tournefortii*) 등 국내 미기록종 5가지와 '다도해산들깨'(*Mosla dadoensis* K. K. Jeong, M. J. Nam & H. J. Choi) 를 포함한 신종 2가지를 발견하여 외국의 권위 있는 식물학회지와 한국의 식물 관련 학회지에 발표, 그 논문의 공동 저자로 등재되었다. 2종의 신종 학명에는 '남명자'란 이름에서 이니셜 'M. J. Nam'이 명명자로 올려져 있다. '호랑이는 죽어서 가죽을 남기고, 사람은 죽어서 이름을 남긴다' 란 말이 있는데 그는 명예로운 이름을 남기게 되었다.

2020년 5월에는 가거도의 특별한 식물생태에 대해 취재하는 목포 MBC 기자와 함께 가거도의 식생을 조사하러 2박 3일 동안 다녀왔다. 그 내용은 TV 방송 MBC 프로그램 전국시대에 '한국의 갈라파고스섬, 가거도를 가다'로 방영되었다. 남 선생은 이 섬에 2년 전에도 다녀온 적이 있지만,

이번 방송 제작에 참여하면서 가거도의 식물들을 더 자세히 살펴볼 수 있었다. 가거도에만 자생하는 희귀식물과 남부지역의 식물에 대하여 관찰하고 설명하는 모습을 보고 그의 전문성이나 열정을 엿볼 수 있었다. 그런데, 방송 시간이 짧아 가거도에 자생하는 식물의 일부만 소개해 그는 매우 아쉬웠다고 했다.

식물 관련 협회나 기관의 요청에 의한 강연 의뢰를 받아 전국으로 강의를 다니고 있다. 국립공원연구원워크숍(2020.10.), 전북숲해설전문가협회생태교육(2021.7.), 인천녹색연합숲해설가 심화교육(2020년,8.), 여수숲해설가협회(2022.11.) 등에서 자연과 공존의 이유와 생태교육의 중요성, 30년 동안 본인이 축적한 식물에 대한 지식을 전달하며 많은 갈채를 받았다.

mbc TV방송 전국시대 방송 장면(2020. 5. 28.)

전북숲해설전문가협회 생태교육(2022. 7. 25.)에서의 특강 장면

2023년 2월 2일에는 한국식물분류학회에서 개최한 학술 발표대회에서 '식물을 만나기까지 30년'이란 제목으로 자신이 식물을 살피게 된 계기, 식물을 찾아다니면서 어떻게 바라보고 정리하였는가에 대한 내용을 발표했다. 식물분류학회 일반회원 자격으로 식물학을 전공하는 학부생들에게 현장을 발로 뛰어 식물을 탐사하는 점도 중요하다는 메시지를 전하였다. 그의 발표가 식물학 전공 학부생들에게 자극이 되었을 거라는 식물학자들의 강평과 찬사도 들었다.

정년퇴직했기 때문에 현직에 있을 때보다 더 자유로운 탐사 활동을 할 수 있어 기쁘다는 그는 식물을 탐사하느라 퇴직 후 4년 동안에 이동한 거리가 무려 18만km나 된다.

한국식물분류학회에서 '식물을 만나기까지 30년'의 발표(2023. 2. 2.) 장면

3. 식물도감 출판의 준비

그는 야생화와 국내 식물들의 관찰기록, 사진, 분류하여 정리해 놓은 자료가 많아 책으로 엮어내기 위해 몇 년째 정리하고 있다. 사진의 양이 많아 제작비가 많이 들기 때문에 출판사에서 신중하게 검토하느라 출판이 계획보다 늦어지고 있다. 또, 새로운 연구 결과로 기존의 내용이 바뀌는 일이 있기 때문에 수시로 확인·검토한 후 수정해야 한다. 방대한 식물 자료를 도감으로 만들기란 정말 어려운 일이다.

그는 지금도 국립생물자원관이나 정부의 식물 연구기관에서 외부 연구원으로 참여하여 식물의 식생에 관한 조사를 하고 시료도 채집하고 있다. 그래서 자신이 하고 싶던 연구와 탐사 활동에 더 깊이 빠져 있다.

부자가 되는 것도 아니고, 출세하는 일도 아니며, 영광을 누리는 것도 아니지만 자신의 생애에서 무언가 의미 있는 일을 하기 위해 땀을 바치는 것, 그것이 자아실현이요 꿈의 실현이다. 그런 사람들에 의해 이 세상은 조금씩 발전해 갈 것이고, 인류의 역사와 문화도 전진할 것이다.

그는 자신의 블로그 홈에 이렇게 자신을 소개하고 있다.

"시골에서 자라고 시골에서 살고 있습니다. 길바닥에 풀꽃만 보이면 주저앉기를 마다하지 않는 자유로운 영혼의 소유자. 학교 근무를 마치고 은퇴 후 고향 안동에서 거주하며 산과 들로 식물 탐사 나가는 것을 낙으로 삼고 있습니다."

수수하고 겸손한 자기소개다. 퇴직 후의 시간을 오롯이 자신만의 시간으로 가질 수 있어서 즐겁다는 그는 주로 혼자서 꽃과 식물을 찾아다니고 있다. 그리하여 가정이나 가족에 얽매이지 않고 꽃과 식물의 사랑에 깊게 빠질 수 있었다. 하나의 일에 빠진다는 건 어쩌면 고독을 선택하는 일인지도 모른다. 남 선생님의 진지한 표정의 얼굴이 옹달샘에 비친 하늘처럼 깊고 고적(孤寂)해 보인다.

신광순 박물관장

시비 정원과 종자박물관의 꿈

'종자와 시인 박물관' 전경(키가 큰 우측의 노란꽃은 양미역취꽃)

30년 전, 시비 공원을 만들고 싶다고 꿈을 말한 시인이 있었다. 그는 당시에 종묘상의 직원으로 일하며 <기호문학>이란 문학지를 발간하던 신광순 시인이었다. 그 꿈이 특별한 꿈이어서 필자는 잊지 않고 살았다. 그런데 30년 세월이 흐른 어느 날, 연천에 시비 정원을 만든 이가 있다는 말을 들었다. 알아보니 바로 신 시인이었다. 40년 전에 사놓은 땅에 2017년에 종자박물관을 만들고, 2018년부터 시비를 50기나 세웠다. 본관 2층 건물, 그 외 건물 3개동과 정원에 정원수와 꽃을 심어 아름다운 동산을 만들어 2019년 10월에 경기도에서 박물관 등록 인가를 받았다.

시가(時價) 수십억의 토지와 박물관, 정원석, 조형물 등 40년 동안 만들어 놓은 개인 박물관을 경기도의 재단법인체로 등록, 국가의 소유로 만들었다. 지금도 여전히 박물관을 거의 사비(私備)로 운영하면서 2021년 '한탄강문학상'도 제정, 공모하여 2회째 시상하였고 매년 계속할 예정이다.

I. 꿈의 실현을 위한 집념

신광순 관장

사람들은 누구나 꿈을 꾼다. 청소년 기나 청년기에 꿈을 꾸지 않은 이는 없다. 돈을 많이 벌어 좋은 집에서 안락하게 살아야지, 높은 자리에 올라 위세 있게 살아야지, 큰 업적을 남겨 사람들의 존중을 받으며 명예롭게 살아야지, 사회를 위해 기여해야지, 자아실현을 이루어야지 하는 꿈을 꾸지만, 그 소망대로 꿈을 이루는 사람은 소수다. 꿈을 이루려면 근면함과 지속성, 슬기로움과 우직함, 강인함과 꿋꿋함 등 여러 가지의 능력과 강인한 실천력을 갖추어야 하고, 심지어는 행운까지 따라주어야 가능하다. 그래서 누구나 꿈꾸지만 이루기는 쉽지 않다.

신 관장은 박물관 본관 2층과 그 외 건물 3개 동을 짓고 약 9,000평의 땅에 30년 전부터 나무를 심고 가꾸며 시비 정원과 종자박물관 건립의 꿈을 이루었다. 너무 무리하게 일하느라 손가락이 퇴행성관절염에 걸려 ㄱ자로 굽고 발목이 휘었다. 일하다가 여러 번 부상당하기도 했다. 그 꿈을 이루는 데에는 말로는 다 못 할 어려움이 많았다. 건강에 이상이 생기기도 하고, 자금이 있어야 하며, 40년 동안 변함없는 초지일관의 항심(恒心)을 지켜야 했다. 그 외에도 박물관과 시비 정원을 만들 때 생기는 여러 가지 복잡한 문제들을 해결해야 하는 고충도 많았다. 또, 아내의 협조와 어머니와 자식들의 동의도 필요했으며 군청, 도청, 마을의 협조도 필요했다.

'종자와 시인 박물관' 앞뒤 뜰에 있는 시비 정원(50기 건립)

어쩌면 그렇게 꿈을 이룰 수 있었던 것은 어떤 행운이 있을 수도 있다. 그러나 필자가 판단하기에는 일관된 신념과 굳은 의지를 갖추었기에 가능했다. 무엇보다 중요한 것은 꿈을 이루기 위한 신념과 어려움을 극복할 강인한 의지다. 거기에 재원이 뒷받침되어야 하는데 종자와 관수의 사업1) 에 성공했기 때문에 자금의 조달이 원활할 수 있었다. 또, 타고난 재능과 부지런한 근면성이 갖추어졌기에 가능했다. 물론 보통 사람들이 추구하는 돈벌이나 출세, 지위나 명예에만 매달리지 않고 꿈의 실현에 매진할 수 있었던 열정과 의지가 가장 중요한 열쇠였음은 두말할 나위가 없다.

---

1) 주식회사 신농

ㄹ. '종자와 시인 박물관'의 설립 목적과 개요

그는 '종자와 시인 박물관' 홈페이지의 인사말에 다음과 같이 박물관을 소개하였다.

종자박물관에 전시된 종자들

"한 민족의 흥망성쇠는 식물 종자와 사람의 가슴속에 심어진 문화의 씨앗이 좌우함을 깨닫고 미력하나마 후세에 교육의 지표가 되길 바라는 마음에서 시작되었습니다. 식물자원인 종자와 야생 잡초의 씨앗까지 수집하여 표본으로 만들어 전시했습니다. 우리에게 정신적인 씨앗을 남긴 문학 관련 서적과 우리의 조상과 부모 형제, 우리가 배워온 교과서와 말이 씨가 된 글귀로 쓰인 시비가 세워져 있는 곳입니다."

그는 이 박물관의 설립 목적을 다음과 같이 정리해 놓았다. "희귀본 씨앗 및 다양한 종자 표본들과 고서, 사전 그리고 옛날 교과서 및 전국 문인들의 저서들을 지속적으로 수집하여 체계적으로 관리, 보존, 전시하고 심층적으로 연구하여 학술 및 교육 자료로 활용, 제공하고 나아가 다양한 교육, 체험 프로그램으로 개발하고 운영하여 생활 문화예술 발전과 활성화에 공헌하고자 한다."

이 박물관은 건축 부지 3,161㎡에 건축 연 면적은 469.88㎡다. 여기에 본관 지상 2층, 별관 지상 2층, 전시실은 종자전시실(165㎡)과 시인전시실(165㎡)이 있으며, 부대시설로는 관장실, 학예사실, 복합커뮤니티관인 교육관, 숙소, 수장고, 창고, 관리실, 주차장이 있다. 종자전시실에는 1,500여 점의 씨앗 표본이 있고, 시인 자료 전시실에는 수천 권의 시집과 문집이 게시되어 있는데 2만 점의 자료를 보유하고 있다.

그리고 이 박물관의 정원이라고 할 수 있는 시비 정원에는 정호승, 이해인, 도종환의 시비를 비롯하여 국내 시인들의 시비 50여 기가 계단식 화단에 세워져 있다. 그는 시의 내용을 고려하여 시마다 각기 다르게 시비를 도안하여 개성을 살려 세웠다. 이 시비 정원의 시비들은 손가락을 펼친 듯이 방사형(放射形)으로 배치해 놓았다. 아직도 여유 공간이 많아 연차적으로 계속 시비를 건립할 예정이다.

전시관과 북카페의 곳곳에 명구(名句)들이 게시되어 있다. 그는 갑자기 떠오른 생각이나 대화 중에 좋은 말들을 메모하기 위해 항상 펜과 메모지를 가지고 다닌다. 그런 습관으로 어머니의 말씀을 메모하여 엮은 책이 『불효자』다. 그는 생명의 씨앗이 종자이고 말의 씨앗이 시(詩)라는 지론을 갖고 있다.

박물관의 시인 전시실

3. 신광순 관장의 성장기

그는 이 박물관을 세운 자신의 고향, 연천읍 고문리에서 5남매의 장남으로 태어났다. 초등학교를 마쳤으나 가정 형편상 중학교에 진학하지 못하고 취업하기 위해 안양시로 출가했다. 안양에는 공장이 많아 취업이 될 거라 믿고 갔으나 공장에 들어가는 것도 아무 때나 가능한 게 아니었다. 할수 없이 여름에는 아이스께끼 통을 메고 장사를 하느라 자루를 가지고 다니며 빈 병, 시멘트 포대 등을 받았다. 겨울에는 고물을 줍기도 하고, 위험을 무릅쓰고 불발탄 터뜨린 곳에 들어가 고철을 주워 배낭에 메고 고물상에 갖다 팔았다.
플라스틱 저금통을 자전거에 싣고 천안까지 다니며 문구점에 배달했다. 저금통을 자전거에 싣고 가다 넘어지는 일이 흔했다. 어느 날에는 개천가에서 넘어졌는데 저금통이

물에 빠져 떠내려갔다. 정신없이 둑길을 달려 물이 좁게 흐르는 곳으로 뛰어가 저금통을 건져내 닦고 말려서 배달했다. 그렇게 심하게 고생한 날, 아버지 산소에 가서 담뱃불을 붙여 향불처럼 피워놓고 "왜 나를 낳아 이렇게 고생시켰어요." 하고 아버지를 원망한 적도 있다.

아이스께끼 장사를 하는 데에도 뒷배경이 없는 자신은 시내 중심가에선 할 수 없었다. 장사가 잘되는 곳은 힘이 있는 사람들이 차지하여 자신은 도시에서 먼 시골로 다니며 빈 병, 비료 포대 등, 짐이 되는 것들만 많이 가져오느라 돈벌이가 신통치 않았다. 그래서 조직의 비호를 받기 위해 조직의 힘도 빌렸다. 능력을 인정받아 매일 수금하는 중요한 일을 맡게 되었다. 그런데, 자신의 천성과는 맞지 않고 공부하기 위해 조직에서 벗어나려 하니 조직원이 팔을 담뱃불로 지지고 흉기로 가슴을 그어 지금도 그 흉터가 남아 있다. 조직에서 이탈할 때는 더 큰 보복을 당할 수도 있는데, '어차피 저놈은 이런 데에서 굴러먹을 놈이 아니야. 나간 후 우리 조직에 피해 주는 일을 생각지 못할 만큼만 맛을 보여주겠다.' 며 그 정도로 하고 놔준 것은 특별히 봐준 것이란다.

금성 태평방직 공장에 들어가 얼마 안 되었을 때, 반장이 브라운 원단을 가져오라 하여 갖다주고 뺨을 맞는 수모를 당했다. 브라운 원단을 가져오라 했는데 블랙 원단을 갖다주어 뺨을 맞은 것이다. 그날 밤 동료에게 브라운, 블랙 등, 색상의 단어를 영어로 써 달라고 사정하여 밤새 외우고 출근했다. 그리고 영어 알파벳을 적어 달라고 하여 3일 만에 대문자와 소문자를 익혔다.

그해 3월에 검정고시 공부를 시작했다. 영어 단어를 외우기 위해 팔뚝과 정강이에 20개씩 써서 갖고 출근하여 수시로 화장실에 가서 외웠다. 반장이 "너는 웬 화장실을 그렇게 자주 가서 그리 오래 있다 오느냐."고 야단을 맞은 게 한두 번이 아니다. 그래서 설사병이 있어서 그렇다고 둘러댔다. 수학 공식은 연상법으로 달달 외웠다. 그리하여 1년 만에 고검, 대검을 모두 통과했다. 그렇게 공원으로 일하며 검정고시로 고졸 학력을 인정받고 서울의 유명 대학 법학과에 진학했다.

넝마주이에서부터 배달, 공원 등 사회의 밑바탕에 해당되는 일로 세월을 보냈지만, 돈을 짭짤하게 벌어 본 일도 있다. 공장에서 일해 본 경험으로 공장에서 나오는 원단 자투리로 스카프를 만들어 팔았다. 마진도 좋은데 아주 잘 팔렸다. 여러 가지 하던 일 중 그 수입이 괜찮았다. 돈을 버는 데에는 아이디어가 중요하다는 걸 알게 된 계기였다.

4. 반려자와의 만남

그는 타고난 학구적 성향으로 무언가 배우고 싶어 갈망했다. 성당에 다니면 교인들에게 배울 게 많을 것 같아 가까운 성당에 찾아갔다. 그러나 순순히 받아주지 않았다. 성당에 다니려면 성경 관련 문답에 통과해야 한다고 하여 몇 차례 문답을 받게 되었다. 어느 아가씨가 문답을 담당하였는데 몇 차례 응답하다 보니 그 아가씨와 가까워졌다. 그래서 교제하게 되었는데 처가에서 결혼을 반대했다. 결혼이 성사

되기까지는 여러 우여곡절이 있었다.

한번은 그 아가씨가 부모님을 뵙겠다고 고향, 연천으로 찾아왔다. 버스에서 내려 걸어오면 길이 포장이 안 돼 구두가 손상되거나 진흙 길에 더러워지기 때문에 고무신을 품에 끼고 마중을 나갔다. 예상대로 아가씨는 구두를 신고 왔다. 고무신으로 바꾸어 신기고 구두를 들고 마을에 들어와 다시 구두를 신도록 했다. 그 아가씨에게 그렇게 정성을 기울이고 간절하게 구혼하여 결혼에 성공했다. 그때는 장인 될 분이 결혼을 가장 반대했으나 결혼하여 생활이 나아지니 소중히 간직하던 고서를 자신에게 물려줄 정도로 신뢰해 주었다.

한 생애 살면서 아내에게 고마운 점이 많지만 결혼 초기에 감동한 일이 있다. 사우디로 일하러 가 3년 반 만에 돌아왔는데 아내가 월급을 한 푼도 안 쓰고 모두 모아두었다. 아내는 생활비를 줄이기 위해 안양시에서 어머니가 사는 이 시골 마을로 와서 아이들을 데리고 어머니와 생활했다. 그 당시, 열사(熱砂)의 나라 사우디에서 고생하여 번 돈을 남편이 보내주니 춤바람이 난 아내가 가출하거나 가정이 망가져 사회문제가 되기도 했던 시기였다.

5. 시(詩)에 대한 사랑과 문학에 대한 투자

대학은 법학과를 다녔지만, 문학에 관심과 재능이 있어 시를 쓰게 되었다. 시를 쓰며 몇 년간 문학 무크지인 《기호문학》을 발간했다. 그 시기에 고향 땅에 시비 정원을 만들겠다는 꿈을 가지게 되었다. 그 시절에 필자가 신 관장님을 만나게 되었다. 그가 종묘상의 직원으로 일할 때인데, 필자가 근무하는 학교에 종묘상의 사장이 매년 장학금을 기부했다. 그때 그가 장학금 전달을 위해 필자의 학교에 왔다. 필자는 장학금 담당 업무를 맡았기에 그를 알게 되었다. 필자가 수필집을 발간했을 때여서 그에게 책을 한 권 드렸고, 그도 자신이 발간하는 ≪기호문학≫지를 주면서, 언젠가 고향에 시비 정원을 만들고 싶다는 꿈을 말했다.

그런데 세월은 덧없이 30년이 훌쩍 흘러갔는데, 연천에 시비 정원을 만든 이가 있다는 소식을 교직 후배가 알려주었다. 귀가 번쩍 뜨여 그 이름을 확인해보니 바로 신광순 시인이었다. '아! 꿈같던 꿈을 정말로 이루었구나!' 싶어 가슴이 뭉클했다. 그때 종묘상의 직원이 그 꿈을 이루기에는 정말 꿈같은 일이라서 '좋은 꿈이지만 그저 젊은 날의 이상(理想)이겠지'라고 여겼는데 그 꿈을 현실로 이루었다니, 어서 빨리 그 시비 정원에 가보고 싶었다. 그 아득한 꿈 이야기를 들은 지 30년이 지났지만 너무나 반가워서, 신 시인에게 시비 정원 건립을 축하한다며 필자의 이름을 말하니 고맙게도 신 시인도 30년 전에 만났던 필자를 기억하고 있었다. 박물관에 찾아갔더니 시인 전시관에 필자가 30년 전에 드렸던 졸저, 『꿈을 위한 서곡』과 또 한 권이 전시되어 있었다.

시비는 '시인과 종자박물관'에서 위촉한 운영위원들에게 시를 추천받아 회의를 거쳐 선정, 2021년까지 50기를 건립해 놓았다. 시의 내용을 고려하여 시비의 모양을 디자인하여 제작, 이 박물관 동산에 세워 놓은 것이다. 그래서 시비의 모양이 각기 다른 디자인으로 다양하게 만들어졌다. 신 관장의 시도 있고, 유명 시인의 시도 있으나 주로 운영위원들의 추천에 의해 건립하였다.

그는 젊은 날, 시집 『코스모스를 위하여』를 발간했는데 그 시집으로 유달영 교수가 제정한 제8회 '흙의 문학상'을 구상 시인의 심사로 수상하였다. 그 당시 월세를 살다가 그 상금 300만 원이 마중물이 되어 전셋집을 마련할 수 있었다. 그 고마움을 잊지 않고자 2021년에 '한탄강 문학상'을 제정하여 운영하고 있다. 1회 때는 주제와 소재의 제한 없이 시를 공모하여 응모자가 무척 많았다. '한탄강 문학상'이 권위 있는 상이 되길 바라는 마음으로 공정한 심사가 되도록 최종 심사위원으로 명망 있는 작가를 위촉했다. 그리하여 2021년 11월, 당선자를 뽑아 대상 당선자에게 500만 원, 그 외 우수작의 작가 8명에게도 상금에 차등을 두어 수여했다.

그리고 2022년 제2회 때는 '한탄강문학상'의 특성화를 위해 응모작의 소재나 주제를 제한하여 공모했다. 문학상의 이름은 박물관이 한탄강 옆이어서 강의 이름, '한탄강'을 차용했다. 소재는 연천군 내의 명소, 주제는 분단의 비극, 분단의 극복, 평화의 추구로 제한했다. 또 3·8도선 부근에 있고, 이 상을 제정한 신광순 관장의 고향이면서 6·25 전쟁의 피해가 극심했던 곳이어서 분단의 비극이나 분단의 극복, 또는 평화 추구의 주제로 제한했다.

그의 삼촌이나 고모가 모두 9명이었는데 한국전쟁 때 7명이 별세했고, 1명은 전쟁 후유증으로 일찍 돌아가셨다. 관장의 선친만 살아남았는데, 선친은 전쟁으로 형제자매를 모두 잃어 극심한 비관으로 술에 의지하여 살다가 생애를 마쳤다. 그런 배경에 의해 '한탄강문학상'은 우리나라의 염원인 평화 통일과 관련지었다. 이번 2회 '한탄강문학상'도 1회 때와 같이 시와 시조를 공모하였고, 1회와 동일하게 수상자를 선정, 시상하였다.

제2회 한탄강문학상 시상식, 수상자와 운영위원 (뒷줄 중앙이 신광순 관장)

6. 시와 종자, 사람을 사랑하는 시인

"농부는 흙에 씨를 뿌리고, 시인은 사람의 가슴에 씨를 뿌리는 사람이다."라는 지론을 가지고 있는 관장은 종자 개발에 뛰어들어 회사를 만들었고, 회사는 번창했다. 지금은 3개 회사로 확장하여 운영하고 있는데, 그동안 영농 자재를 창안, 개발하여 등록한 특허가 무려 120개나 된다. 관수(灌水)에 관한 그의 저서는 대학 교재로 채택되기도 했고, 북한에 채종학의 농업 기술을 전해주기 위해 강의하러 다녀오기도 했다. 그렇게 연구하고 기술을 개발하여 세계 여러 나라에 수출하고 로얄티를 받고 있다. 종자와 관수 관련 산업은 국내에서 굴지의 회사가 되었다.

시비 동산과 종자박물관을 만든 것 외에도 그의 장점은 여러 가지가 있다. 맨손으로 사업체를 일군 사업 능력, 새로운 제품을 생산하거나 특허를 만드는 아이디어, 연구와 개발에 투자한 예지, 사람들을 따뜻하게 대하는 휴머니티 등이다. 놀이는 물론 스포츠마저 시간이 아까워서 포기하고 근면한 생활로 금자탑(金字塔)을 이루어 놓은 것이다.

필자가 관장님을 고맙고 아름답게 보는 것은 사람들을 좋아하고 포용하는 점이다. 문인들이 시화전이나 여러 문학 행사를 개최할 수 있도록 조건 없이 개방해 주었고 관람자들에게 친절하게 맞이했다. 그래서 박물관 2층에 2개의 생활실을 만들어 방문자나 박물관의 관련자들이 머물다 갈 수 있도록 손수 침식을 제공해 주기도 한다.

그리고 연구하는 태도다. 사업체의 운영으로 신경 쓸 일이 적지 않을 텐데도 종자의 우량화를 위한 개량, 농자재와 관수 기구의 개발과 제작, 종자와 관수 관련 도서의 집필, 특허 출원 등, 참으로 많은 연구와 개발을 하면서 박물관과 시비 정원을 만들었으니 정말 기적 같은 삶을 산 것이다.

많은 일들을 손수 처리하는 강인한 근면성을 가지고 있다. 지금도 3개의 회사를 관장하고 있어 경제적인 여유가 있지만, 박물관의 조경이나 설비, 시비 정원 가꾸기의 많은 일을 대부분 혼자서 하고 있다.

이제 생활에 경제적 여유가 생겼으므로 골프를 즐길 수도 있겠다 싶어 골프를 치느냐고 여쭈었다. 골프를 배운 적이 있으나 금세 그만두었다고 한다. 골프를 치려면 새벽에 갔다가 밤늦게 귀가하는 게 일반적인데 시간이 너무 많이 소모되어 그만두고자 골프채를 부러뜨리고 남은 것 하나는 개밥 젓는 도구로 사용하고 있다. 꿈을 실현하려는 의지가 그 정도여서 취미생활이나 스포츠로 시간을 보낼 여유가 없었던 것이다. 나무 심고 가꾸느라 너무 강도 높게 일하여 손가락이 ㄱ자처럼 굽었다. 치료를 받았느냐고 물으니 나을 수 있는 게 아니라서 관절에 좋다는 약이나 보조 식품을 복용하고 있다.

그의 경제력이나 여건으로 보면 일하는 사람을 고용해서 쓸 수도 있으련만 그렇게 손가락이 굽었는데도 박물관의 조경을 위해서 일주일에 사흘을 꼬박 일하고 있다. 군포의 자택에서 이 박물관까지는 105km의 거리로서 약 2시간 거리다. 운전도 힘이 들어 대리 운전사의 도움으로 다니면서 박물관의 일을 하고 있다. 아직도 공장과 회사의 일을 하고 있지만, 아들에게 운영을 넘기고 박물관과 시비 정원의 일에 주력하여 꿈을 실현해 가고 있다. 박물관과 시비 공원 조성에 생애를 바치고 있는 것이다.

그리고 상황에 따라 현명한 판단력으로 문제를 해결한다.

어떤 일을 시작할 때, 다른 사람들이 하려다 포기한 일, 실패한 일에 대해 왜 못했나, 왜 안 했는지를 성찰한다. 즉 원인이나 이유를 파악해 본다. 그 원인이 규명되면 해결 방법이 나온다. 안 된 원인, 하지 못한 이유를 알게 되면 해결방법을 찾을 수 있다. 그리하여 가능성이 있다고 판단되면 과감하게 실행했다.

그의 저서 『불효자』에 어머니께서 들려준 말씀에 이런 내용이 나온다. "아범아! 사업을 하면서 성공한 사람을 모방하려 하기보다는 실패한 사람을 더 유심히 관찰하거라. 성공한 사람의 성공사례를 따라가기는 어려워도 실패한 사람의 잘못을 찾아내어 나의 교훈으로 삼기는 쉽단다. 실패한 사람이 가지고 있던 잘못이 나에게 없나 살펴보고, 바로바로 고쳐나가거라. 그것이 성공한 사람이 가는 길이다."

땅을 살 때도 곧 수익이 있을 것 같은 땅을 사기보다는 다른 사람들이 쓸모없다고 여기는 값싼 땅에 관심을 기울였다. 그런 땅에 길이 나거나 주변이 개발되면 값이 많이 오르더라는 것이다. 실제로 그런 땅을 제주도의 후미진 곳에 30년 전에 사놓았는데 지금까지 그대로 두고 있다니 그 무던함이 놀랍다.

그는 자신이 말하기보다는 다른 사람의 이야기를 주로 듣는다. 다른 사람에게 되도록 발언 기회를 주고자 말을 자제한다. 자신보다 10년 이상이나 아래인 후배들과 자리할 때에도 말을 많이 하지 않는다. 나이가 60이 넘으면 대체로 말이 많아진다. 젊었을 때에는 별로 말을 하지 않던 친구도 환갑이 넘으니 말이 많아지는 걸 흔히 보았다. 나이가 들면 어쩔 수 없구나 싶다. 그런데 말을 절제한다. 그래서 "왜 말을 적게 하십니까?" 하고 물었다. 말을 많이 하면 실수하기 쉽기 때문이라고 답했다. 사실 말을 많이 하여 자신의 기(氣)를 소모하는 것보다 말을 참고 다른 사람의 말을 듣는 것이 정보 습득에 득(得)이 되는 건 당연한 일이다.

박물관 내에 있는 교육관(무카페), 시화전과 세미나 등 각종 회합의 장(場)

6. 그의 스승은 어머니

"어머니는 나에게 최초의 스승이었고 지금도 최고의 스승이다."
　그가 발간한 책에 어머니의 말씀을 모아놓은 어록 『불효자』가 있는데 그 책의 표지에 나와 있는 글이다. 그가 초등학교를 졸업하고 중학교에 진학하지 못해 아쉬워할 때, 어머니는 천자문을 사다 주었다. 그것만 익혀도 인생 다 배운 것과 같다고 말씀하시어 한자 공부를 했다. 그래서 청소년기에 초등학교만 다닌 학력으로도 한자를 많이 알게 되었고, 그렇게 습득한 어휘력이 바탕이 되어 독학으로 중졸, 고졸 자격 검정고시를 1년 만에 합격하게 되었다. 그리고, 국내 유명 대학의 법학과에 합격했다. 그렇게 빨리 중·고등학교 과정을 마친 것은 한자 공부로 익힌 어휘력의 덕택이었다. 관수(灌水)에 관련 전문 서적을 집필할 때도, 북한에 가서 농업 기술을 강의할 때에도 한자의 도움을 받았다. 어머니가 물려준 가장 큰 유산은 천자문(千字文)이었던 것이다.

종자 사업을 시작하고 제일 먼저 공부한 분야가 물흐름에 관한 내용이었다. 물에 대한 원리를 연구하여 저술한 책이 관수학(灌水學)에 관한 책이다. 이 책은 대학에서 관수학의 교재로 쓰인 일도 있고, 일본의 학자들도 그 책을 참고했다. 자신은 물 연구로 성공했다고 말했다. 물은 흘러가다 둑에 막히면 기다렸다가 둑 위로 차오르면 다시 흐르는 것이다. 물이 흘러가는 것이 법(法)이다. 물 수(水)변에 갈 거(去) 자가 법(法)이란 글자다. 물은 낮은 곳으로만 흐른다. 그것이 원칙이고 원리이며 섭리다. 그런 제자(製字)의 원리를 천자문과 한자 공부에서 터득한 것이다.

어머니는 밭에 김매러 갈 때, 책장을 뜯어 가슴에 넣고 가셨다. 쉴 참이면 그것을 꺼내 읽고 그 내용을 아들에게 말해 주었다. 그리고 저녁에는 그 책장을 다시 붙여 놓았다. 그러면 아들은 그 이야기를 메모하며 숙지(熟知)했다. 그 메모를 정리하여 묶어 놓은 것이 바로 그가 엮어낸 『불효자』란 책이다. 이 책은 493쪽인데 대부분 페이지마다 어머니의 말씀을 하나씩만 간단히 적어 놓았다. 그리고 여러 곳에 "예. 어머니"라는 답을 달아 놓았는데 더러는 "왜?"라고 질문하여 어머니의 다음 말씀도 덧붙여 놓았다.

옛날의 어머니들은 초등학교를 나온 분도 드물었다. 그런데 천자문을 자식에게 물려주고 영어와 일본어를 구사하며 유식한 말씀을 하신 게 이상해서 그에게 어머니의 학력을 문의했다. 일제시대에 고등보통학교를 나오셨다고 했다. 그런 배움과 학습이 있었기에 그 훌륭한 말씀을 할 수 있었던가 보다. 뽕잎을 먹지 않은 누에가 어떻게 명주가 될 비단실을 자아낼 수 있을 것인가.

2021년 어느 날, 박물관 앞 고추밭에서 고추를 수확하는 그의 어머니를 뵙게 되었다. 그토록 장한 아들을 둔 어머니는 어떤 분일까 궁금하여 다가가 인사를 드렸다. 아들에게 많은 가르침을 주신 분, 그 어머니의 말씀을 들어보고 싶었다. "어머니 참 훌륭하십니다. 신 관장님이 어머님에 대해 많이 말씀하셨습니다. 참 훌륭한 아드님을 두셨습니다. 그렇게 자녀들을 기르시느라 고생 많으셨겠습니다." 하고 인사를 드렸더니, 자식들을 가르치기 위해, 자식들을 데리고 집을 나갔다는 일화를 말씀해 주셨다. "딸이 중학교 가려고 입학원서를 사 왔는데 남편이 나중에 가라고 찢어버렸지요. 화가 나서 아들 셋, 딸 둘을 데리고 공장에 들어가려 안양시로 나갔지요." 그리하여 형제자매들이 안양에서 자리를 잡고 오래 살았다. 그 이후, 수도권 신도시가 개발될 때 군포 수리산 아래의 아파트에 입주하여 30여 년 살고 있다. 그래서 회사 일을 돌보다 매주 금요일 오후에 박물관으로 가서 이틀을 꼬박 일하고 일요일 저녁에 군포 집으로 돌아온다. 박물관까지 두세 시간 거리를 벌써 30여 년이나 다니고 있다. 특별한 일이 없는 한 휴일은 박물관으로 출근하는 날이다. 노는 일, 쉬는 일이 그에게는 박물관의 정원을 가꾸는 일이었다.

바쁘고 힘든 농사일을 하면서도 글을 읽고, 글에서 터득한 지혜를 자식에게 전수한 그의 어머니, 그 어머니도 훌륭하지만, 어머니 말씀을 신중히 듣고 적어 자신의 교훈으로 삼은 아들도 훌륭하다. 그 좋은 말들이 오늘의 신광순 관장이 있도록 만들었을 것이다. 훌륭한 말과 그 말을 거울로 삼은 훌륭한 실천, 참 아름다운 모자(母子)의 교육 장면이다. 그가 엮은 어머니의 말씀들은 어느 위인의 언행록이나 철학자가 쓴 잠언 같다. 그는 세상을 살아가면서 갈등이나 문제가 있을 때 어머니 말씀을 상기하여 해결하거나 좌우명으로 삼았다. 실제로는 어느 효자 못지 않게 효도하면서도 자신을 불효자라고 말하며 어머니를 섬기고 있다. 그에게 어머니는 인생의 스승이었던 것이다.

임봉덕 조류연구가

새의 관찰과 사랑에 빠진 40년

물까마귀를 관찰하는 임봉덕 조류연구가

사람들은 품성이 고운 사람을 좋아하고, 자아실현에 열중하는 사람에 대해 존경심을 갖는다. 하루하루를 발전적으로 진지하게 살고 사람에게 따뜻하게 대하는 사람을 신뢰하고 존경한다. 필자는 그런 사람들을 만나고 대화하는 게 즐겁다. 그런 사람이 있다는 것을 아는 것만으로도 흐뭇하다. 그중에 한 사람이 임봉덕 조류연구가다.

그는 우리나라의 유명 조류학자들이 자문을 요청할 정도로 조류에 대한 지식이 해박하고 조류의 생태를 촬영한 사진 자료를 많이 가지고 있다. 그가 30년이나 조류를 관찰하고 연구하며 기록해 놓은 자료를 가지고 있기 때문이다. 그는 그 자료들을 모아 2022년에 『한국의 조류 번식 생태 도감』을 펴냈다.

그리고 오래 전부터 남한산성의 환경지킴이가 되어 산성 내의 자연보호에 적극적으로 활동하고 있다. 생업도 접어두고 새의 관찰과 보호에 무려 40년 가까이 매달렸다. 생애의 대부분을 조류 탐구에 바친 그 열정과 지속성이 놀랍다. 그런데도 자신이 알고 있는 것에 대한 과시나, 하고 있는 일에 대해 자랑하지 않는다. 그런 겸손함과 온유함이 존경스럽다.

1. 새에 대한 관찰과 연구의 시작

50년 전에는 논에서 붕어, 우렁이, 미꾸라지를 잡을 수 있었고, 백로나 뜸부기, 제비, 때까치, 할미새, 종달새 등을 흔히 볼 수 있었다. 봄이면 집집마다 제비가 집을 짓고 새끼를 기르는 것을 흔히 볼 수 있었다. 그러나 지금은 제비조차 보기 어렵고 논에서 살던 우렁이나 물고기들도 보기 힘들어졌다. 수백 년, 아니 수천 년 이어져 오던 생태계가 근 50년 사이에 현저하게 급변한 것이다. 이러한 생태계의 변화에 깊은 관심을 가지고 조류를 관찰하며 국내 번식 조류의 생태를 연구하는 임봉덕 연구가가 있다.

그는 충주 산니면 용원리에서 태어나 성장했다. 어려서는 친구들과 개구리를 잡아먹었고, 보리밭의 종달새 둥지에서 알을 꺼내다가 구워 먹기도 했다. 그런 놀이를 하다가 새에 관심을 가지게 되었고, 새를 관찰하며 공부하다 조류연구가가 되었다. 40년 동안 새를 관찰하며 사진을 촬영하고 기록한 내용을 정리하여 2022년에 한국 최초의 『한국의 번식 조류생태 도감』을 출간했다.

그는 서울에서 직장생활을 하다가 31세에 성남으로 내려와 정착했다. 남한산성 내에서 식당을 운영하며 새에 대한 본격적인 관찰과 연구를 시작했다. 새의 관찰에 열중하느라 주로 아내에게 식당 운영을 맡겨 원망도 들었지만, 새에 대한 관찰과 연구를 꾸준히 계속했다. 그리하여 지금까지 남한산성은 물론 전국의 번식 조류에 대한 관찰과 연구를 30년 이상이나 했다. 그리고, 남한산성의 조류 및 동식물의 보존과 생태계 보전을 위해 남한산성생태연구회 활동을 계속하고 있다.

그는 2018년에 성남시청에서 『성남의 새』라는 도감을 출간했는데, 그가 촬영한 사진과 관찰한 기록을 바탕으로 제작하였다. 그 책은 새에 대한 충분한 관찰 자료와 생생한 사진으로 환경부의 우수환경 도서로 선정되었다. 성남시에서 발견된 224종의 새의 알, 육추, 생태 등을 수록한 조류 도감으로서 새의 번식과 성장에 관한 내용까지 다루었다. 그러나, 일부 내용이 조류학자들과 임 선생의 견해가 다른 경우, 관계 공무원은 자신이 관찰한 내용에 대해 신뢰하지 않고 조류학자들의 견해를 따르는 일이 있었다. 어떤 교수는 실제로 관찰하지 못하고 일본이나 외국 서적에 기술된 내용을 그대로 옮겨 놓아 사실과 다른 경우가 있었다. 그런데 자신이 실제로 관찰한 내용에 대해 중시하지 않았다. 자신이 조류나 생물에 대한 전공자가 아니었기 때문에 자신의 주장을 따르지 않아 그 책의 집필진에 자신의 이름을 빼도록 했다.

오래전, 성남시에서 남한산성 내의 관목을 제거하려는 일이 있었다. 관목이 있어야 새가 둥지를 틀고 번식할 수 있다. 새가 있어야 송충이나 벌레들을 퇴치할 수 있기 때문에 그는 관목 제거를 반대했다. 생태계를 건강히 유지해야 자연을 보호할 수 있다. 그래서 관목을 그대로 두도록 건의하여 공사를 중지시킨 일이 있다. 새의 번식과 보호를 위해서는 산성 내의 생태계 보존이 중요하기 때문에 뜻을 같이하는 사람들과 남한산성생태연구회를 만들어 남한산성의 생태계 보존을 위해 오랫동안 노력하고 있다.

어려서부터 새에 관심이 깊었던 그는 새에 대한 관찰과 연구를 31세 때부터 본격적으로 시작했다. 지금 70세가 되었으니 거의 40년 동안이나 새를 관찰하고 연구한 것이다. 거의 한 생애를 새에 대한 연구에 바쳤다 해도 과언이 아니다. 그는 새에 대해 학교 교육을 통해 배운 것이 아니고, 또 어느 전문가로부터 지도를 받은 것도 아니다. 새에 대해 살펴보며 새에 대해 알게 되는 것이 즐거워서 혼자 한 일이다. 학위를 따기 위한 것도, 조류학자가 되기 위한 것도 아니었다. 그저 새의 생태에 대해 알게 되는 것이 좋아서 새의 관찰과 새의 연구에 매달린 것이다.

새를 관찰하며 수시로 탐조 활동을 다니느라 생업인 식당 운영에 정성을 기울이지 못해 부인으로부터 원망도 들었고, 결국은 식당 운영을 접었다. 새의 관찰에 집중하기 위해 카메라는 물론 망원렌즈, 삼각대, 헤드 등, 장비의 구입비도 많이 들었다. 날이 밝기 전에 둥지를 찾아가 위장망 안에서 포란, 부화, 이소2) 등을 관찰하고, 새 알의 숫자와 크기, 빛깔과 무게까지 살펴보았다. 그러니, 식당 운영이나 집안일에 열중하기가 어려웠고, 일상의 많은 일들을 포기해야 했다. 그러나 하나의 전문성을 기르고 어느 한 세계를 구축하기 위해서는 일상적인 일을 초월하지 않으면 불가능하다. 그는 "새에 대한 관찰과 연구를 하지 않고 식당 운영이나 생업에 몰두했다면 돈은 더 벌었을 것입니다. 제가 부지런하고 집중력이 있기 때문입니다."라고 말했다.

어느 한 세계를 깊이 있게 추구하려면 일상적인 여러 일

---

2) 새가 성장하여 둥지를 떠나거나 어미의 보호를 벗어남

을 포기해야 가능해진다. 뜻깊은 삶을 자아실현과 사회 기여에 있다고 여기는 필자는 그런 사람에 대한 탐방기를 쓰고자 4~5년 전에도 임 선생님에게 집필을 허용해 달라고 간청했지만, 그는 나중에 보자고 미루어 왔다. 그러나 이제 국내 번식조류에 대해 자료를 정리, 도감을 발간하게 되어 자신에 대한 집필을 허락해 주었다.

임봉덕 연구가가 촬영한 소쩍새

2. 수원의 서호공원, 우리 마을의 새

2015년 이른 봄, 수원 화서동에 있는 서호공원에 갔다가, 민물가마우지가 호수 가운데에 있는 인공섬의 나무에 수백 마리가 앉아 있는 것을 보고 무척 놀랐다. 가마우지는 동남아의 베트남, 중국 남부 등의 따뜻한 지역에서 서식하는 새로 알았기 때문이다. 서호 가운데에 있는 작은 섬의 나무들이 가마우지의 새들 때문에 나무 둥치가 허옇게 드러나 금방 죽을 것처럼 보였다.

그 사실을 그에게 알렸더니 성남에서 바로 달려와 가마우지의 생태를 보고, 새의 배설물에 의한 수목 백화현상으로서 심하면 나무가 말라 죽는다는 것이다. 임 선생님은 나무들의 처참한 광경을 촬영하여 관계기관에 그런 사실을 신고했다. 새의 똥이 산성이라 독성이 있어 나무가 몸살을 앓는다는 거였다. 2~3월에 그 앙상한 나무들을 보면 꼭 말라죽을 것만 같아 필자는 걱정이 되었다. 그런데, 봄이 깊어 가자, 그 마른 나뭇가지에서 이파리가 돋아나고, 한여름엔 푸르게 우거져 나무들이 살아난 것 같았다. 나무가 죽을 것처럼 수피가 하얗게 보이다 여름이 되니 파란 이파리가 자라 흉한 모습이 가려지는 일을 매년 보게 된다.

서호에는 가마우지만 있는 게 아니다. 오리, 백로, 물닭, 왜가리, 기러기 등 여러 종류의 새들이 서식하거나 철새들이 머물다 갔다. 새의 천국 같았다. 필자가 이 마을에 살기 시작한 것은 2001년이었다. 그때는 보지 못했던 새들이 2023년인 지금에는 무척 많아진 것이다. 서호와 서호천에는 어른 팔뚝만 한 잉어들이 무수히 살고 있고, 텃새가 된 오리들이 사철 유영하는 걸 볼 수 있다. 많은 오리가 호수에 떠 있고 개천에는 큰 잉어들이 헤엄치는 걸 보며 이런 생각을 하곤 했다.

'옛날 같으면 사람들이 다 잡아먹었을 텐데 지금 사람들은 왜 가만 놔둘까?' 하는 몰지각한 생각이다. 요즘 사람들은 그 오리와 물고기를 잡으려 하지 않는다. 조류 독감과 하천의 오염 때문일 것이다. 그런데, 어떤 노인 한 분은 서호천의 다리 아래에서 매일 새들에게 먹이를 준다. 오리에게 주는데 비둘기들이 먼저 와 먹기 때문에 비둘기를 쫓으며, 오리에게 닭 모이 주듯 "오리야, 이리 와!" 하고 불렀다. 그렇게 사람들이 먹이를 주며 보호하기 때문인지 오리들은 사람들이 가깝게 다가가도 쉽게 날아가지 않는다. "사람은 자연보호, 자연은 사람보호"는 참 잘 지은 표어다.

서호천을 따라 너울거리며 날아다니는 왜가리나 백로를 보면 허공을 심심치 않게 채워 주는 것 같다. 하늘에는 별이, 땅 위에는 꽃들이, 강과 바다에는 물고기가, 하늘에는 새들이 공간을 채워 주는 것 같다. 어머니는 살아 계실 때, 아파트 거실에서 창밖으로 보이는 여기산3)을 보며 날아다니는 백로에 눈길을 주는 일이 많았다. 여기산 기슭에는 사람들의 출입을 막기 위해 울타리가 쳐져 있다. 그렇게 사람이 접근하지 못하도록 했기 때문인지 백로와 왜가리가 매년 봄이 되면 무수히 날아온다. 둥지를 틀고 새끼를 기르다 이른 가을이 되면 허망하게 사라진다.

우리나라의 산에 숲이 우거지면서 산의 경치가 아름다워졌고, 나무와 나물, 약초와 버섯 등의 임산물도 많이 생산되고 있다. 숲이 살아나면 임산물도 늘어나지만, 공기가 맑아지고 새도 많아져 새의 노랫소리를 즐길 수 있다. 이제 우리나라의 웬만한 숲에서는 소쩍새, 휘파람새, 뻐꾸기, 쏙독새, 멧비둘기, 꾀꼬리 등의 새소리를 어렵지 않게 들을 수 있고, 산에 가면 손가락 끝의 먹이를 채가는 곤줄박이도 만날 수 있다. 안성에서는 인디언 추장처럼 머리 위에 깃을

---

3) 수원시 권선구 수인로 126번지의 산 이름

세운 후투티가 외딴집의 지붕에서 사는 것을 보았고, 아산시 송악면에서는 전봇대에 파랑새가 앉아 지저귀는 것을 보았다. 평택의 오성강과 부산 을숙도에서는 고니가 무리지어 있는 것도 보았다. 도시에서도 비둘기, 까치, 지빠귀 등의 새들을 볼 수 있다. 우리 아파트 단지4)의 지붕에는 매년 2월 초가 되면 왜가리들이 어김없이 날아온다. 2월 초의 아침, 아파트 지붕에 앉아 고개를 웅크리고 정지된 상태로 서 있는 왜가리를 몇 년째 보았다. 고개를 움츠리고 정지해 있는 모습이 마치 그림 속의 달마대사 같다.

그런데, 농약 사용의 증가로 인한 새들의 수난이 상당히 심각하다. 옛날 논에 아주 흔하던 미꾸라지와 붕어 등 물고기가 거의 사라졌다. 옛날에 집집마다 처마에 둥지를 틀었던 제비조차 거의 사라졌다. 여러 동물이 더불어 살아갈 수 있는 지구가 되어야 건강한 생태계가 되련만 과도한 농약 사용에 따라 곤충과 조류의 피해가 심해 걱정이다. 생태계가 파괴되면 지구상의 생명체가 감소하게 될 것이고, 사람이 살아가기 좋은 환경도 파괴될 수 있기 때문이다. 지금 많은 과학자가 기상 이변과 같은 기후 위기 앞에 심각하게 걱정하고 있다. 지구 생태계가 위협을 받는다면 인간의 생존도 결코 안전할 수 없음은 자명(自明)한 일이다.

3. 새의 관찰과 연구 활동

등산을 가면 숲에서 여러 종류의 새 소리를 들을 수 있

---

4) 수원시 팔달구 서호2동 꽃뫼양지마을

다. 어떤 새 소리인지 몰라 안타까울 때가 있다. 정원이나 숲에 꽃이 피어도, 이름을 모르면 느낌과 기억의 정도가 다르다. 그래서 그 아름다움의 느낌이나 감동도 작을 수밖에 없다. 그래서 무슨 새 소리인지 모를 때에는 휴대폰으로 녹음하여 임봉덕 선생님에게 보내드리고 여러 번 문의했다. 그때마다 임 선생님은 필자에게 새의 이름을 시원하게 알려주었다.

남한산성 내에서 환경보호운동을 하는 임봉덕 조류 연구가

세상에는 음식을 잘 만드는 요리사도 필요하고, 기계를 잘 만드는 기술자도 필요하지만, 산의 새들이 안전하게 살아갈 수 있도록 보살펴주는 사람도 필요하다. 소득과 관련 없는 일이지만 누군가는 해야 할 일이다. 숲을 잘 가꾸기 위해서도 산에 사는 새가 필요하다. 새가 없어 송충이나 애

벌레가 많아지면 숲도 피해를 입는다. 산의 숲을 보호하려면 새들을 보호해야 한다. 국가에서 그런 일을 하는 게 좋지만, 국가에서 모두 해결할 수는 없다. 누군가 숲을 보호하는 일, 새들의 번식을 보살피는 일을 해야만, 생태계의 균형이 유지될 수 있다.

그는 새들의 산란 시기, 산란 개수, 부화 기간 등을 지속적으로 관찰하며 알의 크기와 무게를 측정했고, 포란한 뒤 며칠 만에 부화하는가, 며칠 후에 둥지를 떠나는가에 대해서도 파악했다. 뻐꾸기는 발이 짧아 알을 굴리지 못하기 때문에 탁란한다는 말을 누군가에게 들었는데, 임 선생님은 새가 발로 알을 굴리는 게 아니고 부리로 굴린다고 알려주었다. 뻐꾸기만 탁란하는 게 아니라 두견이도 하고, 원앙은 동종의 여러 둥지에 알을 나누어 낳아 탁란한다는 것도 알려주었다. 새들의 생태가 신비롭다.

우리나라에서 잘 알려진 조류학자들도 그에게 자문받거나 조류에 대한 자료를 얻어 간다. 그는 여러 곳에 가서 새의 생태에 대해 강의하고 있다. 그의 주변에는 생태계 보호자와 자원봉사자, 동식물 연구가들이 있어 서로 도움을 주며 정보를 나누고 있다.

인터뷰 중 그는 태블릿 PC에서 뜸부기 수컷 사진을 보여주었다. 크기는 비둘기와 비슷했지만, 머리 위로 솟은 벼슬이 특이했다. 50~60년 전의 어린 시절에 뜸부기가 논둑으로 걸어가는 걸 먼발치에서 본 일이 있지만 가까이서 보지 못해 생김새에 대해 정확히 알지 못했다. 그런데, 사진을 보니 옛날에 본 뜸부기의 기억이 떠올랐다. 뜸부기는 사람들을 매우 경계하여 사람이 접근하기 전에 숨어버리거나 날아가기 때문에 자세하게 보기 어렵다.

그 외에도 오목눈이알에 탁란한 뻐꾸기알, 나무 속 둥지에서 자라는 새들의 사진을 보여주었다. 오목눈이는 포란을 시작하여 12일 만에 부화하는데 뻐꾸기는 11일이면 먼저 부화하여 오목눈이의 알이나 새끼를 둥지 밖으로 밀어내고 혼자 오목눈이 어미의 먹이를 혼자 받아먹으며 성장한다는 것이다. 뻐꾸기가 산란을 하나만 하는 게 아니라 여러 개를 낳지만 다른 새의 둥지에 한 개를 낳아 놓고, 또 교미한 후 또 다른 새의 둥지에 알을 낳는다. 암체로 보이지만 번식을 위한 본능이다. 뻐꾸기에게는 탁란이 효과적인 번식방식이어서 그렇게 진화했을 것이다. 뻐꾸기는 여름 철새로서 우리나라에 잠시 머물다 떠나기 때문에 다른 새들보다 부화를 빨리해야 다시 따뜻한 남쪽으로 날아갈 수 있다는 것이다.

그가 청호반새를 9년이나 관찰했는데 매년 같은 자리에 둥지를 틀었다. 9개씩 알을 낳았는데 작년과 올해에는 5개를 낳았다. 나이가 들어 산란율이 떨어졌는지, 사람들이 접근해 스트레스를 받아서 그런지 원인은 확실하지 않다. 오늘이 청호반새가 부화한 지 18일째라 둥지에서 날아갈 날인데, 아직 날아가지 못했다. 먹이 공급이 제대로 안 된 탓이다. 둥지 밖으로 많은 펠릿5)이 나와야 하는데 올해는 그 양이 준 것으로 보아 영양상태가 좋지 않은 것 같다. 사진작가나 탐조가들이 둥지를 찾아와 사진 촬영을 하기 때문에

---

5) 새가 소화 시키지 못하는 뼈나, 깃털 등을 게워내는 것

어미 새가 새끼에게 먹이 주는 것도 장애를 받는다. 그래서 새들이 스트레스를 많이 받았을 것이라고 했다.

한국의 조류 번식생태 도감(표지 우측의 새는 뜸부기) / 저자 임봉덕

돈벌이를 위해 사진 동호회나 탐조가들에게 둥지를 알려 주는 사람들이 있다. 일반 조류는 5만 원, 천연기념물은 10만 원, 더 귀한 새들은 20만 원도 받기 때문에 직업적으로 정보를 제공하는 사람들이 있다. 그리하여 사람들이 새의 둥지와 새들을 촬영하느라 놀라게 하니 새들의 산란율이 떨어지거나 육추(育雛) 기간이 길어지는 것이다. 그래서 새와 둥지를 촬영하는 사람들에게 주의를 당부하지만 그들은 새의 보호에는 별로 관심이 없고 촬영에만 열중하기 때문에 잘 지켜지지 않는다.

그가 국내 번식 조류에 관한 책을 내려 한다는 소문이 나, 출판 계약하자고 찾아온 출판사가 있다. 이번에 인세를 받으면 아내에게 좀 주려고 한다. 한동안 돈벌이를 제대로 못하여 적은 연금으로 생활을 꾸려가는 아내에게 늘 미안하기 때문이다. 소득이 없는 일, 직장 일이 아닌 새의 관찰과 연구로 40년을 살았으니 살림하는 부인은 얼마나 힘들었을까. 그런데, 그는 새의 관찰과 연구, 남한산성 생태계를 보존하는 일에 열중하느라 생업조차도 소홀했던 것이다.

그러나, 자신이 선택한 길, 새의 관찰과 연구로 국내에서 인정받는 조류연구가의 반열에 오르게 되었으니 대단한 성과를 거두었다. 또 국내의 조류 연구에 그가 귀중한 자료를 많이 만들어 놓아, 조류학자나 새 연구자들에게 적지 않은 도움을 주고 있다. 이름 없이, 국가의 혜택도 없이 새의 생태에 대하여 40년 이상을 탐구한 임 선생님이 존경스럽다.

그는 1953년생으로서 올해 70세다. 그런데도 PC와 사진기를 잘 다루어 새의 촬영, 새의 사진 정리 등을 잘해 놓았다. 컴퓨터와 인터넷을 잘 다루지 못하는 필자로서는 그의 사진 촬영 장비의 운용과 컴퓨터 활용 능력이 부럽다. 그렇게 기기를 잘 다루는 것도 재능이 있기 때문이리라. 물론 기기나 장비의 활용 능력도 노력에 의한 결과였을 것이다. 아무나 그렇게 컴퓨터나 촬영 장비를 잘 다룰 수 있는 건 아니다. 오랫동안 조류 관찰과 기록에 정성을 기울였기에 가능한 일이었을 것이다.

그가 집필한 『한국의 조류 번식생태 도감』의 에필로그에 자신의 탐조 활동에 대해 다음과 같이 기술해 놓았다.

"… 중부지방서 볼 수 없는 번식 조류를 찾아서 멀리는 울릉도, 마라도, 어청도, 외연도, 남 서해안과 동해안 등 전국을 열심히 다녔습니다. 멧새, 검은딱새, 종다리, 검은등할미

새, 깝작도요를 찾아서 여주 도리섬을 10여 년 동안 1년에 9~13번을 지금까지도 찾아가고 있으며 쇠박새의 생태를 자세히 알려고 19번을 가서 정확한 자료를 얻으려고 수년간 열심히 찾다 보니 두 종은 8개까지 산란한다는 것을 알았습니다. 인공둥지를 20년 전에 처음 달 때 둥지 자료가 없어 일본 야조회 측에 문의하여 만들어 달아 관찰하니 박새는 14개까지 산란한다는 것과 흰눈썹황금새와 곤줄박이가 박새의 둥지를 빼앗아 번식하는 것도 알게 되었습니다. …"

그는 생업도 포기하고 새의 생태에 대한 관찰과 연구를 해낸 것이다. 그야말로 조류의 관찰과 연구에 생애의 대부분을 보낸 그 치열한 탐구심이 놀랍다.

채바다 해양탐험가

떼배로 일본에 세 번이나 건너간 집념

일본에 건너갔던 떼배(천지연폭포 입구), 채바다(좌측)탐험가와 필자. (20.7.2.)

채바다 탐험가는 일본 고대문명의 기원이 탐라와 한반도에서 비롯됐다는 가설을 증명하기 위해 제주의 떼배(테우)를 타고 현해탄을 건넜다. 1996년에 뗏목을 만들어 타고 제주도에서 일본의 오도열도까지 갔고, 다음 해에는 나가사키까지 갔다, 2001년에는 사가현 가라쓰시까지 항해했다. 백제의 왕인이 일본에 천자문과 논어를 전해주었다는 고대 역사를 바탕으로 한일 문화의 이동로를 재현해 보기 위해 3번이나 대한해협을 건너간 것이다.

그는 '길웅'이란 이름을 '바다'로 개명하고, 자신의 해양 탐험에 대한 글과 시·수필도 썼다. 1994년 시집 『파도가 바람인들 어찌 알겠느냐』 외 4권, 수필집 2권, 또 떼배에 관한 논문, 채제공의 평전인 『전하! 아니되옵니다』 등 여러 권의 책을 발간했다.

그 탐험 공로로 2008년 장보고 대상 및 대통령상, 2010년 한국문화산업포럼 대상 등 다수의 상을 수상했다. 그를 찾아간 것은 2020년 7월이었는데, 안타깝게도 2년 뒤인 2022년 11월, 바다의 사나이가 아주 먼 바다로 떠나갔다.

I. 채바다 탐험가와의 만남

채바다 탐험가를 만난 것은 2020년 7월 2일, 구 서귀포 시외버스터미널에서였다. 그분은 만나자마자 자신의 떼배[6]가 천지연폭포에 전시되어 있으니 거기부터 가보자고 하였다. 택시를 타고 천지연폭포로 갔다. 폭포 입구에 '시인詩人의 배'라는 현수막이 걸려있는 조그만 떼목(7.5 × 3.5 m)을 보았다. 바로 일본에 타고 갔던 그 떼배였다. 이 배를 그가 서귀포시에 기증하자 서귀포시청에서 천지연 관람객들이 볼 수 있도록 전시해놓은 것이다. 배 위에는 길이가 5m쯤 되는 기다란 노가 하나 얹혀 있었다.

2년 전에 이 천지연폭포에 왔을 때, 이 떼배 옆을 지나갔지만 그런 사실을 몰라 별 관심 없이 지나쳤다. 그런데, 그 배의 주인공의 안내로 그 떼목을 대하니 새삼 소중한 유물이구나 싶었다. 그는 하멜표류기를 읽으면서 하멜의 모험과 도전정신에 경외감을 가졌다. 그리하여 바다로 나갈 꿈을 꾸었다. '바다를 지배하는 자가 세계를 지배한다.'는 말은 그의 지론이었다. 백제의 왕인 박사가 천자문과 논어 10권을 가지고 일본으로 건너가 문화를 전파한 기록을 보고 그는 한민족의 긍지와 자부심을 가졌다. 그래서 자신이 삼국시대의 방식인 떼배로 일본을 건너보려는 목숨을 건 도전을 한 것이다. 그리고, 탐라국의 탄생 신화에 나오는 벽랑국의 세 공주가 온 전설도 구현해 보고 싶어 떼배를 타고 벽랑국(지

---

6) 떼목의 방언(통나무를 가지런히 엮어서 물에 띄워 사람이나 물건 등을 싣는 배)

금의 소랑도)까지 항해한 것이다. 그 떼배 위에는 기다란 노가 하나 얹혀져 있었다. 노의 길이가 5m쯤 되었다. 한번 들어보니 상당히 무거웠다. 20Kg은 되는 것 같았다. 그래서 "노를 바다에서 잃을 수도 있겠네요?" 하고 질문하자, "그래서 여분을 하나 더 가지고 갑니다" 하고 답했다.

거친 파도가 몰려오면 금방 가라앉을 것 같은데, '어떻게 그 작은 떼목을 타고 대한해협을 건넜을까?', '어떻게 조그만 떼목에 5명이 타고 갔을까?' 상상이 되지 않아, "파도를 어떻게 극복했나요?" 하고 질문했다.

"파도나 바닷물은 통나무 사이로 빠져나가기 때문에 바위에 부딪히지 않는 한 가라앉거나 뒤집히지 않아요. 옛 조상들은 이런 배에 짐을 싣고 강이나 바다를 다니는 지혜가 있었지요. 임진왜란 때의 거북선도 그런 원리를 적용했을 거요."라고 대답했다.

잠은 떼목 위에 친 텐트에서 대원과 교대하며 자고, 보도진이 일정 거리에서 함께 가기 때문에 큰 두려움은 없다. 히말라야에 등정하는 등반가들이 헬퍼와 취재진이 함께 가는 것처럼, 바다에 떼목을 타고 항해할 때도 여러 명의 보도진들이 함께 간다. 그래서 많은 경비가 들기 때문에 여러 곳에서 후원을 받아 추진했다.

떼배 주위에서 사진을 촬영하던 한 가족이 있어 그들에게 이분이 떼배의 주인공인 채바다 씨라고 알려주자, 영광이라며 그와 함께 촬영했다. 잠시 떼배에 대한 설명을 듣고 그와 천지연에서 1km쯤 떨어진 식당으로 가서 저녁 식사를 하며 인터뷰를 하였다.

2. 떼배를 타고 일본에 가다

일본에 떼배를 타고 세 번 갔던 일, 제주 해안 일주, 제주에서 완도까지 옛 문헌에 나온 벽랑국을 찾아간 일, 혼자서 추사가 제주도로 유배 올 때 걸어온 길을 자전거로 완도에서 광화문까지 달려간 사연을 말씀하셨다.

1996년 5월, 백제의 왕인 박사가 일본에 건너갈 때의 상황을 재현하기 위해 제주에서 떼배로 일본의 사가현 가라쓰항으로 갔다. 두 번째는 1997년 10월, 대원과 11일에 걸쳐 제주의 성산포에서 일본의 오도열도 나가사키까지 갔다. 2001년 4월에는 왕인 박사가 일본으로 건너간 발자취를 따라 전남 대불항 → 진도, 완도 → 거문도 → 일본 사가현 가라쓰(唐津)시에 이르는 항해를 했다.

1,600여 년 전, 고대의 우리 선조가 바다를 어떻게 건너 일본으로 문화를 전해주었는가를 재현해 본 것이다. 노를 가지고 가지만 떼배에 돛을 달아 주로 바람을 이용하거나 조류를 따라 흘러가는 방식을 이용한다. 그래서 바람과 조류가 일본으로 가는 시기의 선택이 중요하다. 그리고, 바닷물의 흐름과 바람에 대해 충분히 연구하고, 떼배를 운용하는 법도 잘 알아야 하기 때문에 사전에 많은 준비를 했다. 잠은 뗏목에 텐트를 치고 일행과 교대하며 잤다.

3. 채바다의 생애

그는 제주도 성산포에서 태어나 초중고를 제주에서 다녔

다. 초중고의 학창 시절 대부분 반장을 했고, 성적이 우수하여 담임선생님으로부터 "너는 큰 인물이 될 것 같다"는 말을 들었다. 그래서 자부심이 무척 강했고, 직장생활이나 사업보다는 여행이나 모험하는 일에 열중했다. 그래서 가정이나 가족을 돌보는 일에는 등한했다. 가화만사성(家和萬事成)이라는데 안타깝게도 자신은 탐험에 관심이 깊어 가정을 제대로 돌보지 못했다고 술회했다.

성장기에는 부친이 포목상과 여관을 운영하고, 일본에 다니며 무역업 등의 사업을 하여 배고픈 줄 모르고 살았다. 대학을 졸업하고 직장생활을 하다가 사업도 했다. 40대에 고향으로 돌아와 일본 고대문명의 기원이 탐라와 한반도에서 비롯됐다는 가설을 증명하기 위해 제주의 떼배(테우)를 타고 현해탄을 건넌 것이다. 그 외에도 2006년 6월에 제주와 강진 마량항의 뱃길 탐험을 통해 탐라국 신화인 벽랑국 교류를 재현했다. 그리고, 2011년 10월에 제주와 진도의 뱃길 탐험을 통해 고려 삼별초의 항로를 체험해 보았다.

한때는 성산포에 땅을 빌려 그곳에 통나무집을 짓고 무인카페를 운영하기도 했다. 나이가 들자, 친구들이 "기골이 장대한 너도 나이 드는 건 어쩔 수 없구나." 라고 말했다. 그러나, 78세로 보기 어려울 정도로 건강해 보이는데 안타깝게도 허리의 부상으로 지팡이에 의지하여 걸었다. 떼배 타고 항해하느라 허리를 무리하여 그렇다는 것이다. 뗏목으로 항해할 때 노를 저어 가느냐고 물으니 80~90%는 바람과 조류를 이용한다는 것이다. 철새가 바람을 이용하여 먼 거리를 날아가는 것과 비슷하다. 우리의 문화가 일본에 전파

된 것도 철새처럼 이동되었을 거라고 했다.

다음에는 어떤 도전을 할 거냐고 물었더니, 고려 때의 항몽 유적지를 가보고 싶다고 했다. 삼별초의 군인들이 몽고와 항전하느라 강화도에서 진도로, 다시 제주도로 갔다가 거기서도 밀리자 일본으로 건너갔을 것이라고 추정했다. 오끼나와 주변의 성들이 고구려와 고려의 성과 유사한 점이 많은 것으로 보아 삼별초의 잔병들이 성(城)을 만드는 데 참여했을 것으로 짐작했다. 그래서 항몽의 역사 유적지인 강화도에서 일본까지 가보고 싶다는 것이다.

지금은 문중 할아버지인 번암 채제공의 평전을 쓰고 있는데, 치열하게 공부해야 좋은 글을 쓸 수 있기 때문에 요즘은 평전 쓰는 데 집중한다고 했다. 조선시대의 대학자이며 저술가였던 다산 정약용도 번암에 대해 여러 글을 지어 그의 훌륭함을 후세에 전했다. 조선시대의 명재상으로 황희 정승과 함께 가장 추앙받는 정승이 번암인데 그의 기념관이 없어 아쉽다고 했다. 다만 청양에 그의 영정을 모신 사당, 상의사7)가 있는데, 채씨 종친회에서 매년 시제를 지내고 있다. 그리고, 수원화성박물관 2층에 번암의 유물들이 전시되어 있다.

자신은 번암의 후손으로서 번암의 인품과 학식, 정치력과 덕행을 발굴하여 평전을 쓰느라 심혈을 기울여 준비하고 있다며 필자에게도 '채' 씨의 종친이니 서로 도와 시너지가 효과가 나도록 하자고 하였다. 자신의 탐험을 후원했던 LG 회사에 여러 번 특강을 나갔다. 그러자, LG 회사의 간부가

---

7) 번암 채제공 (1720~1799)의 영정을 모시고 제향을 올리는 사우

"채바다 님의 강의 덕택인지 우리 회사에는 노사 분규가 적습니다." 하고 덕담을 해주었다. 자신의 도전과 모험을 듣고자 여러 곳에서 특강을 요청해 전국으로 강의를 나가기도 한다. 강의의 주제는 '모험과 도전정신'이라 했다.

그는 식사 전에 막걸리 한 병을 조금씩 여러 차례 나누어 마셨다. 평소 반병을 마시는데 오늘은 대화를 나누느라 모처럼 한 병을 다 비웠다고 했다. 정확히 9시에 일어나시기에 그분이 버스를 타는 걸 지켜본 후, 나도 버스를 타고 숙소에 돌아왔다.

50대 이후에 바다를 향한 도전으로 20년 이상을 탐험한 해양탐험가 채바다 씨. 그는 전장(戰場)에서 살아 돌아왔지만 영광의 장애를 입은 장군처럼 떼배를 타고 파도와의 싸움에서 얻은 허리 통증으로 지팡이를 짚고 걸었다. 그는 연미색 중절모를 쓰고 막걸리 잔을 들며, 전쟁에서 승리한 장군이 무용담을 펼치듯 한 시간 이상을 의연하게 말씀하였다. 구 서귀포 버스터미널에서 댁까지는 1시간 넘게 가야 한다니 그 먼 거리를 버스로 와 주시어 고맙기도 했지만 송구스럽기도 했다.

2022년, 채제공 평전, 『전하! 아니되옵니다』를 출판했다는 그의 전화를 받고 그 책을 구입하였다. 그런데 얼마 지나지 않아 2022년 11월에 별세하였다는 소식을 들었다. 시인이자 해양탐험가였던 그는 79세에 숙환으로 타계한 것이다. 강화에서 진도로, 진도에서 제주도로 간 삼별초의 항몽 유적지를 떼배로 탐험하고 싶다던 그의 꿈은 안타깝게도 꿈으로 끝난 것 같다. 이제 누가 그런 탐험을 시도할 수 있을 것인가?

정부는 그의 해양 탐험과 연구에 대한 공로를 인정해 2007년 대통령 표창, 2008년 국토해양부장관상과 장보고 대상을 수여했다. 그는 '하멜 연구자'로 활발한 활동을 했고, 하멜리서치코리아 대표와 한국하멜기념사업회 회장, (사)한국해양탐험문화진흥회 회장을 역임했다. 또, 시인이었으며, 한국해양탐험진흥회 이사장, 바다박물관장, 등의 직함도 가지고 있었다. 그런 모든 직함이나 이력은 그의 도전적인 삶의 궤적을 보여주는 흔적들이다.

그는 자신이 일본으로 타고 간 떼배를 생전에 모두 기증했다. 떼배 제1호인 '천년 1호'는 서귀포시 천지연 입구, '천년 2호'는 제주 해녀박물관, '천년 3호(왕인박사호)'는 전남 영암의 왕인 박사기념관에 전시되어 있다.

그는 시인으로 등단하여 시집 『파도가 바람인들 어쩌겠느냐』 외 5권, 수필집 『성산포에서 띄우는 편지』 등 2권, 논문으로는 '한국 해양 문화의 시원과 떼배의 역사적 고찰' 등 다수의 글을 남겼다.

번암 채제공 평전(2022년 채바다 엮음) 표지

제2부

사회를 위한

반사경(反射鏡)

김운기 건축가

국어 서적 수집의 30년

국어 관련 고서를 수집하는 김운기 건축가

　건축가이자 장서가인 김운기 시인은 국어 관련 교과서를 35년 이상 수집하여 많은 자료를 정리·보존하고 있다. 그는 20여 년 전부터 시집을 출간하고 문단 활동을 하며 여러 권의 시집을 출간하였다.

　그는 건축을 전공하였지만, 국어 서적을 수집하는 고서 수집가이기도 하다. 그의 책 수집은 우리의 말과 글을 가르치고 배우는, 국어 교과서에 관심이 집중되어 있다.

　"국어 교과서는 우리 말과 글의 장전(章典)이며 민족의 얼이다. 100년 남짓한 기간에 대한제국, 조선총독부, 미군정청, 대한민국 등 4개 정부에서 발간했던 우리말 교과서는 세계적으로 유례가 없을 만큼 기구한 운명의 글이다. 그런데, 그 흔해 보였던 국어책들이 지금은 자취를 감춰가고 있다. 그래서, 누군가는 이런 자료를 찾아 보존할 필요가 있겠다고 여겨 사명감을 갖고 수집하게 되었다."

　그는 소장한 고서를 3회에 걸쳐 전시하였고, 학계와 매스컴에 자료를 제공하기도 했다. 또, 소장하던 시집 3천여 권을 2021년에 종교단체의 도서관에 기증했다.

I. 국어 관련 도서의 수집

　김운기 건축가가 국어 교과서 관련 책을 수집하기 시작한 것은 35년 전이다. 우연히 헌책방 앞을 지나가다가 폐지로 버려지는 국어 교과서 몇 권을 가져온 것이 수집의 시작이었다. 같은 학년 교과서라도 연도별로 조금씩 차이가 나는 것에 흥미를 갖고 비교해보는 재미를 붙였다. 그래서 달라지는 과정이나 결과를 알기 위해서는 국어 교과서의 체계적인 수집과 관리가 필요하다고 판단했다. 또, 우리나라 국어 생활의 변천을 살펴보는 데에도 가장 중요한 자료가 국어 교과서이기 때문이었다. 아무 교과서나 수집한다면 너무 방대해져 국어 관련 교과서만 본격적으로 수집하였다.

　그가 수집하고 관리해 온 국어와 관련된 도서 자료가 무려 4,300여 점에 달한다. 혹자는 무슨 국어 관련 책이 그렇게 많은가 의아해할 수도 있지만, 소위 개화기라고 하는 1890년대 신교육 시기부터 일제 강점기, 해방 후, 미 군정기, 대한민국 정부가 수립된 시기와 6·25 전쟁기를 거쳐 현재 교육 현장에서 배우고 있는 것까지 어림잡아 계산하면 국어 교육의 역사는 약 130년쯤 된다. 초·중·고와 대학 자료까지, 국정교과서에서부터 검·인정 교과서까지 국어 관련 교과 자료를 망라하다 보니, 그 규모가 일반인이 상식적으로 예상하는 것보다는 범위가 넓었다.

　그렇게 삼십 년 이상의 세월이 지나고 보니, 어느 시기를 지나면서부터는 수집보다 관리에 더 많은 고충이 따르기 시작했다. 제본 상태나 종이 지질이 허름한 근현대사 자료는 보관 자체가 불가능에 가까울 정도였다. 그 자료의 훼손을 막고 좀 더 과학적인 수장이나 보관을 위하여 수년 전부터는 자신의 사비로 외부 전문기관에 위탁하여 보관하고 있다. 그러나, 지금도 국어 교과서의 관련 연구자나 연구기관, 옛 교과서나 고서의 연구자, 각종 학술지 등에 공개하고 도서 전시회를 통해 일반인도 열람할 수 있도록 했다.

일반 국민이 생각하는 옛날의 국어 교과서는 이제 아무 데에서나 볼 수 있는 흔한 자료가 아니다. 그가 소장한 자료 목록 중에 1948년 대한민국 건국과 함께 발행된 초등학교 1-1 국어 교과서의 '바둑이와 철수'만 하더라도 국내에 불과 몇 권만 남아 있을 뿐만 아니라 구입하려면 상상을 초월하는 금액을 요구한다. 그런 교과서는 정부나 국정교과서를 제작하는 출판사에서 당연히 소장할 것으로 짐작하지만 실제로는 그렇지 못하다. 불과 20여 년 전만 해도 교과서 관련 자료에 관심을 가지는 개인이나 기관은 거의 없었다. 특히 국어 관련 교과서라는 제한된 분야의 서적을 수집하는 개인으로서는 김운기 시인이 유일하다고 할 수 있다. 지금은 서적 수집 분야에 관심이 높아져서 개인이나 기관 수집가가 많아졌지만, 이것도 따지고 보면 김 시인과 같은 수집가로부터 출발했다고 볼 수 있다.

그는 중·고교 학창 시절부터 문학에 관심이 많았다. 특히 시를 좋아하다 보니, 자연히 시집도 모으게 되었다. 요즘에는 서재나 서가를 갖춘 집이 드물다. 30~40년 전만 해도 집에 장서가 있는 것이 부러워서 책을 보지 않는 사람도 거실에 장서를 꾸며 놓았다. 그러나 언제부터인가 집안에 장서가 있는 사람이 드물어졌다. 장서가들도 그렇지만 이삿짐센터의 직원들이 이사할 때 가장 힘든 짐이 책이라고 한다. 그래서 요즘에는 책장 없는 집이 대부분이다. 그런데 김 시인은 집안에 수천 권의 책을 두고 사는 게 일상이었으니 매우 독특한 삶이다. 그는 고서와 생활하면서 일종의 직업병처럼 피부의 알레르기 증상으로, 아주 오래전부터 불편을 겪고 있다.

그는 대졸 이후, 건축 관련업 외의 다른 직업을 가져 본 적이 없다. 건축 일은 출장이 많아 지방이나 외국에 자주 나가야 한다. 그래서 출장지에 가면 고서점을 찾아 뒤지는 것이 필수적인 과업이 되었다. 지금은 교통과 수집 여건, 제반 환경이 편리하지만, 과거에는 필요한 자료를 구하려면 주말의 휴가를 포기하고 지방에도 자료를 찾으러 다녔다. 더구나 현금을 들고 다녀야 했다. 그리고, 먼지 나는 자료 한 점을 구하느라 한 달 봉급을 털기도 했고, 귀한 자료를 만나게 되면 아내의 적금까지도 해약하는 일이 있었다. 또, 경매장에서 비딩 카드를 들고 대기하며, 경매가가 성큼성큼 올라갈 때마다 심장도 같이 뛰어오르는 숨 가쁜 체험도 했다.

'그렇게 경제적인 부담과 힘든 과정을 통하여 책을 구한다고 해서 개인 생활에 무슨 도움이 되고 무슨 영화(榮華)가 있다고 그러는가?' 하고 의아하게 생각할 사람도 있을 것이다. 더구나 자신이 출장이나 중요한 일로 경매장에 나가지 못할 때는 아내에게 대신 입찰을 부탁했다. 그런데, 아내가 예상한 금액보다 경매가가 높아지면 입찰을 포기하고 올 때가 있었다. 그래서 다툰 적이 여러 번 있다. 그렇지만 그런 고통도 귀한 자료를 구하기 위한 과정으로 여기어 지금도 고서적 경매장에 수시로 나가, 중요한 자료를 차지하려고 눈에 쌍심지를 돋운다. 아직도 귀한 서적을 소유하고픈 강렬한 욕망을 지니고 있다.

그렇게 열정적으로 과감하게 투자해야만 손에 쥘 수 있다. 한번 기회를 놓치면 영영 자신의 손에 들어오지 못할 수도 있기 때문이다. 그는 평소에 자료 수집에 대해 '귀한 자료는 흐르는 물과 같아 흘러가기 쉽다.' 는 경험에 의한 지론을 가지고 있다. 기회는 언제나 오는 것이 아니어서 한번 기회를 포착하지 못하면 끝내 내 것이 되지 않을 수도 있다. 사람이 사는 일이 모두 그렇지 않을까?

2. 독특한 이력과 인문학적 삶

그는 대학에서 건축을 공부하고 평생 건축 관련 직업을 떠난 적이 없는 전문 건축인이다. 그런데, 2,000년에 출간한 첫 시집을 낸 이후 3권의 시집과 다수의 번역서, 평론집 등을 출간한 중견 문인이기도 하다. 그런데, 10여 년 전부터 한문학을 공부하기 시작하여 대학원에서 한문학으로 석·박사 학위를 취득하고 지금은 한문 고전을 국역하는 작업에 몰두하고 있다. 아직 세상에 나오지 않은 한문 고전들을 발굴하고 국역하여 독자들에게 소개하기 위한 작업이다.

그의 이력 중에는 또 하나 독특한 분야도 있다. 거의 반

평생 동안 검도를 익힌 검도인이다. 안양시 검도회장, 안양시 체육회 부회장, 경기도 검도회장을 역임한 전문 검도인이며 체육 행정가로 사회에 봉사해 왔다. 많은 초·중·고 학교와 직장에 검도팀을 창단하도록 지원했고, 경기도경찰청, 수도군단 등에 검도를 보급하는 등 고서와 살아온 열정 못지않게 검도를 통한 심신의 수련에도 노력을 기울였다.

그의 후반생은 어떻게 펼쳐질지 궁금하다. 아마 지금처럼 건축, 고서 수집, 검도, 한문 번역 등, 몇 가지 일에 몰두할 것으로 여겨진다. 그는 최근 몇 년간 퇴계의 서찰에 매달려 국역 작업에 매진했다. 그리하여 2023년 6월에 『아들에게 쓴 퇴계의 편지』라는 제목으로 퇴계의 한문 서간을 번역하여 3권으로 엮어냈다.

그는 현재 중견 시인으로 수원문인협회 이사로 있다. 필자는 그와 함께 수원 문인협회에서 활동하는 인연으로 그가 국어 교과서 수집가라는 것과 검도, 한문학을 하고 있음을 알게 되었다. 그는 몇 가지 특별한 이력을 가지고 있지만, 그가 국어 관련 서적을 수집하여 공개하는 서지학적 분야에 기여하는 데에 고마운 마음을 가지고 있어, 그 노력과 성과를 사회에 알리고 싶었다.

필자는 높은 지위, 많은 재물에 대한 출세나 성공을 추구하는 것보다 자신의 이상과 꿈의 실현을 위해 노력하는 사람을 더 좋아한다. 자아실현을 위해 꾸준히 노력하는 분들과 교유하며 살고 싶다. 그렇게 자기 세계를 구축하고 사는 분에게 깊은 존경심을 가지고 있다, 그런 분들의 삶을 통해 필자도 충실한 삶을 살고자 하는 의욕과 의지를 강화하기도 한다.

국어를 지키고 발전시키는 것도 애국이고, 국어 교과서를 수집하여 국어의 변천사를 살펴볼 수 있도록 정리하는 것도 나라 사랑의 길임에 틀림없다. 그 가치를 인지하고 꾸준히 도서를 수집하며 자기 세계를 구축하고 있는 김운기 시인이 참으로 존경스럽다.

3. 그의 국어책에 대한 수집 열정

소위 개화기라고 하는 1890년대 이후, 130여 년 동안에 나온 우리말 교과서는 대략 2,000종에 가깝고, 그 가운데 신교육 초기의 국어 관련 교과서만도 200여 종이 넘는다. 1910년 이후 일제 강점기 동안에도 우리말 교과서는 교과 차수별로 발간되어 '조선어 독본'이라는 과목으로 교육 현장에 있었다.

1948년 정부가 수립된 후에 최초로 만든 국어 교과서는 '바둑이와 철수'였다. 이 책이 발행된 날이 1948년 10월 5일이어서 한국교육과정 교과서연구회에서 그날을 '교과서의 날'로 지정해 기념하고 있다. 문자가 탄생 된 생일을 가지고 있는 유일한 문자가 한글이다.

어느 날 헌책방에 들렀다가 폐지 더미에 1968년 판 국어 1학년 2학기 교과서가 있어서 가져와 1956년 판과 비교해 보니 같은 내용이지만 어투와 삽화가 달랐다. 교과서의 개정 연도나 차수를 몰라 문교부 편수관에 문의하니 자료가 없다며 대한교과서에 가서 알아보라고 했다. 찾아갔더니 거기에도 도움이 될 만한 자료가 없었다. 너무 실망이 커 화가 날 정도였다. 나라말의 장전이고 경전인 국어 교과서가 정리되어 있지 않아 사라질지 모른다는 걱정을 하게 되었다. 그래서, 자신만이라도 국어 교과서를 모아 관리해야겠다는 사명감을 갖게 된 것이다.

김 시인 서재의 책더미   잡지에 소개되었던 기사 일부

그가 국어 관련 서적들을 수집하면서 수고를 아끼지 않고, 경제적 부담을 마다하지 않았던 것은 훗날 문화재로서의 가치를 기대하거나 경제적 보상을 받기 위해서가 아니었다. 앞에서 언급했듯이 국어를 소중히 여기고, 국어의 변천 과정을 살펴볼 수 있는 자료를 보존하는 것도 애국의 하나라고 여기기 때문이다. 누군가 필요할 때 쓸 수 있도록 자

료를 보관하여, 후세에게 물려주고자 할 뿐이다. 또 하나의
이유가 있다면 소중한 자료를 간직하고 싶은 열정 때문일
수도 있다.

<table>
<tr><td>한국고서연구회의 애서가상 수상</td><td>애서가상 수상식에서(2023.2.18.)
- 우측이 김운기 국어책 수집가 -</td></tr>
</table>

건축가로서의 건축업, 검도인으로서의 운동, 시인으로서의
시 창작, 서지학자로서의 중요 서적을 수집, 보관, 정리하는
일 등, 여러 가지 일로 분망하지만, 그는 그런 일들을 어느
하나도 버리지 못하고 직장 일과 병행했다. 그런 일들이 자
신을 유기적으로 지원해주는 버팀목이 되었다고 여긴다. 자
신의 안일과 영달을 위한 일보다는 세상에 태어나 자신만이
할 수 있는 일, 자신의 능력과 노력으로 빛을 남기는 일, 그
런 일로 사회에 기여하고 싶은 마음 때문이리라. 김 시인의
그 고운 마음이 우리나라를 위해 큰 기여를 하리라 기대한다.

신근완 색소포너

평범한 삶에서 즐거움을 창조하는 연주자

신근완 색소포너의 연주 모습   퇴직 전 모습

재물을 많이 가진 것도 아니고, 지위가 높은 것도 아니며, 재능이 뛰어나지도 않지만 신근완 색소포너는 자신의 삶에 충실하면서 다른 사람들에게 즐거움을 나누어주기 위하여 색소폰을 연주하고 있다. 그의 색소폰 연주 실력이 알려져 여러 곳에서 출연 요청이 왔다. 주로 천안 지역에서 연주 활동을 하고 있는데 요양원에는 정기적으로 가서 재능기부 연주 봉사를 하고 있다.

그는 수원의 경기경찰청에서 경찰 공무원으로 30여 년 재직하고 2021년 12월에 천안 동남경찰서에서 정년퇴직했다. 자연과 가까이 살고자 천안시 광덕산 아래의 매당리에 연습실과 정원을 갖춘 집을 마련하여 정착했다. 지금은 본격적인 농부로, 색소폰 연주자로 살며 정원에는 150여 점의 분재를 만들어 놓고, 반려동물을 기르며 아름다운 삶을 가꾸고 있다. 매월 동호회원들과 자택에서 연주 연습과 발표회를 하고, 초청받은 무대에서의 공연을 준비한다.

그는 매우 근면하게 살아 자택에 음악실을 갖추고, 분재 정원을 가꾸며 자기 세계를 추구한다. 그리고, 주위 사람들에게 베푸는 삶을 살고 있다.

I. 즐겁게 살며, 즐거움을 선물하는 삶

경찰 공무원이었던 신근완 경감은 천안시 광덕면 매당리에 10여 년 전, 터전을 마련하여 집을 짓고 음악실과 분재 정원을 만들어 꿈의 산실을 조성했다. 2021년 12월에 정년 퇴직하여 본격적인 농부로, 색소폰 연주자로 변신하여 분재를 만들고 가꾸며 반려동물과 살고 있다. 필자는 3년 전, 농사를 짓고 있는 아산 송악면에서, 전원생활을 하는 분의 안내로 그의 자택을 방문하게 되었다.

그의 집 담장은 항아리를 포개어 늘어놓았는데, 높이가 1m 정도의 큰 항아리를 뒤집어 놓고 그 위에 50cm 내외의 작은 항아리를 얹어 만든 울타리가 특별했다. 50여 개의 큰 항아리에 작은 항아리를 올려놓아 조형미를 살린 담장이었는데 둥그런 항아리의 배부른 선들이 특이하지만, 정감이 가는 모양이다. 배부른 여인이 단지를 머리에 이고 줄지어 선 듯하다.

집 안에 들어가 2층으로 올라가니 방음장치를 한 서재 겸 악기 연습실이 있다. 외부로 소리가 나가지 않고 실내의 음향에 효과가 있도록 시설하고, 노래 반주기와 엠프, 키보드와 색소폰, 책과 장신구 등을 잘 정리해 놓았다. 집 앞으로 넓은 통유리창이 있어 채광과 전망이 좋은 방이었다. 책과 여러 가지 악기와 장신구, 시화 등을 게시하여 그의 관심사와 취향을 짐작할 수 있었는데, 자신의 꿈을 진열해 놓은 것처럼 보였다.

항아리를 늘어놓아 만든 울타리와 음악실이 있는 주택

그는 기타를 치며 노래도 하고, 색소폰으로 반주기에 맞추어 연주했다. 마니아 수준이 아니고 무대에서 관객들의 갈채를 받기에 손색없는 프로수준이었다. 그런 정도의 실력을 갖추었기 때문에 여러 행사에 초청받아 무대에 서고, 정기적으로 양로원에 가서 연주 봉사를 했을 것이다.

무대 위에서 색소폰을 연주하는 신근완 색소포너

경찰 공무원으로 재직하면서도 퇴근 후나 휴무일에 색소
폰을 익혀, 지역의 행사와 축제장에 초청을 받아 연주하거
나 양로원에 정기적으로 가서 재능기부 연주 봉사를 했다.
그가 양로원에 가면 입원한 노인들과 직원들이 반겨주었는
데 어떤 분은 색소폰 연주를 듣고 눈물을 흘리기도 했다.
스스로는 즐거움을 만들지 못하고, 밖으로 나가지도 못하여
수용소 같은 양로원에서 일과의 대부분을 보내기 때문에 신
경관이 정기적으로 와서 색소폰을 연주해 주니 얼마나 오아
시스 같은 위로를 받았을 것인가. 아무런 희망이나 즐거운
놀이가 없어 시간을 무료하게 보내는 노인들에게 흥겨운 가
요를 색소폰으로 연주해 주니 노인들은 얼마나 즐겁고 고마
웠을 것인가.

　요양원에는 외부의 봉사자들이 와서 노인들을 마사지해주
거나 목욕을 시켜주기도 한다. 또 신 경관처럼 색소폰으로
즐거움을 안겨주는 사람도 있다. 그렇게 봉사활동을 하는
일도 더불어 살아가는 사회를 만드는 데에 매우 뜻깊은 일
이다. 그는 그런 노인들의 반응과 양로원 종사자들의 환영
에 20년 이상을 연주 봉사활동을 했다. 또 매달 한 번씩 동
호회 회원들과 자택의 연습실에서 만나 색소폰 연주의 발표
회를 하며 감상을 하거나 기량을 기르고 있다. 색소폰에 입
문한 초보자에게는 코칭으로 연주 기법을 알려주기도 한다.

　스위스의 호수마을인 루체른에 가본 일이 있다. 서울의
⅕ 넓이, 8만여 명의 인구로서 작은 도시다. 이 도시의 호
수에 있는 긴 목조 다리, 카펠교가 세계적으로 유명하다. 그
호수에는 백조가 살고 있어 많은 관광객들이 찾아가는 아름

다운 마을이다. 이 시에서는 매년 계절별로 축제를 하는데, TV 방송에서 그곳의 축제 행사를 방송하는 걸 보았다. 그 작은 도시에서 수십 개의 악단이 나와 긴 행렬을 지어 걸어가며 악기를 연주하는 장면이 매우 인상적이었다. 그 도시의 성인이라면 누구라도 악기를 들고나와 연주하는 것 같았다. 실제로 마을마다 그런 합주 동호회가 있다는 것이다. 개인당 국민소득이 연 9만 불 이상의 부국이기에 가능한 일이겠지만 우리나라도 개인당 소득이 3만 불을 넘어 선진국으로 진입했다. 그러므로, 우리나라도 국민의 대부분이 악기 하나는 다루며 즐거운 생활을 영위하게 될 날이 머지않아 도래할 것이다. 또 독일 뮌헨에는 천명 정도나 입장할 수 있는 아주 큰 맥주 주점이 있다. 그 집이 너무나 유명하여 찾아가 보았다. 이곳에서는 홀의 한쪽에서 색소폰을 비롯한 6인조 브라스 밴드가 POP을 웅장하게 연주하였는데, 연주자들이 70대의 연령층이어서 매우 특별하게 여겨졌다.

한국인들도 집집마다 차 한 대를 거의 가지고 있고, 꿈같았던 마이카 시대도 가까워졌다. 30년 전에는 부유층만 가능했던 골프가 보편화되어 이제는 웬만한 사람들은 골프를 즐기고 있다. 국민소득이 높아지면 그렇게 문화적인 생활이 일반화된다. 우리나라도 유럽의 부유국과 같은 형태의 연주 동호회 활동이 보편적인 날이 올 것이다. 필자와 가깝게 지내는 친구 중에도 세 명이나 색소폰을 연주하고 있다. 또, 우리 마을의 화서 시장에 갔다가 부근에서 색소폰 소리가 나서 살펴보니 구두 수선 부스 안에서 수선공이 색소폰을 불고 있었다.

2. 분재로 정원을 만든 분재 전문가

그의 집 정원에는 150여 개의 분재가 진열돼 있다. 정원의 진열대에는 여러 종류의 수종과 다양한 모양으로 만들어 놓은 분재가 웬만한 꽃가게보다 많다. 2023년 4월 5일에 방문해 보니 대문 입구에는 금낭화가 한창 피어 있고, 진달래, 수서 해당화, 바위취, 배나무 등의 분재에도 꽃이 피었다. 산앵두나무, 마로니에 등에 새싹이 꽃처럼 자라 있다. 꽃도 예쁘지만, 나무 모양이 특이하고 기이하여 경탄하였다. 분재를 그렇게 작품으로 만들어 놓기까지는 기르고 가꾸느라 40년 동안 고생이 많았을 터이지만 분재하나 변변한 게 없는 필자에게는 그 많은 분재를 가진 그가 부러웠다. 꽃이 활짝 핀 진달래, 수서해당화, 산앵두나무, 배나무가 눈에 먼저 띄었고, 고목 같지만, 화분에 담겨 싹트는 느티나무, 기이하게 굽은 마로니에, 화분의 바위에 하얀 꽃이 우거지듯 핀 바위취는 무척 화려했다. 언제부터 분재를 하게 되었느냐고 물으니 20대부터 시작했다 한다. 연륜이 깊다. 남자들의 대부분은 직장에서 승진이나 지위 향상, 자신의 직무에서 발전을 도모하느라 꽃을 기르거나 정원을 가꾸는 일에 열중하기 쉽지 않다. 그런데 그는 청년기부터 분재에 관심이 깊었다. 직장생활과 악기 연습으로 무척 바쁠 텐데도 분재를 만들고 가꾸었다니 타고난 성정과 부지런함 때문에 가능했을 것이다.

마당에 설치한 분재 진열장은 그가 고안하여 스스로 만들었다. 파이프를 연결해놓고 그 위에 유리판을 얹은 단순한 구조이지만 분재 진열과 관리에 편리하겠다. 분재는 매일 물을 주고 수시로 모양을 만들어 줘야 하는 살아있는 생명체다. 그렇게 정성을 기울이지 않으면 생존도, 멋진 모양도 유지하기 어렵다.

그의 집 안으로 들어가니 2층으로 올라가는 계단의 벽에 붙여 놓은 진열장에는 목재로 만든 공예품들이 많이 있고, 연습실에는 청동이나 목재로 만든 1m 내외의 조각, 조형 작품이 진열되어 있다. 2층에 오르는 계단 끝에는 진열장이 있는데 소형 조각 작품들이 진열되어 있다. 대부분 그의 손에 의해 만들어진 작품들이다. 솜씨가 놀랍다.

분재를 만들어 진열해 놓은 정원

3. 꿈의 요람, 그의 자택과 음악실

그는 전남 장흥에서 태어나 학교를 다녔고, 완도에서 전

투경찰로 근무하였으며, 소안도 아가씨를 만나 결혼했댜. 행정 공무원으로 취업했다가 3년 뒤에 경찰직으로 전직했다. 경기도에서 주로 근무했는데 수원과 화성, 안산에서 근무하며 퇴직 후 정착할 곳을 찾다가 바로 이곳, 천안시 광덕면에 집을 마련하여 근무지를 천안 동남경찰서로 옮기게 되었다. 이곳에는 아무런 연고가 없지만, 국토의 중간 지점인 조용한 시골에 정착하고 싶어서 이곳에 터전을 마련했다.

지금은 정년퇴직하여 본격적으로 농삿일과 색소폰 연주를 한다. 취미로 분재를 만들고 기르며 반려동물과 함께 이곳에서 만나게 된 동료들과 동호인들이 있어 이제는 이곳 주민들과 어울려 살고 있다. 이곳에 와서 집을 지었는데 악기 연주실을 만드는데 가장 정성을 기울여 방음장치를 했다.

그의 악기 연습실이요, 서재이며, 자신만의 공간인 음악실에 들어갔다. 우측 벽에는 윤동주의 '서시'와 천상병, 조병화, 한용운, 마종기, 신석정 등의 대표 시가 게시되어 있다. 보통 사람으로서는, 공무원으로 살아온 이는 마련하기 어려운 꿈의 요람인 셈이다. 그는 정원을 만들고 악기를 연주하며 살 수 있는 집을 만들어 소망을 이루었고, 색소폰 연주로 무대에서 관객들에게 즐거움을 선물하는 상생의 즐거움을 실현하고 있다. 자리이타(自利利他) 사상을 바탕으로 하는 연주 봉사로 사회에 기여하고자 한다. 그는 무대에서 노래를 부를 때도 있지만 목소리가 좋고 발음이 좋아 이따금 무대에서 시 낭송도 한다.

방 안에는 무대와 마이크, 엠프와 스피커, 전자 올갠, 컴퓨터와 모니터, 반주기, 책상과 책장을 배치해 놓았다. 밖을 조망할 수 있는 큰 유리창을 만들었고, 방안에는 대형 규면각 선인장, 기린과 말의 동상, 각종 정관물을 진열해 놓아 분위기가 박물관 같다.

그는 한때, 경기경찰청에서 형사로 근무한 적이 있다. 그때, 우리나라에 전역에서 공포감을 갖게 했던 화성 연쇄살인사건을 수사하기도 했다. 늦게나마 범인이 밝혀져 다행인데 그때 범인을 잡지 못해 늘 안타까웠다. 생애의 대부분을 경찰서나 파출소에서 근무한 경찰관이었다. 그런데 경찰 출신이라는 게 믿어지지 않을 만큼 유연한 표정을 지니고 있다. 음악과 자연을 좋아하는 감성이 풍부한 음악인이기 때문인 것 같다. 노래를 잘 부르거나 악기를 잘 다루는 사람은 흉악스럽지 않다며 교도소에 정기적으로 가서 재소자들에게 노래를 부르도록 전자올갠을 연주하며 정기적으로 봉사하던 분의 말을 들은 적이 있다.

자택의 연습실에서 색소폰을 연주하는 신근완 색소포너

그와 함께 색소폰 연주 활동을 하는 동호인들이 연주 발표회를 하는 날, 그 모임에 참석하여 연주회를 지켜보았다. 먼저 그가 반주기에 맞추어 세 곡을 연주하고 참석한 동호인들이 자기가 가져온 색소폰을 꺼내 돌아가며 발표했다. 서로 느낌과 의견을 교환하며 대화를 나누었는데, 역시 신근완 색소포너가 가장 수준이 높아 연주의 기교에 대한 코칭을 했다. 감정을 제대로 표현하려면 소리를 끌어올리는 업 밴딩, 끌어내리는 다운 밴딩을 잘해야 한다고 했다.

색소폰에 대하여 그는 몇 가지 지론을 필자에게 설명했다. 50세 이상의 대중들에게 심금을 가장 깊게 울리는 악기가 색소폰이다. 그런데 소리가 커서 보통의 가정이나 아파트에서는 주위 사람들에게 불편을 주기 때문에 연습조차 어렵다. 다른 악기는 음색의 변화가 적은데 색소폰은 똑같은 악기를 가지고 연주해도 연주자에 따라, 또는 어떻게 연주하느냐에 따라 소리가 다르다. 그래서 오케스트라에서는 색소폰 연주가 들어가는 경우가 드물다는 것이다.

55년 전, 필자가 중학생일 때에 이리시의 어느 음악회에 갔다가 색소폰 연주를 보았다. 그 악기의 휘어진 곡선의 모양과 빛나는 광채로 무척 고급스러워 보이는 색소폰에 매료된 적이 있다. 동네에서 하모니카만 불어도, 기타만 메고 있어도 부러웠던 시절이다. 동네의 어느 아저씨는 머리빗을 종이로 감싸 하모니카를 불 듯 입에 물고 목소리로 악기 소리를 냈다. 30여 년 전 부산의 어느 동화작가는 풀피리로 노래를 연주했는데 그 모습도 인상 깊은 기억으로 남아 있다.

그런데 집 안에 음악실을 만들어 놓고 컴퓨터로 악보를

보며 엠프의 반주기에 맞추어 색소폰을 부는 모습은, 20여 년 전에는 고급 주점에서나 볼 수 있었던 장면이다. 그런 공간을 평범한 개인의 집에서 만들고 산다는 건 지금도 흔한 일이 아니다. 더러 전원주택이나 외딴집 등, 시끄럽다고 항의할 사람이 없는 곳에서는 엠프와 마이크로 노래 부르는 걸 본 일이 있다. 더군다나 아파트에서는 상상조차 할 수 없는 일이다.

4. 앞으로의 삶

연주실에서 동호인들이 색소폰을 연주할 때, 아래층으로 내려와 잠시 신근완 색소포너의 부인과 인터뷰를 했다. 공무원 보수가 많지 않은데 어떻게 이런 집과 음악실을 갖추었는지 문의했다. 그의 부인은 "남편이 술 담배 안 하며 근면하게 살았고, 나 역시 가게에 보탬이 되려고 많은 일을 하다 보니 그리되었습니다." 하고 대답했다. 남편은 직장에서도 성실히 근무하여 중요 범인 검거 등의 유공으로 행정자치부 장관 및 경찰청장 표창 등 50여 회 이상의 표창과 상을 받았고, 승진도 거듭했다. 그런 남편을 위해, 남편이 하는 일에 도움이 되려는 마음으로 살았다고 했다. 그리고 농사를 지으며 생산한 농산물로 식품은 거의 자급자족하여 지출을 줄였다는 것이다.

친정아버지께서 교사였기에 결혼 전에는 농사를 지어본 경험이 없어 이 마을에 와서야 마을 분들에게 물어물어 농사를 배웠다. 지금은 어려움 없이 농사를 지어 생산한 채소로 반찬을 만들어 마을 노인들에게 갖다 드리기도 하며 이웃돕기 일에도 적극적으로 참여한다. 마을의 부녀회장, 광덕면과 마을의 총무, 복지 반장 등의 일도 했다. 그렇게 열심히 살다 보니 효부상도 받았다. 남편은 요양원에 가서 색소폰 연주로 노인들에게 봉사하고, 부인은 동네 어른들이 하기 어려운 일을 돕거나 해결해주기도 한다니 그야말로 부창부수(夫唱婦隨)다.

그에게 앞으로의 꿈을 물었다. "퇴직 후의 꿈은 문학과 음악, 철학이 공존하는 공간 속에서 즐겁게 영위하고자 합니다. 지금까지의 여러 과정은 퇴직 후의 노후대책에 대한 준비였습니다. 지금은 꿈에 가장 가까운 거리에 와 있다는 생각이 듭니다. 지금처럼 건강하게 살면서 농사짓고, 악기 연주로 봉사하며 살다가 훗날 고통 없이 천상병의 귀천을 행복하게 부르며 가는 바람을 가지고 있습니다."하고 소박한 소망을 말했다. 상생의 즐거움을 실현하고 있다. 자리이타(自利利他) 사상을 바탕으로 색소폰을 연주하여 사회에 기여하고자 한다.

자신은 도가의 자연주의를 지향하는바, 물처럼, 물 흐르듯 자연스럽게 살고 싶어 이 시골 마을에 와서 정착하게 되었다. 그래서 분재를 만들고, 반려동물인 개를 기르고 있는데 개가 많을 때는 무려 30마리나 길렀다. 롯드와일러 그레이트덴 등 세계의 여러 명견들과 진돗개, 풍산개 등을 길러보았는데 세인트 버나드 개에게 가장 애정이 갔다. 그 개를 15년쯤 데리고 살았는데 숨을 거두어 장례를 치를 때는 눈물을 참지 못했다.

그의 꿈은 욕심이 없는 평범한 것이고 실현 가능한 바람이다. 저녁 식사를 하러 가던 중, 자신이 농사짓는 밭을 보여주었다. 500평 남짓이라는데 정사각형에 가까운 반듯한 모양이다. 밭 양쪽에 차도가 있어 접근성이 좋고 주변이 개발되어 요지의 땅이다. 밭을 갈고 정리해 놓아 아주 깨끗하게 정돈되어 있다. 밭 입구에는 농막을 만들어 놓았는데 문옆에 서각을 해서 직접 만들어 걸어둔 "풍운농장(風雲農場)"이란 현판이 붙어있다. 컨테이너를 구입하여 지붕도 만들고 실내도 꾸미어 소파와 탁자 등, 생활 도구를 갖추어 휴식하기 좋게 만들어 놓았다. 시골에 살려면 나무와 철골 용접도 다룰 줄 알아야 한다며 자신이 컨테이너 지붕을 직접 용접하여 제작했다는 것이다. 필자도 공무원으로 살았고, 농막을 가지고 있지만, 음악실이나 정원이 없고, 동생도 경찰관이지만 이렇게 자아실현과 사회에 기여하며 살지는 못하고 있다.

그의 음악실 입구에는 나무판에 새긴 서각이 세워져 있다. "知足常樂能忍自安(지족상낙능인자안)"[8]이라는 한자 성어인데 아마도 그의 좌우명처럼 여겨진다. 그는 자신의 성격처럼 깔끔하게 밭을 가꾸어 놓았다. 퇴직하여 직장에서 물러나면 1~2년은 엉거주춤하기 쉬운데, 자연과의 교감 속에 흙을 밟으며 살겠다는 마음으로 준비를 잘했기 때문인지 어설프지 않다. 아마도 경찰관으로 재직 중에도 하던 일이

---

8) 만족하면 항상 즐겁고 참을 줄 알면 언제나 마음이 편안하느니라.

었기 때문인지 퇴직하여 1년 남짓의 짧은 시간에도 능숙하게 일하고 있다. 얼마나 버느냐, 무슨 일을 하느냐도 중요하지만, 그의 삶을 보면 어떻게 사느냐가 더 중요한 것 같다.

지금은 본업이 농사이고 특기는 색소폰 연주이지만 취미는 분재, 낚시, 등산 등, 여러 가지다. 낚시하러 동해안과 서해안으로 가기도 하고, 장어 낚시를 하기 위해 전북 김제의 만경강도 간다. 색소폰 연주에 가장 정성을 기울이지만 집안에 분재도 만들고 연주 봉사도 하며 산다. 그렇게 노후를 아름답고 다양하게 살기는 쉽지 않다. 그와 같이 폭넓은 삶을 영위하는 사람은 흔치 않다.

그러나, 이제는 그런 삶을 지향하는 이가 많아 앞으로는 그렇게 사는 사람이 많아질 것이다. 먹고 사는 일에 얽매이지 않아도 되는 경제력과 여건이 갖추어지면 자연스럽게 문화적인 삶을 추구하게 된다. 아마 10~20년이 지나면 지금보다는 쉽게 볼 수 있는 모습일 것이다. 사회는 날로 발전하고 인간은 나날이 진화해 가기 때문이다.

유승룡 초원장학회 설립자

장학회의 운영과 이웃돕기에 바친 60년

(재)초원장학회 설립자 향견 유승룡 회장 　 초원장학회 기관지인 『길』지 54호(표지)

　　하루 10원 절약하기의 목표로 한 달 회비 1,000원 이상을 모아 발족 12년 만에 후원회비의 누계가 1억 원이 되고, 47년 만인 2021년까지 지급한 장학금이 100억 원을 돌파하는 기적이 일어났다. 그 기적을 일군 이는 유승룡 사단법인 초원장학회 설립자다.

　　그는 1952년 23세에 초등학교 교사가 되어, 1960년에 마을의 협동계를 조직하여 마을길을 넓히는 사업을 하다가, 1966년에 서울로 전입하여 1974년에 교직 동료들과 어려운 이웃과 학생들을 돕기 위한 초원봉사회를 만들었다.

　　1994년에 초원장학회를 서울교육청에 재단법인으로 등록했다. 2023년 현재까지 수백 명의 초중고 학생과 대학생에게 장학금을 수여하였다.

　　장학금 외에도 무의탁 노인, 무연고 재소자, 재중 동포와 한국에 온 동포 유학생 등, 이웃돕기 사업을 지금까지 무려 60년 이상을 지속해왔다. 지금은 94세의 고령으로서 장학회 이사장직을 후진에게 넘겼지만 아직도 '옹달샘 운동'을 계속하고 있다. 94세의 나이에도 컴퓨터로 문서를 작성하고, 단체 카톡으로 회원들에게 소식을 전하는 의지의 한국인이다.

I. 어려웠던 성장기

유승룡 초원장학회 설립자는 1930년 충남 보령군 미산면 찬샘골에서 5남매의 장남으로 태어났다. 초등학교 6학년 때 어머니를 여읜 장남으로서 중학교에 진학하기가 어려웠는데 숙부님이 학비를 보태주고, 담임선생님이 보살펴주어 중학교에 진학할 수 있었다. 사범학교 재학 때는 당고모부님이 숙식을 제공하며 도와주어 사범학교를 졸업할 수 있었다.

그 후, 새어머니가 들어왔는데, 새어머니는 동생들을 불편하게 하고, 농사지은 것들을 빼내더니 몇 년 후에는 빚을 져놓고 집을 나가버렸다. 그래서 회장님은 계모가 진 빚을 6년 동안이나 갚아야 했다. 그런 고생을 했기 때문에 장학생을 선발할 때, 우선순위가 편부모 가정의 자녀였다. 그리고 고교 졸업 후 바로 자립할 수 있는 실업계고등학생을 우선적으로 선발했다. 나중에는 인문계 고등학생까지 장학금을 수여하였는데, 중학교가 의무교육의 대상이 된 후에는 대학생에게도 장학금을 지급하고 있다.

그는 1952년 사범학교를 졸업하고 23세에 교사가 되었다. 교사로 4년을 근무하다가 초임 학교의 여교사였던 이만재(李晩載) 교사와 결혼했다. 당시에는 군내에서 유일한 부부 교사였다.

1960년, 마을의 복지사업을 하고자 협동계를 조직하여 마을의 숙원인 잿말재 고갯길을 뚫는 일에 도전하였다. 국도에서 1km가 넘는 고갯길을 넓히고자 땅을 살 수 있는 기금을 모으기 위해 동네 사람들과 매일 10원씩 회비를 모았다. 그리하여 5년 만에 길을 낼 수 있는 땅을 구입했고, 마을 사람들이 함께 길을 넓히는 일을 시작하여 6년 만에 우차(牛車)와 자동차가 다닐 수 있도록 만들었다.

2. 어려운 청소년과 이웃을 위한 생애

초등학교에 근무하던 유 선생님은 함께 근무하는 교직원들과 불우한 이웃돕기를 위한 '초원회'를 1966년에 결성하여 하루 10원 절약, 한 달 300원 이상의 회비를 모아 어려운 사람들을 돕는 일을 시작했다. 이 모임에서 모은 기금을 종로직업소년학교(야학)에 도움을 주었고 책과 옷 등을 모아 전국 낙후된 지역에 나누어 주는 일을 했다. 1974년에 '초원봉사회'로 이름을 바꾸고, 초등학교를 졸업하고 가정형편이 어려워 중학교에 진학하지 못하는 학생들에게 장학금을 지급하여 중학교에 다닐 수 있도록 돕기 시작했다. 그 후, 후원회원이 점점 많아져 점차 고등학생, 대학생까지 확대하여 장학금을 수여하게 되었다.

1966년, 그는 처가의 사정으로 서울로 전근하게 되었다. 그렇지만 고향의 마을 길 정비를 위해 계속 후원했다. 고향을 잊지 않고 돕기 위해 아호(雅號)도 두견새[향견(鄕鵑)]로 썼다. 그렇게 어려운 이들을 돕는 교사로 사는 것이 소망이었으나 가정사로 인하여 부인은 1974년에, 그 역시 1979년에 사표를 냈다. 당시의 정치 상황, 즉 부정선거에 동원된 일 등으로 바르게 살겠다는 소신을 지키기가 어려웠다. 또 어느 사업체에 투자했는데 그 사업을 관리해야 할 상황이 되어 부득이 교직에서 물러나게 되었다.

그렇게 사업에 뛰어들어 극심한 어려움에 처하기도 하였으나 슬기롭게 극복, 사업이 번창하기 시작했다. 그런데 동업자가 배신하여 또 큰 어려움을 겪었다. 그러나, 각골난망의 노력으로 재기에 성공했다. 그리하여, 교직에서 받는 만큼만 수입이 확보되면 사업을 그만두고 '초원봉사회' 일에 전념하기로 한 자신과의 약속을 이행하게 되었다. 그래서 사업체를 가족이나 친척이 아닌 능력이 있는 직원에게 넘기고 '초원봉사회(이후 초원회로 씀)'의 일에만 전념했다.

초원회의 일을 하면서 대학원 수학, 각종 교양 강좌를 수강하며 훌륭한 분들에게 자문받았다. 대표적인 분은 성심여대 김봉군 교수, 이오덕 선생, 함석헌 선생, 강기철 교수 등이다. 각 학교에서 후원회원을 확보해 주는 교사들, 회보를 각 학교로 발송할 수 있도록 도와주는 교육청 직원, 그 외에도 회원들의 도움을 받아 초원회를 운영했다.

초원회는 주로 서울 시내 초등학교 교사를 중심으로 시작했으나 차츰 중등 교사, 대학 교수 등의 교직자로 확대되었고, 기업체와 일반인으로까지 늘어나 초원회 발족 12년 만인 1986년에 후원회비의 누계가 1억 원을 돌파했다. 그동안 자택 안방에서 초원회의 일을 해왔으나 후원회원이 1만 명이 넘고 계속 늘어나, 1987년부터는 마포에 전세를 얻어 초원회 사무실을 마련했다.

1991년부터는 '안나의 집(덕소 경로원)'을 후원했으며, 초

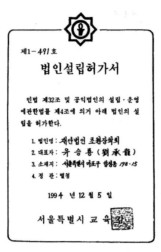

원회 발족 20년 만인 1994년에는 누적 기금이 3억을 돌파했다. 그 해 임의단체였던 초원봉사회는 서울시교육청에 법인 설립 허가를 신청하여, 재단법인으로 등록하였다. 이렇게 초원회가 성장하자 매스컴에서 보도하겠다는 제의가 거듭 들어왔지만 순수한 민간 단체로서의 역할에 충실하고자 각종 인터뷰를 사양했다. 그러나, MBC 라디오 방송에 초원봉사회가 소개되었고, 월간 조선에 초원회에 대한 기사가 나갔다. 그렇게 매스컴에 보도되자 후원회원이 늘어나 후원회비도 늘어났다. 특히 미국의 H 불자는 13년 동안에 총 1억 원을 후원했다.

3. 특별한 장학 단체, 초원장학회

초원장학금은 돈 많은 재벌이나 자선사업가가 내놓은 장학금이 아니고 평범한 서민들이 매월 1,000원 이상의 후원 회비를 십시일반으로 모은 장학금이다. 후원금으로는 적은 금액이지만 많은 회원들이 후원하기 때문에 48년 만에 누계 100억 원이 모였으니 참으로 놀라운 기적이었다.

초원장학금은 한번 주고 마는 장학금이 아니어서 힘을 발휘한다. 한번 선정되면 중고등학교를 졸업할 때까지 지급하고 차츰 대상을 확대하여 대학생까지 장학금을 지급했다. 또 장학금만 지급하고 마는 게 아니라 연수회를 개최하여 장학생들의 근검절약과 자립정신, 더불어 사는 봉사 정신, 자기 길(꿈)을 찾는 진로와 인성교육에 도움이 되는 프로그램이나 교양 강좌를 운영하고 친교도 다져 지금은 그 장학생들이 사회인이 되어 후원회원으로 활동하고 있다.

또, 어려움을 극복한 생활 수기를 공모하여 상금을 주어 그늘진 이웃을 돕거나 열심히 살아온 삶을 치하해 주었다. 소년 소녀 가장, 결손 가정의 학생, 갑자기 재앙을 당한 사람들을 위한 긴급 구호금, 무연고 재소자, 무의탁 노인, 양로원, 재중동포 중 어려운 학생, 국내에 유학 온 교포 유학생 등 사회의 여러 곳에 도움을 주었다.

그리고, 연말에는 초원회의 장학금을 받았던 졸업생들이 사회인이 되어 연말 자선 찻집을 운영하여 모은 기금을 장학금으로 기부했다. 국가의 복지제도가 미흡했던 1970년대에, 월세를 내지 못해 쫓겨날 처지에 있는 장학생 가족, 수술비가 없어 수술하지 못하는 학생, 맹인, 조부모를 모시고 사는 소녀 가장 등에게 긴급 구호금으로 지급했다.

국내 여러 민간단체에서도 후원금을 모아 이웃돕기를 하고 있지만 기금 운영이 투명하지 않아 부조리가 드러나 사회문제가 된 일이 있다. 그러나, 초원회는 50여 년을 운영하면서 그런 문제가 없었다. 적은 금액이라도 회비를 낸 사람의 이름과 금액, 지출한 내용에 대해 투명하게 공개하여 신뢰를 받았기 때문이었다. 그 점이 초원회의 장점으로서 56년의 전통을 지켜온 비결이었다.

4. 초원회의 발전 배경과 성공 요인

유승룡 회장은 초원회를 50년 이상이나 심혈을 기울여 운영해 왔다. 그는 1952년에 교사로 발령을 받아 좋은 교사가 되겠다는 꿈을 가지고 23세에 교단에서 섰다. 그리고, 마을의 발전과 마을 사람들을 위한 일을 시작했다.

그런데, 1960년 충남의 시골 학교에서 3·15 관권 부정선거에 동원되었다. 민주당 장면 부통령 후보와 같이 천주교 신자라고 야당성으로 분류되어 자유당으로부터 수모를 당했다. 그러나, 4·19 학생 혁명이 일어나 자유와 교권이 어느 정도 회복되었다. 다시는 부패 권력에 물들지 않고 옛 선비 정신을 실현하고자 고향을 가꾸기 위한 하루 10원 절약을 실천하게 되었다.

그러나, 처가의 사정으로 1966년에 부득이 서울로 전입하게 되었다. 서울로 발령을 받은 후, 미동, 고척, 재동국민학교로 본인의 뜻과 관계없이 전근하게 되었다. 그렇게 부조리한 현실을 맞닥뜨릴 때마다 "교사로서 어떻게 살 것인가?"를 고민하며 8년을 갈등했다. 그러다가, 45세 때인 1974년에 학교의 동료들과 초원회를 만들어 이웃돕기와 장학 사업을 시작하게 되었다.

그러나, 처가의 사정으로 아내는 1974년에 퇴직했다. 그는 1979년에 교직을 물러나 사업에 뛰어들었다. 그러나, 사업을 하면서도 초원회의 일을 계속하여 1986년에 누적 회비가 1억 원을 돌파했다. 그다음 해에 초원 사무실을 전세로 마련하였고, 초원회의 일에 본격적으로 매달렸다. 매월 발간하는 회보에 새로 가입하는 회원의 추천인을 밝혔다. 이 방법이 효과를 거두었는지 회원이 날로 늘어났다. 그는 초원봉사회의 취지문과 입회원서를 항상 몸에 지니고 다니며 만나는 사람에게 명함과 함께 주었다. 명함이 없을 때는 상대방의 주소를 적어왔다. 그리하여 회보를 보내주면서 간단한 쪽지 편지를 써 동봉했다. 동문회나 모임에 갈 때도 호주머니에 초원회의 취지문이나 초원 회보를 가지고 가고, 돌아올 때는 회비를 받아 늘 호주머니가 두툼했다.

1983년은 초원회 발족 10주년이어서 후원회원을 정리하다 보니 입회했다가 중단한 회원이 많았다. 관리를 잘못한 자신의 책임으로 반성하여 4일 동안 96명의 회원에게 일일이 편지를 써 보냈다. 그 계기로 초원의 메아리는 전국으로 퍼져갔다. 직장의 동료, 부부, 부자, 모녀, 형제, 사제 간에 회원을 추천해왔다. 그리하여 후원회원이 교사, 교장, 장학사, 교수로 확대되었고 일반인은 물론 심지어는 초등학생까지 회원으로 가입했다. 그리하여 1984년 4월에는 월회비 납부자가 974명, 연간 회비가 5,000만 원이 넘었다. 그해 1월에는 동아일보에 초원봉사회의 기사가 나갔고, 문화방송 라디오의 '홈런 출발'에 초원봉사회가 소개되었다. 또, 1989년 월간조선 잡지에서는 유승룡 회장에 대한 내용을 보도했다.

그 계기로 여러 매스컴에서 유 회장에게 취재 협조 요청을 해왔으나 대부분 사양했다. 매스컴에 나가 자신의 치적이나 자랑하게 된다면 회원들의 정성으로 이루어지는 초원회의 실적이 자신의 홍보를 위한 일로 오해를 받을 수 있기 때문이었다. 어려운 사람들을 돕는다는 순수한 뜻이 변질될 수 있다는 가족들의 만류도 인터뷰를 사절하는 데 도움이 되었다. 그리하여 인터뷰를 사양하거나 거절하여 기자들에게 원망의 소리도 들었다. 그 뒤부터 지금까지 초원회에 대한 보도나 인터뷰는 거의 응하지 않고 있다.

5. 변하지 않는 신념과 탁월한 능력

그는 오래전부터 '결혼식은 본인들이 혼인을 서약하는 계약식이며 부모로부터 독립을 선언하는 행사가 본질이 되어야 한다.'는 지론을 가지고 있다. 그 실천을 위해 세 자녀의 결혼식에 청첩장 없이 조용히 혼사를 치렀다. 근검절약의 정신을 실천한 것이다.

월간조선(1989년 11월호)에 보도된 "장학사업 30년 유승룡劉承龍 씨" 기사

그런 마음의 대표적인 지론은 '옷은 떨어질 때까지 입는다.'이고, 그의 좌우명은 무욕견진(無慾見眞)이다. 욕심이 없어야 진리가 보인다는 뜻이다. 초원봉사회 일에 전념하기 위해 동도상판 사업이 한창 잘 되던 시기였지만 가족이 아닌 직원에게 경영권을 넘겨주고 업체의 경영에서 물러났다. 보통 사람으로서는 실행하기 어려운 결단을 내린 것이다.

이웃돕기를 하기 위해 그가 내건 캐치프레이즈는 '생활은 검소하게 마음은 여유 있게'였다. 수신제가(修身齊家)가 이루어져야 이웃돕기도 할 수 있다는 생각에 '성실히 일하고 더불어 생활하며 항상 감사하자'로 가훈을 정하고 실천에 힘썼다. 초원회 발족에 대한 동기나 목적, 지론이나 신념은 그가 작사한 '초원의 노래'에 잘 담겨 있다. 그 가사는 다음과 같다.

1. 조그만 정성 모아 이웃 고통 덜어주고 숨은 뜻 찾아내어 사랑의 씨 심어보리

2. 혼자 힘 연약하나 모이면 강해지니 진실의 씨앗 뿌려 믿음 나무 가꿔가리

3. 맑은 물방울 모아 흙탕물 씻어내며 바른 길 걸어가면 평화의 꽃 피어나리

(후렴) 생활은 검소하게 마음은 여유 있게 더불어 실천하여 복된 초원 이룩하세

초원회의 취지와 목적을 잘 담고 있는 가사다. 그는 문학을 전공하였거나 문필가는 아니지만, 글을 잘 쓰고 사업의 기획에 출중했다. 지금 연세가 94세인데도 컴퓨터로 문서를

작성하고, 메일을 보내며, 휴대폰으로 문자, 각종 사진, 등의 자료를 만들어 보낸다.

초원장학회 사무실과 각종 기념패(유 회장의 좌우명이었던 사자성어, 무욕견진9))

또 자기 관리능력도 탁월하다. 30년 피운 담배를 끊은 것은 물론 고혈압, 고혈당을 식이요법과 걷기 운동으로 극복하였다. 그리고, 과거에 대한 기억력이나 판단력은 젊을 때와 차이를 느끼지 못할 정도다. 필자가 20년 전에 '선한 끝은 있어도 악한 끝은 없다.'는 선친의 지론을 말한 적이 있는데, 그 말을 지금까지 기억하여 말씀하실 정도다. 70세 때에는 가족의 동의를 받아, 사후 시신 기증의 서약도 해놓았다. 이웃을 위한 실천에 초지일관하려는 의지의 실천이다.

---

9) 마음속에 욕심이 없어야만 참다운 진리를 바라볼 수 있다.

6. 초원장학회에 바친 생애

초원회는 50년 사이에 수만 명의 회원이 드나들었고 회원과 회비가 늘어났다. 그는 자신처럼 전적으로 초원회에 투신할 인물을 기다렸으나 후계자가 나오지 않아 자신의 장녀에게 한동안 이사장직을 맡겼다. 그러다가 2022년에 1970년대부터 참여하여 헌신적으로 초원회 활동을 지속해온 이주영 선생에게 이사장직을 위임했다.

우리나라가 선진국으로 발돋움하자 고등학교까지는 등록금이나 수업료가 없어도 학교에 다닐 수 있게 되었다. 그래서 초원회에서는 초중등 학생은 물론 대학생에게까지 장학금을 확대하여 지급하고 있다. 그래서, 중국 교포를 위한 장학금, 무의탁 노인과 재소자, 갑작스러운 사정으로 어려워진 사람들을 돕는 일까지 다양하게 하고 있다.

한때 초원회에 후원회원이 2만 명 이상이나 되어 연간 후원회비가 억대를 넘었는데 지금은 회원이 많이 줄어 전성기 때의 절반도 되지 않는다. 그리하여 유 회장님은 2019년부터 장학금 모금과 이웃돕기를 위하여 '옹달샘 운동'이란 이름으로 매월 1만 원의 후원회비를 납부하는 회원을 모집했다. 그 운동을 시작하자 150명 이상의 회원이 금세 확보되었다.

그는 초원봉사회를 만들었던 초기부터 매달 '초원회보'를 만들어 회원들에게 우송했다. 그 회보에는 누가, 얼마를 냈고, 얼마를 어떻게 지출했는가에 대하여 분명히 밝혔다. 적은 금액이라도 이름, 금액, 추천인, 수입과 지출 내역, 결산 내용 등을 투명하게 회보에 기재하여 회원들의 신뢰를 확보했다. 그 점이 다른 민간단체와 비교되는 점이었고 초원회가 투명하게 지속될 수 있는 바탕이 되었다.

그는 상판 사업이 번창하던 1979년, 회사의 경영을 직원에게 양도하고 물러나 초원회의 일에만 전념했다. 사업이 잘되면 더 벌고 싶고, 또 회사를 자기 자녀에게 양도하는 게 일반적인데 자녀도, 친척도 아닌 직원에게 사장 자리를 물려 주었다.

초원봉사회는 오랫동안 매월 첫째 토요일에 월례회를 주재했다. 그는 초원회의 일이 언제나 우선이었고 생애의 과업이었다. 초원회의 일을 위해 동도상판 사업체도 물려주고 자신처럼 초원회 일에만 전념할 사람을 찾았으나 마땅히 없었다. 그래서 회장직을 물려주지 못하고 초원장학회와 초원봉사회를 분리하여 장학회 일은 유 회장이 계속하고 초원봉사회 회장직은 임원들이 돌아가며 하기도 했다.

그는 초원장학회를 서울시교육청의 재단법인으로 등록할 때, 대표이사가 되었다. 그러나, 세월이 흘러 대표이사를 양도하고자 했으나 응하는 이가 없어 부득이 유 회장님은 장녀에게 인계했다. 그렇게 지속해오다가 이사장이던 장녀는 상임이사를 맡고, 이주영 초원봉사회장이 대표이사로 역할을 바꾼 것이다.

그는 개인별 효도, 추모, 기념을 위한 "사랑의 숲 장학나무"라는 이름으로 장학금을 모아 재단 기금으로 억대의 돈을 적립해 놓아 초원장학회의 미래를 위해 기반을 다져 놓은 것이다. 그 기금보다 더 중요한 것은 초원회관을 건립한 일이다. 30년 전에 사무실 겸 회원들의 사랑방으로 쓰기 위한 초원회의 집을 구입했다. 지금의 초원장학회 회관을 지하 1층과 지상 4층으로 개축하여 재단법인의 재산으로 만들어 놓았다. 초원장학회 일에 전념하기 위해 자신이 경영하던 공장을 직원에게 물려주었고, 초원장학회의 회관은 사회에 기부한 것이다.

7. 유승룡 회장과의 만남

필자는 초원봉사회원으로 활동하던 이주영 선생님이 1982년부터 초원봉사회 회보를 보내주어서 1983년부터 현재(2023년)까지 40년을 참여하게 되었다. 그 회보를 보고 초원장학회의 전신(前身)인 초원봉사회를 알게 되어 매월 월례회를 하는 종로2가의 YMCA에서 유 회장님을 뵙게 되었다. 그 월례회에 참석하다가 지금까지 40년을 후원했다.

1983년에는 초원회의 기관지인 《길》지를 창간하였고, 초원회의 지도위원으로 김봉군 교수를 추대하였다. 이 《길》지에 필자는 '아름다운 삶을 살아가는 사람들'을 취재하여 탐방기를 10여 년 연재했다. 학생들에게 장학금만 주기보다는 연수회를 통하여 삶에 대한 격려와 지도를 하고자 1983년부터 장학생연수회를 시작하여 지금까지 계속하고 있다. 이 연수회에 박학다식(博學多識)한 김봉군 교수가 장학생들에게 무료로 오랫동안 특강을 해주었다.

1988년에는 MBC방송국에서 공모한 '아름다운 사람들'에 필자가 초원회를 소개하는 글을 써서 응모하여 우수상을 받게 되었다. 시상식을 MBC방송국에서 하게 되어 방송국에 갔다가 방송국을 견학하며, 방송사 사장, 이덕화 등의 연예인과 아나운서 등 유명인을 만나보는 행운도 누렸다. 그 내용은 라디오 방송프로 '홈런 출발'에서 방송되었다.

1990년부터는 합정동에 마련한 초원회의 사무실, '초원의 집'에 모여서 월례회를 하며, 적극적으로 참여하는 회원 10여 명과 우의(友誼)를 다지게 되었다. 필자는 1992년 초원회의 지회 설립 지원에 따라 안양지회를 만들어 독자적으로 26년 동안을 운영하였다. 그런데 필자가 교직에 있어 군포, 분당, 용인, 수원 등으로 근무지를 옮기게 되어 지회의 이름을 자주 바꾸게 되었고, 그 지회를 그만두기 직전에는 경기지회로 썼다. 그 지회를 필자가 26년 동안 운영하다가 교직에서 퇴직하기 직전인 2018년에 지회에 남은 회비에 기부금을 보태어 초원회에 납부하고 지회활동을 마쳤다. 그렇지만 지금도 초원장학회의 회원으로 활동하고 있다. 그 공로로 1993년에 10년 이상의 후원회원에게 주는 '공로회원패', 2001년에는 20년 이상의 후원회원에게 주는 '스승상' 기념패를 받았다.

필자는 초원회의 슬로건인 "생활은 검소하게, 마음은 여유있게"를 마음에 새기며 살려고 노력했다. 초원회와 유승룡 회장을 만난 것은 필자의 삶에 대단한 행운이었다. 필자의 생애에 지대한 영향을 주었던 초원회와 유승룡 회장님께 늘 감사하는 마음으로 살았는데 올해 94인 회장님의 건강이 약해지시니 걱정이 된다.

한 생애를 어떻게 사는 게 뜻깊은 삶이 될까에 대해 필자는 자아실현과 사회 기여, 두 가지를 중시한다. 자기가 하고 싶은 일에 매진하여 자아를 실현하고, 자기 세계를 구축하는 일, 그다음에는 사회 발전에 이바지하는 삶을 추구하는 것이 뜻있게 산 인생이라고 필자는 믿고 있다. 그는 이웃돕기와 장학사업으로 자아를 실현하였고, 어려운 이웃이나 청소년에게 장학금을 주어 도와주는 사회 기여에 최선을 다했다. 자기 자신을 위해서는 누구나 노력하지만, 이웃이나 사회에 도움을 주는 일은 아무나 할 수 있는 게 아니다. 자기만 잘살면 된다는 의식이 아직도 우리 사회에는 상당히 많지만, 선진국에서는 기부하며 사는 사람이 50%를 넘는다. 선진 국민에게는 선진 의식이 있음을 알 수 있다.

 일찍이 이웃과 청소년을 위한 일로 살고자 뜻을 세우고, 초지일관으로 실천하며 일생을 사신 유 회장님을 2023년 2월에 찾아뵈오니 거동조차 힘들어하셨다. 필자도 고희(古稀)의 목전에 있으니 흘러가는 세월을 어쩌랴! 안타까울 따름이다. 유 회장님의 만수무강을 기원한다.

재단법인 초원장학회 회관

유승룡 회장과 이만재 여사

장인순 도서관장

도서관을 혼자서 운영하는 원자력 박사

세종시 전의마을도서관[(주)고려전통의 건물 2층]

2021년 5월, 장인순 박사는 (주)고려전통의 건물에 『여든의 서재』를 집필하여 받은 인세의 전액으로 도서관을 만들고 연중무휴로 이용할 수 있도록 개방하고 있다. 83세의 고령(高齡)인데 대전에서 전의마을까지 출퇴근하며 도서관의 관리는 물론 운영까지 혼자서 하고 있다.

그는 미국 아이오아 대학의 연구원으로 재직하던 중, 박정희 대통령의 부름을 받고 1979년에 귀국하여 원자력 연구에 착수했다. 그 20년 뒤에는 1999년 한국원자력연구소 소장으로 두 번의 임기, 6년을 마치고, 한국원자력연구원의 고문으로 있었다. 원자력연구소에서 물러날 때까지 무려 30년 동안이나 한국 원자력 발전에 이바지했다. 그는 재임하는 동안 핵연료를 국산화했고, 국내에 원자력 발전소의 건립은 물론, 해외에까지 수출하는 기반을 구축하는데 핵심적인 역할을 했다.

그가 전의마을 도서관을 어떻게 운영하는지 살펴보기 위하여 필자는 전의마을 도서관을 두 번 방문하였다.

I. 전의마을 도서관 건립과 운영

장인순 관장   전의마을도서관(고려전통기술 건물 2층)

2021년 5월 5일, 어린이날에 장인순 박사는 전의마을도서관10)을 개관했다. 2020년에 수상집 『여든의 서재』를 집필하여 받은 인세 전액으로 열람실의 책걸상, 서가, 도서 9,000권을 갖추고 개관했다. 그 후, 지인이나 독지가들의 후원으로 도서를 2021년 12월까지 15,000권을 확충했다.

그는 '아이들을 위해 해줄 수 있는 일은 무엇일까, 아이들에게 상상력을 기르도록 돕기 위해서 무엇을 해야 할까?'에 대해 고심하다가 도서관을 건립하게 되었다. 83세의 고령(高齡)에도 불구하고 이 시골 마을의 학생들에게 꿈을 기르는 독서를 권장하기 위해 무보수의 도서관장직까지 맡아 연중무휴로 운영하고 있다.

---

10) 세종시 전의면 어천길 89-28, 고려전통기술(주)의 공장 2층

누구나 퇴직을 앞두면 '인생 제2막을 어떻게 보낼 것인가?'에 대해 많은 고민을 하게 된다. 그리하여 버킷리스트를 작성하여 실천 계획을 세운다. 그러나, 계획대로 실천하기는 쉽지 않다. 일상적인 일에 충실하다 보면 평범한 삶을 살게 되기 때문이다.

　그런데 팔순이 넘은 연세이니 평안한 노후를 즐기고 싶으련만 청소년들에게 독서를 장려하기 위해 이 도서관을 설립하고, 운영과 관리까지 하고 있다. 대전의 자택에서 이곳까지 51km, 왕복 100km 이상을 매일 운전하여 출퇴근하고 있다. 사서나 사무원도 없이 혼자서 연중무휴로 관리, 운영하고 있으니 정말 놀라운 일이요, 존경스러운 일이다.

　마을은 이 도서관에서 산 아래로 700m를 내려가야 나오고, 전의면 소재지까지는 4.5km의 거리다. 그곳에 전의면 행정복지센터와 전의초·중학교가 있다. 이 도서관에서 마을버스 정류장까지는 1.5km를 걸어가야 하는데 버스가 자주 다니는 것도 아니다. 전의면 소재지에서 이 도서관까지 4km를 걸어오기에는 좀 멀다. 버스나 승용차를 이용하지 못하면 걸어오기가 힘들기 때문에 택시로 오는 학생에게는 왕복 택시비를 주고 있다. 도서관 이용자에게 택시비를 주는 곳은 전국에서 유일한 도서관일 것이다. 이 도서관에는 사서도 없고 사무원도 없다. 도서관의 관리인이나 청소부도 없다. 무보수의 관장님이 혼자서 다 하고 있다.

　특히 연중무휴로 24시간 개방하고 있으며 도서 대출부가 없는 도서관이다. 보고 싶은 책을 스스로 꺼내어 가져다 읽고, 읽은 후 다시 가져다 놓으면 된다. 책에 밑줄을 긋거나 메모해도 된다. 특히 책에 메모하는 것도 다른 사람에게 도움이 될 수 있다며 메모를 허용하는 것이다. 관장님은 설날과 추석날을 제외하고는 특별한 일이 없는 한 하루도 빠짐없이 도서관으로 오전 7시에 출발, 오후 6시에 퇴근한다. 보통 사람으로서는 실천하기 어려운 일정이다. 더구나 무료봉사다. 출퇴근하는데 시간이 많이 걸려 이 마을 가까운 곳으로 이사를 할까 생각 중이다.

전의마을도서관 서가

2. 도서관 건립에 이르기까지

도검 제조 공장인 고려전통기술(주)에 도서관을 설립하게 된 것은 이 공장의 라연희 대표가 공장 건물의 2층을 도서관으로 쓸 수 있도록 제공해 주어 가능했다. 라 대표가 그의 수양딸로 인연을 맺어 도움을 받고 있다. 관장님의 친딸

둘은 모두 미국에 산다.

　라 대표는 쇠를 두드려 칼을 만드는 이 회사를 아주 열심히 운영하고 있다. 외국인을 사원으로 쓰지 않고 인건비를 줄이고자 되도록 기계를 자동화하고 로봇으로 제품을 생산한다. 이 도검 공장은 원래 대전에 있었는데, 공장을 확장하느라 2020년에 전의마을 산기슭에 있는 이 건물로 이전하였다. 이 공장은 2개 동인데 1개 동은 온전한 공장이고, 이 도서관 건물은 아래층이 도검 공장, 2층에는 도서관의 열람실과 서가, 관장실과 화랑, 도검 전시관이 있다. 화랑에는 본인의 소장품과 지인들이 기증한 수십 점의 그림과 사진을 전시하고 있다.

　그는 고려전통기술(주)에 자문을 해 주며 수필집 『여든의 서재』를 써, 출판사에서 인세를 받게 되었다. 그 인세로 국가에 기여할 수 있는 일을 하기 위해 도서관을 만들고 운영하게 된 것이다.

전의마을도서관 열람실 앞에 있는 갤러리

그는 고려대와 고려대학원에서 화학을 전공하고 캐나다의 웨스턴 온타리오대에서 이학박사와 미국 아이오와대에서 연구원으로 재직했다. 그런데, 정부의 핵 과학자 유치 프로젝트에 의해 초청받아 1979년에 귀국하여 대덕연구단지의 초창기 멤버가 되었다. 그리하여 한국원자력연구소에서 핵화공 연구실장과 화공재료 연구부장, 원자력 연구개발 단장을 지내며 1989년에 핵연료의 국산화를 이루는데 성공했다.

1994년에 한국원자력연구소 부소장, 1999년에 이 연구소의 소장으로 임명되어 3년 임기를 한 번 더 연임하여 6년 동안이나 재임하면서 해수 담수용 일체형 원자로와 양성자 가속기 설치를 지휘했다. 1997년 한수원 부설 중앙연구원 초대 원장을 했고, 1999년부터 2005년까지 한국원자력연구소 소장으로 한국원자력 발전을 위해 혼신의 힘을 기울였다.

그는 연구소에 재직하는 30년 동안 한 번도 가족 여행을 가지 못했다. 평소에는 시간이 나지 않았고, 휴가 때에는 집중적으로 책을 읽기 위해서였다. 은퇴 후에는 한국원자력연구소의 고문으로 4년간 활동했다. 또, IAEA 사무총장, 원자력에너지 자문위원, 원자력국제협력재단 이사장, 한국원자력통제기술원 이사장을 역임했다. 장 박사는 한국 표준형 원자로와 연구용 원자로 '하나로'의 개발을 주도하여 2009년에 아랍에미리트에 원자력 발전소를 수출하는데 기여했다.

1979년 한국원자력연구소의 연구비는 일본 원자력연구소의 1/70이었고, 연구원은 일본이 7,000명인데 우리는 1,500명이었다. 그런데도 원자로를 우리가 먼저 수출했다. 2009년 12월 27일, 한국표준형 원자로 4기를 아랍 에미리트에 수출 계약하던 날, 그는 뉴스에서 계약 장면을 보고, 행복한 눈물이 나, 그날 밤을 꼬박 새웠다. 원자력 식민지로부터 독립한 날이었기 때문이다.

아랍 에미리트는 기름을 수출하여 경제력이 풍부한 나라이지만 원자력 발전소를 건설했다. 그들이 말하기를 "지금은 비행기를 타지만 후세들은 우주선을 탈 거다. 그 이후에는 낙타를 타야 할지도 몰라 원자력 발전소가 필요하다."고 건설했다는 것이다.

우리나라는 3종류의 원자로를 수출할 수 있는 유일한 나라다. 아랍 에미리트에는 대형 상용 원자로, 요르단에는 연구용 원자로, 사우디아라비아에는 소형 원자로를 수출했다. 한국의 원자력은 세계에서 가장 값이 싸고 전압과 주파수가 가장 양질이며 정전 시간이 가장 짧은 최고의 기술을 보유하고 있다. 그야말로 가장 짧은 시간에 세계에서 가장 수준 높은 원자력 기술을 보유한 국가가 되었다. 그는 이렇게 말했다.

"나는 원자력연구소의 발전을 보며, 우리 국민은 뭐든지 할 수 있다는 걸 믿게 되었다. 그때 주당 80시간을 일했다. 그러나, 월급이나 수당을 올려달라고 데모한 일이 없다. 그런데 지금 미국의 연구자들은 하루 15시간을 연구·실험하는 경우가 있는데 우리는 주당 52시간 이내로 근무해야 하니 앞으로 어떻게 될 것인가가 걱정이다. 시간이란 열심히 사는 사람에게는 천천히 흐르고, 허투루 사는 사람에게는 오히려 빠르게 지나간다."

이 말은 열심히 사는 사람이 긴 삶을 산다는 뜻으로서 아인슈타인의 상대성이론을 생각하게 하는 중요한 메시지다.

3. 전의마을도서관 방문

이 도서관은 아주 특별한 상황에서 개관하였고, 특이하게 운영된다는 사실을 매스컴을 통해 알게 되었다. 그리하여 2021년 7월 29일 현종헌 소설가와 함께 방문하였다. 햇볕이 따가울 정도로 무더운 날이었다. 고려도검 공장의 마당에 주차하고 건물 2개 동 중 우측 건물 오른쪽의 출입문으로 문을 열고 들어가 2층으로 올라가니 넓은 실내 한쪽에 열람실과 서고가 나왔다.

도서관 열람실에 들어가면 우측에 15,000권의 장서가 서가에 빼곡히 꽂혀 있다. 열람실에는 각기 모양이 다른 예닐곱 개의 책상과 의자가 함께 채워져 있다. 도서관 열람실의 책상은 동그란 것도 있지만 별 모양, 삼각형, 사각형 등 다양한 모양이다. 미래 사회에서는 창의성이 중요하기 때문에 획일성에서 벗어날 수 있도록 책상 모형을 각기 다르게 만들어 놓았다. 책을 읽는 사람들이 잠시 쉴 수 있도록 소파도 배치되어 있다. 커피나 차를 마실 수 있는 커피 머신이 창가에 있다.

열람실에 아무도 없어서 사람을 찾으니, 옆방에서 관장님이 나오셨다. 인사를 드리고 관장님 방으로 들어가니 실내와 책상 주변에 여러 권의 책들이 놓여 있다. 의자에 앉으니 자신의 두 권의 저서, 『여든의 서재』 와 『하나님이 빛으로 우주를 창조하다』를 주셨다. 필자와 현 소설가도 각자 가져온 자신의 저서를 관장님께 드렸다. 그는 근간에 이 도서관이나 자신에 대해 보도된 기사와 잡지를 보여주며 도서관의 건립과 운영에 대한 설명을 해주었다.

도서관이 있는 2층의 커다란 홀에는 도서관(열람실과 서고)과 화랑, 도검 전시관이 있다.

전의마을 도서관 열람실(책상의 디자인이 모두 다르다)

화랑 안쪽 중앙 벽에는 "山高水長(산고수장)"이라 씌어 있는 액자가 걸려있다. 관장님은 그 사자성어의 뜻을 "덕행이나 지조가 높고 길어야 한다는 뜻이다."라고 했다. 눈에 잘 띄도록 홀의 중앙에 걸어놓은 걸 보면 관장님이 추구하는 좌우명이지 않을까 여겨졌다.

4. 공부는 머리로 하는 게 아니고 엉덩이로 하는 것

이 도서관을 처음 방문한 것은 2021년 7월 29일이었고, 두 번째 방문한 것은 2021년 12월 8일이었다. 처음에는 둘이 갔고, 두 번째는 수원에서 혼자 차를 몰고 가서 관장님을 만났다. 처음에 왔을 때는 건물의 벽에만 그림이 게시되어 있었다. 그런데 두 번째 와보니 화랑 실내에 전시 벽을 여러 개 만들어 많은 작품을 게시하여 화랑의 면모를 갖추어 놓았다. 동양화, 서양화. 추상화, 어린이의 그림 등 다양한 그림들을 전시했다고 관장님은 '비빔밥 화랑'이라 했다. 또, 동서양의 화가들의 그림이 함께 있어 국가와 시대를 넘나들면서 빛과 색깔이 주는 '자유를 향유하는 공간'이라고도 했다. 2층의 좌측에는 도검 전시관이 별도로 있다. 여러 종류의 도검과 옛 갑옷, 조총 등이 유리 케이스 안에 전시되어 있다. 크기나 모양이 다른 여러 종류의 도검이 있어 시대와 쓰임에 따른 도검의 모양을 비교해 볼 수도 있다.

관장님은 도서관 운영에 대한 생각, 청소년 지도에 대한 말씀, 자신의 지론에 대해 말씀하셨는데 정리하면 다음과 같다.

학생들에게 강의할 때 강조하는 것은 독서와 일기 쓰기다. 일기에는 가능하면 "나", "오늘"이란 말을 쓰지 말고, 인간관계, 갈등, 의문, 내일에 할 일 등을 쓰라고 한다. 미래지향적인 삶을 살도록 10년 후, 자신의 모습을 상상해서 써보라 한다. 특히 강조하는 것은 "공부는 머리로 하는 것이 아니다. 엉덩이로 하는 것이다. 재능은 노력에 달려있다."라고 했다.

80년을 살고 보니, 가장 쉬운 것이 나이 먹는 일이고 가장 어려운 것이 자기의 약속을 이행하는 것이었다. 그리하여 자신도 자랑스럽게 살았는지 수시로 성찰한다. 사람은 자신의 삶을 성찰하며 미래지향적으로 살아야 한다. 스스로 양심의 소리를 듣지 못하면 바르게 살지 못한다.

여성들이 명품 가방을 좋아하는데 가방에 책이 있어야 명품 가방이다. 그래서 자신은 매달 여러 권의 책을 구입해 읽는다. 연구소 재직 시에 연휴가 주어지면 놀러 가는 것보다는 연구실에서 책을 읽었다. 평소 1년에 50권 정도를 읽으므로 매주 1권을 읽는 셈이다. 그런데 이 도서관에 와서는 거의 매일 한 권씩 읽는다. 그래서 매일 7시에 집을 나서 오후 6시에 퇴근한다. 그래서 계속 책을 읽을 수 있는 시력을 유지하게 해달라는 기도를 한다.

친구를 만날 때에도 주로 서점에서 만난다. 권하고 싶은 책을 선물하기 위해서다. 옷은 한 번에 두 개를 사지 말고 하나만 사고, 그 대신 책을 한 권 사서 읽으라고 한다. 노인이 되어 책을 읽지 않으면 잔소리만 하게 된다. 하루하루가 이렇게 소중한 걸 예전엔 몰랐다. 팔순을 넘겨 생각하니 70대 초반이면 청춘이다.

외국에 출장 갈 때에는 비행기 3등석에서 책을 1~2권 읽는다. 1등석에서는 주로 자게 된다. 조금 불편하지만 3등석에 앉아야 책을 읽기 때문에 되도록 3등석을 이용한다. 그렇게 불편한 환경이 도움이 되는 게 많다. 따뜻한 방에서 공부하면 쉽게 졸리지만 추운 방에서 공부하면 집중력이 생긴다. 가난 속에서도 자존심을 지키는 데에 익숙해지면 배고파도 배고프다는 말을 안 한다. 시간을 절약하기 위해 불필요한 사람과는 사귀지 않고 되도록 소중한 사람을 만나려 한다.

선진 국민은 호텔 방을 깨끗이 쓰고 나온다. 호텔 방 쓰는 걸 보면 그 사람의 수준을 알 수 있다. 목욕탕에서도 백만장자나 인격을 갖춘 사람은 시간과 물을 아낀다. 우리나라의 어느 목욕탕에서는 여자를 받지 않는 곳이 있다고 한다. 여자들이 빨래를 가져와서 빨고 가기 때문이다. 문화시민으로 살아가는 방법과 삶의 철학을 가르쳐야 한다.

독일 군인들이 3만 명의 유태인을 가두어 놓고 화장실은 1개만 만들어 놓았다. 매일 새벽에 물을 한 컵만 주었다. 거의 모든 사람들이 짐승처럼 배변을 보았다. 그러나, 그런 열악한 환경에서도 어느 유태인은 물의 반 컵으로 세수를 하고, 반은 유리 조각으로 면도하고 헝겊으로 이를 닦았다. 수용된 유태인의 대부분이 죽임을 당했지만, 그는 인간으로서의 자존심을 지킨 결과, 끝까지 살아남을 수 있었다고 한다.

지금은 주례 없는 결혼식이 대세이지만 주례를 서다 보니 무려 1,500번쯤 선 것 같다. 인간관계에서 중요한 것은 사랑이다. 그런데 사랑하라는 말은 많으나 사랑의 지침서로 떠오르는 책이 없다. 하느님이 천지를 창조하면서 인간에게 주문한 것은 '사랑하라'는 것이었다.

문자(文字)보다 숫자(數字)가 더 중요하다. 수(數) 개념은 인간에게만 유일하다. 유한(有限)의 삶을 살면서 무한

(無限)의 세계를 논하는 게 인간이다. 수학 강국이 세계를 지배한다. 최근에 한국계 수학자인 허준이 교수가 수학계의 노벨상이라는 필즈상을 수상했는데 한국 출신의 학자가 수상한 것은 처음이다. 이 소식을 듣고 나보다 더 기뻐한 사람은 없을 것이다.

5. 장 박사의 성장기와 일화

1940년에 7남매 중 넷째로 태어났다. 여수고등학교와 고려대 화학과, 동 대학원 석사과정을 졸업했다. 대학을 졸업하고 연구소에 취업했는데 대학원을 진학하니, 시간상 공부하기가 힘들어 연구소를 그만두고 아르바이트하며 석사과정을 마쳤다.

초등학교 때에 선생님께서 장래의 꿈을 쓰라는 숙제를 냈다. 가정형편이 어려워 초등학교 선생님이라고 썼다가 담임선생님께 매를 맞았다. 공부를 잘하는데 꿈이 너무 작다는 이유였다. 고등학교 때는 수업료를 못 내 중간고사를 보지 못하고 복도로 쫓겨난 적도 있다. 고등학교 3년 동안에 도시락을 가져간 기억이 없다. 수학이 재미있어 대학을 수학과로 가겠다니 담임선생님은 가난한 사람은 수학을 하는 게 아니라고 말려 담임교사의 교과인 화학과로 진학하게 되었다. 그 당시에는 수학과를 나오면 취업하기 어려웠던 때였다.

서울로 대학을 진학하고 보니 학비는 물론 생활비 마련이 어려웠다. 1학년을 마쳤을 때 비로소 가정교사 자리가 생겼다. 대학원을 마칠 때까지 5년 동안 하루 평균 5시간 이상이나 학생들을 가르쳤다. 그리고, 장학금을 받으려고 공부에 열중, 4년 8학기 동안 대부분 1등을 해서 학비 부담을 덜었다.

군에 입대하여 복무 중 탈장 수술을 받게 되었는데 마취도 못하고 수술했다. 큰 고통이었지만 참고 수술을 마쳤다. 그 치료를 받다가 폐결핵에 걸린 걸 알게 되었다. 대학 다니면서 가정교사까지 하느라 너무 무리했던 모양이다.

대학 졸업 후, 국립공업연구소에 취업하고 대학원에 진학하였다, 그런데 그 월급으로는 하숙비나 겨우 낼 정도여서 가정교사까지 했다. 그러나, 동시에 세 가지 일을 계속할 수 없어 1년 만에 연구소를 그만두고 가정교사를 하며 대학원을 다녔다. 석사과정을 마치면 바로 유학 가려고 준비했다. 그런데 폐결핵 치료 때문에 가지 못하고 대학 시간 강사를 하다 5년 늦게 캐나다의 웨스턴 온타리오대의 박사과정에 장학생으로 들어갔다.

박사과정 수학 중 실험하다가 폭발 사고를 당해 큰 화상을 입었으나 다행히 목숨은 건졌다. 그렇지만 피부 이식 수술을 두 번이나 받았고 화상을 회복하는 데 3년이나 걸렸다. 그런데, 백인 의사와 간호사에게 엄살을 떠는 모습으로 비칠까 봐 아프다고 말도 하지 않았고, 신음소리도 내지 않았다. 화상 치료 때문에 박사학위를 7년 만에 취득했다.

미국 아이오와에서 박사 후 과정에 들어갔다. 과정을 마치고 그 대학의 연구원 생활을 하던 중 어머니께서 췌장염으로 입원했다. 그런데 하루도 넘기지 못하고 세상을 뜨셨다. 어머니 장례를 치르느라 무리했는지 허리 디스크의 연골 손상으로 수술을 받고 또 힘든 시간을 보냈다. 자녀 양육에 생애를 바친 어머니가 갑자기 돌아가시는 바람에 어머니를 한 번도 안아드리지 못한 게 한(恨)이 되었다. 그리하여 '어머니'의 시가 실려 있는 시집은 보는 대로 사서 읽었다. 지금도 시집을 2,000권 소장하고 있다. 시를 좋아하다 보니 시낭송회의 심사도 여러 차례 하게 되었다. 손발 저리며 일기를 쓰고, 무릎 저리며 편지를 쓰며, 가슴 저리며 이름 모를 시를 찾아 나선다. 시는 바람에도 색을 입히고 인간의 애환을 담으며 사연을 전한다. 그래서 시를 읽고, 사람들에게 시를 읽도록 권장한다.

시인은 배고플 때 시를 쓴다. 아름다운 시를 쓰면 배고파도 행복하다. 남을 칭찬하면 행복하지만 남의 험담을 할 때는 행복하지 않다. 가난한 동네에서는 음식을 잘 나누어 먹는데 부자 동네에서는 담장이 높아 나누어 먹기 힘들다. 부모님이 가난했지만 정직하게 사는 걸 보여주시어 부모님에 대해 경외의 마음을 가지고 있다. 경외할 수 있는 대상은 부모님 외에는 하느님뿐이다.

캐나다 유학길에 올랐을 때, 어머니께서 100불을 주면서 조그만 태극기를 가방에 넣어주었다. 조국을 잊지 말라는 뜻이었을 것이다. 어머니의 그 바람으로 조국에 기여하려는 의식이 깊어졌을 것이다. 그리하여 미국에서 공부하는 두 딸에게도 태극기를 주었고 자식들에게 우리말을 제대로 가르치라고 했다.

유대인들은 세계 각처에 흩어져 살면서도 모국어를 지켜 나라를 회복했다. 그들은 자녀에게 학교에서 무엇을 배웠느냐 묻지 않고 무엇을 물었느냐고 한다. 책장에 꿀을 발라 손가락으로 책장을 넘기며 읽도록 하여 손가락에서 달콤한 맛을 보게 한다. 그리하여 공부가 맛있는 거라고 느끼게 한다. 인구 비례로 노벨상 수상자가 가장 많은 민족이 유태인인 것은 우연이 아니다.

우리나라 원자력 발전에 이바지한 장 박사의 면학기(勉學期)는 참으로 놀랍다. 어려운 가정형편, 군대에서의 탈장 사고와 결핵 발견, 실험하다 다친 화상과 디스크로 인한 연골 손상 등, 어려움이 겹쳤었는데도 박사학위를 취득하고 우리나라 원자력 발전에 지대한 공로를 남긴 것이다.

또, 원자력연구소장 때인 2004년, 선바이오텍(前 : 콜마비엔에이치)을 설립, 2006년에 국내 연구소의 기업으로는 최초의 승인을 받았다. 선바이오텍은 코스닥 상장 이후 23억의 자본금이 2조 원 이상으로 불어났다. 콜마비엔에이치가 설립된 이후 14년 동안 국내 여러 연구소에서도 창업하여 지금은 무려 1,500개를 돌파했다.

그동안 그는 많은 상을 수상했다. 대표적인 수상은 1990년 전력그룹 기술대상, 1985년 국민훈장 목련장, 2005년 과학기술훈장 창조장, 2008년 자랑스러운 고려대인상, 2005년 닮고 싶고 되고 싶은 과학기술인상, 2009년 자랑스러운 여수고인상 등이다. 주요 저서로는 『여든의 서재』, 『하나님이 빛으로 우주를 창조하다』, 『상상력은 우주를 품고도 남는다』, 영문판으로 『Overview of Nuclear Fuel Cycle Engineering』이 있다.

원자력연구소장직에서 퇴직한 이후 15년 동안, 특별한 일이 없는 한 비가 오나 눈이 오나 한 번도 빠짐없이 새벽 5시에 일어나 동네 운동장에서 8km를 걸었다니, 놀라운 집념이요 실천력이다. 그런 강인한 실천력이 있었기 때문에 팔순이 넘은 연세에도 도서관에 나와 연중무휴(설날과 추석날만 예외)로 관리하며 운영할 것이다.

6. 전의마을 도서관의 활성화 기대

그는 이 도서관을 개관하여 운영하기 위해 자비를 투자하고, 도서의 정리와 청소 등, 관리하는 일까지 하고 있다. 필자의 아산 농막에서 이 도서관까지는 29km, 36분 거리라 도서관의 일을 필자도 돕고 싶었다. 언제 와서 도와드리면 좋겠느냐고 여쭈니 추석과 설날에 와서 도서관을 살펴주면 좋겠다고 하셨다. 그런데 명절 때는 집안의 장남으로서 부모님의 제사를 주관하고 형제들이 모이기 때문에 안타깝게도 실행이 어렵다.

처음 방문했을 때, 관장님의 말씀을 듣다가 12시 정오가 되어 점심을 함께하자고 여쭈니, 손님이 도서관으로 오기로 약속이 돼 있는데 그 손님들과 점심을 함께 하기로 했다고 하였다. 잠시 후에 그 손님들이 도착하여 작별 인사를 드리고 도서관을 나왔다.

도서관에서 가까운 식당에 가서 동행했던 현 소설가와 점심을 먹으며 전의마을 도서관에 대해서 의견을 나누었다. 현 소설가는, 도서관이 시골의 외진 곳에 있어 이용자가 많지 않아 아깝다고 했다. 관장님의 뜻은 거룩하지만, 도서관을 이용하기에 불편했기 때문에 이용도가 낮을 거라는 말이다.

이 도서관의 주 이용자는 초·중학생으로 볼 수 있는데 전의초, 전의중 학생을 모두 합해야 280명 정도다. 주민도 많지 않아 도서관 이용자는 많지 않다. 관장님의 노고를 생각하면 도서관의 이용자가 적어 매우 아쉽다. 이 도서관이 활성화가 되기 위해서는 유인책이 있어야 할 것 같다. 도서관에서 독자를 유인할 프로그램 운영, 독서회 조직 운영, 인문학 강좌 등의 행사를 유치하면 이용도가 높아질 것 같다. 또는 외지인도 이 도서관을 이용할 수 있도록 도서관 가까이 숙박업소나 도서관에 숙박시설이 있으면 좋겠다. 또, 도서관 주변의 산에 둘레길을 만들어 산책할 수 있도록 개발한다면 휴가나 휴식, 힐링을 하려는 사람들도 찾아와 도서관의 이용자가 늘어날 것이다.

7. 전의마을 도서관의 발전을 위한 제안

전의마을 도서관에 그림 전시관도 만들고 그 화랑 옆에는 고려도검(주)에서 도검 전시장을 만들어 놓았다기에 2021년 12월 8일 전의마을 도서관을 혼자서 다시 찾아갔다. 도서관 열람실 앞의 넓은 홀에는 국내 유명 화가와 세계적으로 명망 있는 화가의 그림을 전시해 놓았다. 그림만 감상하기에도 많은 시간이 필요한데 도검 전시관까지 보려니 점심시간이 늦어져 대충 살펴보고 식당으로 갔다.

도서관에서 2km쯤 내려와 지방도로 옆의 식당에서 관장님과 점심을 들면서 가족 이야기를 나누었다. 매주 일요일에는 부인도 함께 도서관에 와서 기도하거나 성경을 읽는다고 했다.

　필자는 전의마을 도서관의 이용률을 높이기 위한 방안으로 몇 가지를 관장님께 조심스럽게 제안하였다. 도서관에서 인문학 강좌나 세미나를 개최하고, 어른이나 학생들의 독서회 조직 운영, 문학 단체의 회합 장소나 행사장으로 제공하면 도서관의 활용도가 높아질 것이다. 또 도서관 옆의 산에 산책로를 만들면 산책하러 왔다가 도서관에 와서 책도 볼 수 있다. 그래서 외지인도 휴가 때나 시간이 날 때 와서 1박 또는 며칠 지내면서 독서, 명상, 집회, 힐링하는 곳으로 개방하면 좋겠다. 또, 도서관 발전위원회를 만들어 운영하면 도서관 운영과 발전에 도움이 될 것이며, 좋은 프로그램도 운영할 수 있어 도서관 활성화에 도움이 될 것 같다며 필자도 그런 모임에 참여하고 싶다고 말씀드렸다.

　그는 다음과 같은 말로 응답하였다. 고려도검 공장에 기숙사가 있는데 여유가 있어 이곳에 와서 숙박하려는 사람이 있다면 방 몇 개는 숙박이 가능하다. 그리고 도서관을 둘러싸고 있는 산에 산책로를 만들 계획이 있다고 했다.

　연로한 그가 자신의 사재로 도서관을 만들고, 날마다 출근하여 관리하는 목적은 우리나라의 청소년들이 독서에 열중하여 장래에 국가적 인물로 성장하기를 바라는 소망 때문이리라. 도서관 운영에 심혈을 기울이는 관장님의 노력이 청소년의 성장과 국가 발전에 도움이 되기를 기원한다.

요즘 국경일에 태극기를 달면서 주변을 살펴보면 갈수록 태극기 단 집이 줄어든다. 중고등학생에게 "조국을 위해 무엇을 하겠느냐?", 또는 "사회를 위해 무엇을 하고 싶은가?" 하고 질문한다면 몇 명이나 기대에 만족할 만한 대답을 할 수 있을지 두렵다. 그런 관점에서 그가 살아온 삶을 생각해 보면 이분이야말로 조국애가 유달리 강했던 분이라는 걸 알 수 있다. 1980년대까지는 학교에서 충효 교육이 어느 정도는 이루어졌는데 2000년 이후부터는 소홀해진 것 같다. 우리의 생활은 선진국이 되었는데 우리의 조국애는 과거보다 오히려 나약해진 것 같다. 그런 현실을 생각하면 장 박사의 조국애가 그립다.

제3부

예술 세계의 지향(志向)

김범수 화가

인물화와 회화문화재 복원의 화가

범해 문화재 연구소장 김범수(전 원광대학교 교수) 화가

　　고려 불화 중 최대 걸작으로 평가받는 수월관음도는 현재 일본 가라쓰(唐津)시 카가미진자(鏡神社)에 있다. 이 작품을 미국 샌프란시스코 아시아박물관에서 1993년 특별 전시했을 때, 동양의 모나리자라는 평을 받았다. 이 문화재를 공유하고 전통을 이어가고자 김범수 화가는 고려시대에 사용하던 안료와 재료, 제작 기법 등을 고증해서 2년여 모사 복원했다.

　　그 외에도 원효대사 진영, 교또 지은원(知恩院)에 소장된 관음 32응신도 등 많은 불화나 괘불, 프랑스 기메국립동양박물관에 소장된 중앙아시아 벽화 등을 현상·모사하였다.

　　범해는 대학 재학 시 국전에 입선했고, 그 뒤 특선까지 한 화가다. 대학 졸업 후에는 일본 교또시립예술대학에서 석·박사 학위를 취득한 한국화가이고 인물화가다. 그는 자신의 선조들이 대대로 살아온 장성군 황룡면 맥동마을에 연구소 겸 작업실을 만들어 작품을 제작하고 회화 문화재를 복원하면서 후진을 양성하고 있다.

I. 범해 김범수 화백의 작업실 방문

계절 따라 산천이 변하듯이 세월 따라 문화재도 변한다. 생물의 멸종을 막기 위해 종(種)의 보호와 복원에 인류가 많은 노력을 기울이듯이, 문화재 역시 보존이나 복원을 위해 많은 예산을 투입하고 관련 전문가들이 연구하고 있다. 범해 김범수 화가 역시 회화 문화재의 복원이나 보존을 위하여 자신의 화실에서 지속적인 노력을 기울이고 있다.

그는 조선 전기에 이자실이 그린 관음 32 응신도를 2017년에 모사 복원하였다. 이 응신도는 원래 도갑사에 있었는데 현재는 일본 정토종 본사인 교토의 지은원에 소장되어 있어, 그가 제자들과 함께 모사하여 복원해 놓았다. 이 응신도11)는 조선 전기 안견의 몽유도원도와 함께 양대 회화문화재로 손꼽히는 작품이다. 이처럼 우리나라에서 소장하지 못한 회화 문화재, 영구 보존이 필요하여 공개하지 못하는 작품을 복원하여 공개하고자 그는 옛 회화 작품들을 모사해 놓고 있다. 그는 고 회화 문화재의 복원에 국내에서 독보적인 전문가다.

그는 원광대에서 미술교육을 전공하고, 중학교에서 미술을 가르치다가 그림 공부를 계속하기 위해 일본 교토 시립 예술대학원에 진학하여 석사·박사학위를 받았다. 학위 과정에서 문화재 보존수복학을 전공하여 국내에서는 최초로 그 분야의 박사학위를 취득했다. 그 후, 고 회화문화재를 복원

---

11) 응신(應身)이란 응하여 나툰 몸이라는 뜻으로 변화신(變化身)과 같은 의미

하고 큰스님들의 진영(眞影)도 제작하며 후진을 양성하고 있다.

장성의 맥동마을에 있는 범해의 작업실에 처음 방문한 것은 2018년 6월 19일 오전이었다. 마을에 들어가니 커다란 아름드리 정자나무가 서 있어 유서 깊은 마을임을 짐작할 수 있었다. 필자가 방문하자 먼저 범해는 부모님을 모신 납골탑 앞으로 갔다. 두 손을 합장하고 머리 숙여 인사를 올려 필자도 따라서 묵례했다.

다음으로는, 가야금 전수실로 가서 가야금을 연주했다. 그는 중요 무형 문화재 제83-나호 이리향제줄풍류의 인간문화재였던 청파 강낙승 선생으로부터 시조와 가곡, 가사를 2년가량 배웠다. 가야금의 명인인 청파 선생은 범해가 자신의 기능 전수자가 되길 희원(希願)하였다. 그러나, 그는 화가의 길을 걷고 있어 국악을 계속하지 못했다. 그러나, 지금도 틈틈이 가야금 연주와 병창을 하고 있다. 그런데, 그의 동생이 국악을 전공하여 가야금 병창을 하고 있는데 전남 무형문화재 59호로 지정받은 국악인인 김은숙이다. 그녀는 이 전수실에서 '매헌전통예술보존회'의 연주실로 쓰고 있다. 그 방 안에는 가야금과 전통악기가 몇 개 더 있어 고풍스러웠다.

그는 자신의 작업실로 자리를 옮겨, 이곳에 작업실을 마련한 연유와 미술을 전공하여 회화문화재 복원 전문가로 활동하게 된 경위에 대해 차분히 설명해 주었다. 박사과정을 하는 동안 매주 월요일에 일본을 비행기로 왕래하며 수강하였고, 화요일에는 보고서를 작성, 수·목·금요일에는 대학에서 강의하는 강행군을 3년 이상 계속하며 회화문화재 보존수복학을 연구했다. 그리하여 국내에서 회화문화제 모사 복원의 선두 주자가 된 것이다.

그의 작업실은 건물의 높이가 약 3층 정도의 공간이었는데 복원하고 있는 수월관음도가 위에서 아래로 걸려있다. 고려 불화인 수월관음도는 채색이 무척 화려하여 현존하는 170여 점 중 제일 크고 가장 아름답다는 평가를 받고 있다. 그 그림의 크기는 가로 세로가 254.2 cm, 419.5 cm로서 상당히 큰 그림이다. 섬세한 묘사와 부드러운 곡선의 문양, 화려한 채색에 의해 그 아름다움과 예술성이 손꼽히는 작품이다.

범해가 복원한 수월관음도

작업실 가장자리에는 넓고 낮은 책상, 여러 가지 화구와 다기(茶器), 그리고 몇 점의 여러 전통 악기가 있다. 거문고, 가야금, 해금, 비파, 중국의 고쟁, 일본 고또, 얼후 등이다. 그는 시조, 가곡, 가사에 일가견이 있었고, 소장하고 있는 악기들의 대부분을 연주할 수 있다. 그가 한국 화가로서 그림을 그리며 회화문화재 복원에 전념할 수 있었던 것은 그에게 특별히 발달된 예술적 감수성과 그림과 악기 연주에 몰입할 수 있는 집중력이 있어 가능했을 것이다.

그는 그림만 그리는 게 아니라 거문고를 타며 즐거이 창을 하는 것은 바로 타고난 예술적 감수성이 그만큼 풍부했기 때문이리라. 그의 동생이 국악을 전공하고 가야금을 연주하는 국악인의 생활을 하는 것도 어쩌면 가계(家系)의 예술적 혈통을 이어받은 영향 때문일 것이다.

2. 범해와 장성의 맥동마을

범해는 원광대학교와 원광대학원 교수로 재직하다 정년퇴직하여 태어나 자란 고향, 장성군 황룡면 맥호로에서 그림을 그리고 있다. 이 마을은 범해의 선조들이 조선시대부터 대대로 살아온 향리로서 조선 중기의 유학자이며 서예가이고 시인이었던 하서(河西) 김인후(金麟厚)[12]가 살았던 곳이다. 이 마을은 울산 김씨의 집성촌인데 범해는 김인후의 13대손(孫)으로 태어났다.

---

12) 河西 金麟厚, (1510 ~ 1560). 조선 중기의 문신·유학자

김인후는 19세에 과거에 응시해 장원했고, 2년 후에는 성균관 사마시에 합격하여 성균관에 입학, 서울 생활을 시작했다. 이황과 교우가 두터웠으며, 별시 문과에 급제하고 이듬해 사가독서 홍문관 저작이 되었다. 성균관에 들어가 이황과 함께 학문을 닦고 1540년(중종 35) 문과에 급제하여 승문원정자에 등용되었다.

그는 1543년에 부모를 봉양하기 위해 옥과현령으로 나갔다. 명종이 즉위하고, 45년 을사사화가 일어난 뒤에는 병을 이유로 고향에 돌아가 성리학 연구에 정진하였다. 천문·지리·의약·산수·율력에도 정통하였고 시문을 잘 지어, 그의 대표 시조인 '청산도 절로 절로'도 지었다.

장성의 맥동마을에서 필암서원 가는 이정표가 보임

인종이 세자일 때 그가 지도하여 인종의 스승으로서 각별하였으나, 즉위한 지 8개월 만에 인종이 죽고 이어 을사사화가 일어나자 1545년 겨울에 병을 핑계로 고향인 장성으로 낙향하여 벼슬길에 나아가지 않았다. 그리고 학문에 열중하여 책을 쓰고 시를 쓰며 살다가 한창 활동할 나이인 51세에 별세하였다.

이이는 그를 가리켜 "맑은 물에 뜬 연꽃이요, 화창한 봄바람에 비 온 뒤의 달 청수부용 광풍제월(淸水芙蓉 光風霽月)"이라고 할 만큼 학덕(學德)을 존중하였다. 광주에서 황룡강을 따라 장성 맥동마을로 가면 거북 등에 세워진 비가 하나 있다. 그 비(碑)에 송시열이 쓴 글이 다음과 같이 새겨져 있다.

"우리나라의 많은 인물 중에서 노학과 절의와 문장을 겸비한 탁월한 이는 그다지 찾아볼 수 없고, 이 셋 중 어느 한두 가지에 뛰어났는데 하늘이 우리 동방을 도와 하서 선생을 종생하여 이 세 가지를 다 갖추게 하였다."

김인후의 시풍과 풍류는 제자인 정철에게 이어져 강호가도(江湖歌道)의 국문시가의 꽃을 피우는 데 결정적인 역할을 했다. 김인후의 후손들이 가문의 전통을 이어받아 각계에서 유명인이 여럿 있는데 그중에 화가이면서 회화 문화재 복원 전문가로 활동하는 범해가 있다. 범해 역시 이 마을에서 태어났고, 지금도 이 마을에서 살고 있다. 이 인근에 필암(筆巖)이란 붓처럼 생긴 바위가 있어 필암리라는 지명이 있고 필암마을, 필암서원도 있다.

범해는 한국 화가이면서 회화 문화재 모사 복원의 전문가다. 옛 전통 색채를 복원할 수 있었던 것은 옛날에 쓰던 광물을 소재로 한 천연염료를 개발하고 활용하는 지난(至難)한 과정을 거치면서 터득한 기술 덕택이다.

그림도 그리고 가야금도 연주하는 범해의 작업실

그가 대학에서 강의하고 연구하는 본업 외에 화가로서 그림을 그리는 일까지 하느라 무척 분망했을 것이다. 그런데 지금도 고 회화 작품의 복원 작업을 하고, 큰 스님들의 진영을 그리고 있다. 하나의 작품을 복원하는 데에 2년이 걸리기도 한다니 그야말로 일에 매달려 사는 건 아닌지 모르겠다. 다행히 그는 연구나 일에 몰입할 수 있는 성격이다. 다양한 사회생활을 덮고 혼자서 시골의 작업실에서 생활하며 그림에 몰두하는 일은 아무나 할 수 있는 게 아니다.

대담을 하는 중에 그의 문하생이 자문을 받았고, 또 한 사람은 미술 전시회에 관해 의논하고 돌아갔다. 점심때가 되어 식사하러 장성으로 나갔다. 장성의 한식당에서 범해의 지인 몇 분과 함께 식사하고, 작별 인사를 나누었다.

3. 원불교와 범해

2023년 1월 18일 고교 동문이자 범해와 같은 원불교 교우인 김덕종 한의사와 함께 두 번째로 그의 집을 방문했을 때, 그의 별채에서 하룻밤을 지내게 되었다. 그런데, 새벽 6시경 별채 아래의 작업실에서 들리는 독경 소리를 듣고 잠이 깼다. 그는 매일 새벽에 그렇게 목탁을 치며 독경한다. 그의 삶이 왜 경건하게 느껴지는지 이해가 갔다. 그는 아침 식후에 차 한잔 마시면서 필자에게 원불교 전서(圓佛敎全書)를 보여주며 집에 돌아가면 대종경(大宗經)의 내용이 좋으니 꼭 읽어보라고 권면(勸勉)하였다. 그가 주위 사람들에게 원불교를 전도히여 원불교에 귀의한 사람도 여러 명이었다. 그는 가족 없이 혼자 지내고 있는데, 독실한 신앙심에 의해 혼자 살아도 절제하는 규범적 생활을 유지하고 있다.

범해의 별채(2023. 1. 18.)   범해가 그린 진영(전시도록)

그는 필자와 중·고교의 동기동창으로서 두 번이나 같은

반에서 공부한 적이 있어 그 시절의 모습을 기억하고 있다. 중고교 시절에도 그는 매우 규범적이었고 진지하여 언행에 흐트러짐이 없었다. 친구들과 폭넓게 어울리지는 않았으나 그림을 그리는 데에 소질이 있어 큰 상을 여러 번 받았다. 소질과 특기를 살리기 위해 미대에 진학, 미술교육을 전공하여 중학교 교사로 재직하다가 일본에서 석·박사학위를 취득하여 대학교수가 된 학구파다.

그는 중학교 시절에 부끄럼을 잘 타, 다소 내성적이었던 걸로 기억하고 있다. 그러나, 심성이 맑아 조금 드세거나 거친 친구들과는 별로 어울리지 않았다. 그런 올곧은 성격이 한 우물을 파는 지속성의 근원이 되어 그림에 매달릴 수 있었을 것이다. 대화 중에도 곧은 자세를 흐트러뜨리지 않았다. 바르게 앉아 차를 따르고, 자신의 의견을 체계적으로 개진하여 옛 친구를 만났다기보다는 학술적인 대담을 하는 것 같았다. 고등학교 때 보고 거의 50년 만에 만나는 오랜만의 만남이지만 중고교 시절의 과거 이야기는 거의 하지 않았다.

자신의 고향인 맥동마을에 작업실을 만들어 놓고 그림에 몰두하는 그의 생활을 보니, 어느 한 분야의 대가가 되기 위해서는 그렇게 집중력을 발휘해야 할 것 같다. 그렇게 근엄하게 살아가는 모습은 어느 종교의 대가(大家)처럼 여겨져 경건해 보였다.

명리(名利)를 추구하는 게 아닌 예술의 창작을 위해 한 생애 매달리기란 쉬운 일이 아니다. 그가 그렇게 오직 한 길을 꿋꿋하게 걸어갈 수 있었던 것은 화가로서의 한길을 걷고자 한 신념 때문이었으리라. 또한 대학 시절에 입문한 원불교인으로서의 신앙생활로 종교적 계율을 실천하기 때문에 가능했을 것이다. 그는 다음과 같은 말로 자신의 의지를 표현하였다.

"한 분야에 성공하려면 계속하는 것이 중요하다. 계속이 힘이다."

김용택 시인

섬진강 시인과 진메마을

섬진강변의 진메마을과 김용택 시인의 생가(중앙 한옥, 2020. 3. 10.)

'섬진강' 하면 많은 작가들이 김용택 시인을 떠올린다. 굽이굽이 산을 돌아 잔잔히 흐르는 애틋한 강, 섬진강. 그곳에는 한 생애를 아이들과 살아온 교사요 섬진강을 노래한 시인이 산다. 그는 진메마을 앞에 우뚝 선 약담봉과 주변의 산기슭을 스쳐가는 강물을 보며 한 생애를 살면서, 향토적이며 애상적인 서정시로 노래했다. 문학기행을 하는 문인들이나 섬진강을 답사하는 여행객들이 이 진메마을을 지날 때는 김 시인의 생가를 보고 간다.

2020년 3월에 들렀을 때는 집을 수리하는 걸 보았는데, 2021년 6월에 들르니 아담하고 산뜻하게 단장이 되었다. 2020년에는 김 시인을 뵙지 못하고 시인의 자취만 살펴보고 갔다. 그날도 오늘처럼 비가 내리는 날이었다. 감히 김 시인을 뵐 용기를 내지 못했다. 그러나, 2021년에는 친구와 함께 갔기에 용기를 내어 김 시인을 찾아뵐 수 있었다.

I. 진메마을과 회문재(回文齋)

진메마을 앞으로는 멍에처럼 굽어 흐르는 개울 같은 섬진강이 있고, 그 강을 지켜보는 정자나무 두 그루가 나란히 서 있다. 그 나무는 제13회 풀꽃상을 받을 만큼 기품 있는 느티나무다. 김동리의 수필 '수목송'에, "마을 앞에 늙은 회나무와 느티나무가 몇 그루 멋지게 가지를 벌리고 서 있으면 덮어놓고 그 동네가 평화스럽고 행복스러워 보이며, 무언지 깊은 유서나 전설이라도 깃들인 것같이 느껴진다."는 구절이 있다. 그렇다. 이 마을처럼 멋진 느티나무가 마을 입구에 있으면 운치가 있고 평화스러워 보인다.

진메마을 정자나무 아래에는 굴곡졌으나 판이 매끈한 오석을 여러 개 배치해 놓았다. 그 나무 아래에 있는 돌에 걸터앉아 그늘에서 더위를 식히며 담소할 수도 있고, 일하다 잠시 낮잠을 즐길 수도 있다. 또는 지나가던 길손이 잠시 앉아 게시해 놓은 시 한 편을 음미할 수도 있다. 작년(2020.3.10.)에 왔을 때는 김옥희의 시 '초겨울 밤'이 걸려 있었다. 2021년 6월 28일에 오니 셰익스피어의 「맥베스」 제4막 3장에 나오는 구절이 적혀있다.

슬픔에게
언어를 주오
말하지 않는
큰 슬픔은
무거운 가슴에게

무너지라고
속삭인다오.

　이 느티나무 아래에 게시하는 시는 마을의 선정위원들이
결정하여 게시한다고 김 시인이 알려주었다. 아마도 이 마
을은 김 시인의 영향으로 마을 앞에 시를 게시하는 시인의
마을이 되었을 것이다. 작년에도 자전거로 이 마을을 혼자
지나갔다. 그때도 김 시인을 뵙고 싶었으나 김 시인의 집
앞에 서서 비를 피하며 망설이다가 선생님을 부를 용기를
내지 못하고 발길을 돌렸었다.
　2020년에 왔을 때는 김 시인의 생가가 공사 중이었는데
이번에 와 보니 새로 보수하여 깨끗하고 단아했다. 마루 오
른쪽 벽 위에 회문재(回文齋)라는 현판이 걸려있다. 김 시
인은 '글에 다시 돌아오는 집'이라는 뜻이라고 했다. 마루
한쪽에 '김용택'이라 써진 대리석 문패가 마루에서 벽으로
세워져 있다. 기둥에 걸려있어야 할 문패가 어찌 마루에서
벽으로 기대어 있을까? 보수공사를 하다가 떨어뜨렸는지 아
래쪽 귀퉁이가 조금 떨어져 나갔다.
　아마 새로 보수한 집의 나무 기둥에 못을 박지 않으려고
문패를 걸지 못한 것 같다. 이 문패가 있어 처음 오는 사람
도 이 집이 김 시인의 생가라는 것을 확신할 수 있겠다. 그
옆에는 커피포트와 커피 상자가 있다. 방문객이나 지나가는
길손들이 마시고 가도록 배려한 것 같다. 시인의 아름다운 발
상이요, 고마운 배려다.

김 시인의 생가(공사 중, 2020.3.10.) 회문재에서 김 시인과 필자(21.6.28)

  돌담에는 능소화가 만발했는데, 떨어진 꽃마저도 비에 젖어 생기가 여전하다. 그 옆에 낮달맞이꽃이 연분홍으로 활짝 피었는데 비를 맞아 더 청초하다. 돌담 사이 양쪽에 아치 기둥을 세워 능소화 줄기가 올라가도록 하여 꽃이 피면 더 보기 좋을 것 같다고 말씀드렸더니, 김 시인은, 시야가 가릴 것 같아 아치를 세우지 않았다고 했다. 그 말을 듣고 생각하니 능소화를 담장에 걸쳐 자라도록 자연스럽게 놔둔 것이 오히려 편안해 보였다. 김 시인의 판단이 내 생각보다는 깊었던 것 같다.

2. 잠시 만난 김 시인

  김 시인은 이 토방에서 앞산과 정자나무를 보며, 새싹이 돋아나는 것, 숲이 우거지고, 단풍이 들어 떨어지고 바람에 흩날리는 걸 보면서 시심을 가다듬었으리라. 회문재 앞에서 잠시 서성이다가 옆 서재를 보니 방 안의 앉은뱅이책상 위에 사인북이 있다. 방문객들이 김 시인 댁에 들렀다가 남겨놓은 인사나 날짜를 기록한 사인북이다. 생가 우측으로 돌아가 보니 김 시인이 생활하는 벽돌집이 보였다. 대문은 없지만, 제주의 정낭처럼 기다란 나무가 출입을 막는 듯 담장에 가로놓여 있다. 잠시 서서 커다란 통유리 안의 거실을 보고 있었다. 그러자, 움직이는 사람이 보여

"계십니까?"하고 큰 소리로 불렀다. 안에서

"왜 그러십니까?" 하고 젊은 남자가 문을 열고 대답했다.

"김용택 시인님을 뵙고 싶어 찾아왔습니다."

"잠깐만요." 하더니, 안으로 들어갔다.

잠시 후에 김 시인이 거실로 나와 문을 열었다. 선생님을 뵙고 싶어 찾아온 독자라 했더니 회문재로 나오시어 뵙게 되었다. TV 방송에서, 영화 '시'에서, 군포문협 행사에서 김 시인을 뵌 적이 있지만, 개인적으로 만나게 된 것은 이번이 처음이다. 그렇게 낯이 익어서인지 낯설지 않았다. 김 시인은 일상의 모습처럼 티셔츠와 반바지를 입고 소박한 모습으로 나오셨다. 정년퇴직한 지 10여 년이 지났다는데 짧은 머리 때문인지, 주름이 없기 때문인지 아직도 얼굴이 팽팽한 청년의 모습이다.

이 집 '회문재'는 삼 칸의 아담한 집인데 왼쪽 방에는 3면의 벽에 책이 가지런하게 꽂혀 있다. 이 방은 책을 보관하는 서재이고, 실제 생활은 안채인 양옥에서 한다.

이 회문재는 김 시인이 오래 살았던 생가다. 작년에 왔을 때는 보수 중이었는데 이번에 와 보니 산뜻하게 수리되어

있다. 기둥이나 목재가 상한 곳은 깎아내고 새 나무를 끼워 넣었다며 김 시인이 보수한 곳을 손가락으로 가리켰다. 자세히 보니 기둥도 부분적으로 덧댄 곳이 있고 벽은 회를 발라 새집 같았다. 집 앞과 옆으로 어깨높이의 돌담이 싸안은 모습인데 드나드는 통로는 대문 없이 개방되었다. 마당에는 디딤돌이 있을 뿐 출입을 제한하는 문은 없다. 대문으로 사람을 차단하지 않은 것도 마음을 푸근하게 한다. 돌담 출입구에서 토방 아래까지 잔디를 심고 사각형의 돌판을 깔아놓았는데 곡선으로 이어놓아 운치가 있다. 단조롭게 직선으로 깔지 않은 것이다. 시인의 감성이 돌판을 놓는 것까지 작용했나 보다.

개방된 돌담장과 집안으로 들어가는 댓돌, 담장 위에 활짝 핀 능소화

조그만 마당이지만 왼쪽에 몇 그루의 꽃나무가 있다. 마

침 하얀 수국이 뽀얗게 피어 있다. 부인이 수국을 좋아하여 길렀다 한다. 부인이 전주에서 살며 가끔 들리는 줄 알았는데 이제는 아주 이사를 오셨단다.

김 시인은 이 부근의 학교에서 30년을 근무했는데 주로 이 집에서 살았다. 즉 김용택 시의 산실인 셈이다. 그는 이 마을의 초등학교에 근무하다 만기가 되면 잠시 다른 학교로 갔다가 다시 이곳으로 돌아와 한 생애를 여기서 살았고 앞으로도 그럴 것이다. 태어나서 자라고, 교사로 근무하며, 이 마을 학생들과 더불어 시와 함께 산 것이다. 그래서 부모도 김 선생님에게 배웠고, 그 부모의 자녀도 김 선생님의 제자인 가족이 있다. 김 시인은 교통이 편리하고 문화가 발달한 도시, 마트와 병원이 가까운 도시로 가지 않고 태어나 자란 이 시골에서 문화의 불편을 감내하고 한 생애를 보냈다. 과연 시인다운 삶이다. 그는 섬진강에서 이 마을이 가장 아름다운 곳이라고 자랑했다. 그의 말처럼 아름다운 이 마을이 좋아서 떠나지 않았을까? 혹은, 고향을 사랑하는 마음이 지극하여 아름답게 보였을까?

그는 거의 매일 한두 시간 이 강변을 거닐며 산책을 한다는데 앞산 계곡 사이의 길이 정말 아름답다며 섬진강에서 가장 아름다운 곳이라고 하였다. 아마 그렇게 믿고 어려서부터 지금까지 살았을 것이다. 필자가 섬진강변을 자전거길로 달려본 걸 회상해 보면 이곳 못지않게 아름다운 장면이 많다. 그런데 김 시인은 섬진강 변의 마을 중에 이 진메마을이 가장 아름답다는데, 그건 자기 마을에 대해 사랑이 깊기 때문이겠지 싶었다. 자기 어머니가 못생겼다고 말하는

자식이 없고, 자기 딸이 못생겼다고 흉보는 일도 없다. 필자
도 작년에 손녀딸이 생겼는데 그 아이보다 예쁜 아기는 본
일이 없다. 혈육에 대한 본능적 사랑일 것이다.
  김 시인의 시집, 『맑은 날』에 '딸에게'라는 시가 있다.
그 시에 '복숙'이라는 이름이 나온다.

  … 앞 생략(省略)

  너그들 방학 때 명절 때
  꼬릿꼬릿 줄줄이 집에 오는 것이
  곡석들 잎 사이로 보이면
  내 자석들, 내 자석들 허며
  손길이 빨라지고
  내 삭신이래도 떼어주고 싶었니라
  복숙아

  …중략(中略)…

  객지 생활허는 너그들 다
  그냥 몸이나 성허야 할 텐디
  생각허면 헐수록
  꼭 짠혀 죽겄다.

  …뒤 생략(省略)

'복숙'이란 이름은 ㄱ이 겹쳐 발음이 어렵고 예스러운 이름이다. 그래서 시인이 지어 쓴 이름인가 싶어 여쭈니 실제 여동생의 이름이라 했다. 시의 생명은 꾸밈에 있지 않고 진실을 담아야 감동이 살아난다. 그의 시는 상상으로 쓴 시라기보다는 생활을 적은 일기나 감상문처럼 소탈한 글이다. 그러나, 독자에게는 애틋하고 감동적인 글이다.

김 시인의 생가 뒤에 있는 주 생활공간. 정낭13)을 걸쳐놓은 안채(21.6,28).

  김 시인에게 작별 인사를 드리고 집 앞으로 내려와 정자나무 옆에 자전거를 기대놓고 주변을 돌아보았다. 길가에 표지판이 있어 자세히 보니 제목이 "김용택의 작은 학교"다. 씌어 있는 내용은 진메마을과 김용택 시인에 대한 해설이

---

13) 집 입구의 양쪽에 구멍을 뚫은 돌이나 나무를 세우고 나무를 가로로 걸쳐놓은 것

다. 이 마을은 아마도 오랫동안 김용택 시인의 마을로 남아 있을 것이다. 전주 시티투어 코스에 이 마을과 김용택 생가가 들어간다니 한 시인의 영향력이 얼마나 큰 것인가 새삼 놀랍다.

김왕현 조각가

자연적인 삶과 종교적 신념을 이상화한 조각가

김왕현미술관 뜰에 선 금비(禽飛) 김왕현

금비(禽飛)는 작은 목선을 타고 목포를 왕래해야 하는 전남 신안군 비금도에서 1953년에 태어나 어린 시절을 보냈다. 그는 출생지의 섬 지명(地名)을 변형하여 호(號)로 사용하고 있을 만큼 비금도는 자신의 예술 세계에 원천이었다고 술회했다.

목포중·고등학교와 조선대를 졸업, 동국대학교 대학원에서 조각을 전공하였고, 고교 교사로 근무하다가 동신대학교 교수로 정년퇴직했다. 교직 생활과 함께 본격적으로 조각 작품을 만들기 시작하였으니 40년이 넘었다.

전남미술대전에 입선, 특선, 경기도 미술대전에서 전체 수석상인 금상과 우수상 등을 수상하여 추천작가, 초대작가로 지정받았다. 전국 규모 공모전에서 여러 차례 수상했고, 국내 조각 개인전 15회, 헝가리, 폴란드, 독일 등 국외 개인전 7회를 개최하였으며 스위스, 스페인, 미국 등에서 개최하는 국제전에 여러 번 참가했다. 또한 전국의 각종 미술전에 조각 심사위원과 심의위원, 각종 대전에 초대작가로 활동하고 있다.

I. 금비 김왕현 조각가를 찾아서

자전거로 전국 여행을 목적으로 2018년 4월에 제주도를 다녀온 후, 두 번째 목적지인 남해안으로 가다가 나주에서 조각 활동과 조형물을 제작하는 동신대 김왕현 교수를 찾아간 것은 5월 18일이었다. 그는 나주시 외곽의 도로변에 널찍한 정원을 만들고 '김왕현 조형연구소'14)를, 3~4층 높이의 직육면체의 건물로 만들었다. 왼쪽은 주거 공간이고, 우측은 조각 작품 제작의 작업실이다. 나무와 꽃을 심은 정원에 자신의 조각 작품들을 배치해 놓았다. 작업실은 창고처럼 넓은 공간에 크레인까지 설치하여 조각 작품의 제작에 편리하게 장치해 놓았다. 규모가 조각 예술 작업실이라기보다는 조각 공장인가 싶을 정도였다.

금비는 광주 5·18 국립묘역의 3·1마당 부조 조형물, 전남도청사 앞의 김대중 광장15)에 김 대통령의 동상, 5. 18 때 발포 명령을 거부한 당시의 전남경찰청장이었던 안병하 치안감의 흉상 등 역사적인 인물의 동상을 제작했다. 그 외에도 그가 제작한 대표적인 동상이나 조형물은 다음과 같다. 왕인박사, 태조 왕건과 장화왕후, 전남을 빛낸 12인(서재필, 허백련, 이난영, 윤선도, 정약용, 장보고, 왕인, 정철, 김천일, 이순신, 나철, 초의선사)의 흉상, 목포 현충탑, 월드컵 4강 기념 조형물과 4대강 준공기념 조형물, 아덴만 여명작전 전적비, 청산도 슬로우시티와 목포시청의 조형물 등, 역사적

---

14) 전남 나주시 산포면 산남로 33
15) 전남 무안군 삼향읍 남악3로 30

인 동상과 조형물들을 제작했다.

김대중 대통령 동상　　　　태조 왕건과 장화왕후 동상

　그는 대학에서 미술을 전공하고 고등학교 교사로 근무하던 초기 때부터 조각 작품 제작에 몰두하였다. 새벽이나, 퇴근 시간이 지난 후에도 미술실에서 조각 작품을 만들었다. 그런 모습을 본 선배 여교사가 "김 선생, 퇴근도 안 하고 조각만 하고 있으면 언제 장가가."라고 충고해 준 일도 있다.
　그는 고등학교에 재직할 때에 조각에 심혈을 기울이면서도 대학원을 다녀 석사학위를 취득하였다. 고교에 재직할 때에도 여러 곳에서 작품을 의뢰받아 조형물을 제작했다. 또 조각 작품 개인 전시회도 여러 번 개최했다. 그런데 고등학교에 재직하며 작품활동을 하자니, 제약도 많고 시간이 부족하여 용감하게 사직했다. 사직 후, 미술학원을 운영하며 대학에 시간 강사로 나갈 때는 의료보험이 없어 치료비가 걱정일 때가 있었다.
　1년 뒤에 동신대학의 교수로 임용이 되어 조각과 조형물에 대한 전문성을 인정받았다. 그리하여 규모가 큰 작품을 제작하게 되었는데 대표적인 작품이 김대중 광장에 건립한 김대중 동상이다. 이 동상은 전남개발공사에서 공모했는데 금비(禽飛)가 당선되어 제작하게 되었다.

2. 지금의 위치에 이르기까지

비금도에서 여러 형제의 막내로 태어난 금비는 부모님의 사랑은 물론 마을 어른들도 귀한 집 자손으로 대우해주었다. 초·중학교 때에 미술대회에 나가 여러 번 큰 상을 받았다. 미술에 소질이 있음을 알게 되어 본격적으로 특기를 살리고자 미대에 진학, 조각을 전공하게 되었다. 대학 졸업 후, 고교 교사로 임용되어 가정에 안주할 수도 있었지만, 그의 조각 창작에 대한 열정은 그를 멈추게 하지 않았다.

禽飛 김왕현조형연구소에 있는 작품들

낮에는 학교에 근무하느라 늦은 밤이나 새벽에 나무를

깎고 다듬으며 조각 작품을 만들었다. 나무, 돌, 청동 (bronze) 등 다양한 소재의 작품을 제작했다. 그리고 전남, 경기, 전국 규모의 여러 공모전에 조각 작품을 응모하여 수상하였다.

동신대 교수가 된 후에도 국내는 물론 일본과 유럽 등 여러 도시에서 작품 전시회를 개최하며 지속적으로 창작활동을 하였다. 그렇게 많은 작품활동을 하다 보니 조각이나 조형물 제작에 필요한 장비와 시설을 갖추게 되었고, 현재의 자리에 김왕현미술관(前 김왕현조형연구소)을 만들었다.

조각가로서 역사적인 조형물을 민들며 자기실현을 이룬 그의 성공비결은 무엇일까? 타고난 재능이 있었겠지만 자기 계발에 꾸준히 힘쓰고, 조각과 조형물을 제작하는 한 길에 전념했기 때문에 가능했을 것이다. 낙숫물이 바위를 뚫는 것처럼 초지일관으로 40년 이상을 작품 창작에 몰두하여 이룬 결실이다. 전문가, 권위자는 저절로 만들어지는 게 아니다. 남들이 쉴 때 쉬고, 놀고 싶을 때 놀아서는 평범의 경지를 벗어나기 어렵다. 우주로 나가기 위해서는 대기권을 벗어날 수 있는 강력한 추진력이 있어야 하는 것과 같은 이치다. 그가 만들어 놓은 작품이나 그가 도달한 위치는 비장한 실천력이 없었다면 불가능한 일이었을 것이다.

금비(禽飛)가 지금의 위치에 도달한 데에는 먼저 작가로서의 신념과 각오가 있었다. 2021년 11월 갤러리 라메르 전시관에서 개인전을 할 때의 도록에 자신이 어떤 신념과 각오로 작품활동을 했는가를 밝히고 있는데 그의 예술관을 엿볼 수 있어 일부를 옮겨 보면 다음과 같다.

첫째. 새로운 작품세계를 찾기 위해서는 예술적 측면에서 보고 느끼는 오늘의 현실에 이의를 제기하는 사고를 갖고 작품은 늘 새롭게 변화되어야 하겠다.

둘째. 나의 사고는 올바르게 하고 어린이의 시각으로 모든 현실과 대상을 순수하게 보고 진실하게 표현하려 했다. 진실하게 표현한 작품에서 감동을 받을 수 있기 때문이고, 작품은 감동을 줄 수 있어야 한다.

셋째. 영국의 미학자인 클라이브 벨(CLIVE BELL)은 그림에 무엇이 묘사되는가에 대해서는 개의치 않고 오로지 그들이 만드는 물체(그림)의 모습만을 중요시했다.

넷째. 나의 고뇌는 내 작품의 맛을 살리는 조미료이고 예술, 그 자체는 나의 벗이다. 외로움과 고독의 세계를 소중히 생각하고 머릿속을 온통 비우고 작품을 구상하는 세계는 참으로 숭고한 세계이고 말이 없는 작품의 재료는 나의 가장 소중한 친구이다.

다섯째. 하루 24시간 중 ⅔는 자신을 위해 찾고, 교직생활과 함께 작품활동을 해 왔기에 ⅓은 직업 업무에 바치겠다는 각오로 살아왔지만 정년퇴임한 지금은 내 건강을 위해서 바치고자 한다.

3. 금비와 나눈 인연

금비의 연구소를 돌아보며 대화를 나누었다. 금비는 점심을 나주 곰탕으로 먹자고, 나주 시내의 유명한 식당으로 안내했다. 그러나, 그 식당에는 손님이 가득 차, 밖에서 대기하는 사람이 길게 줄을 서 있었다. 그래서, 다른 식당으로 가서 곰탕을 먹고 커피 전문점에서 커피를 마셨다.

밤에 술을 한 잔 하자는 제의에 저녁에 술 한 병을 사 가지고 갔으나 사양했다. 2층 방으로 안내해 주어서 일기를 쓰고 자리에 누웠다. 금비는 술을 어쩌다 한두 잔 마시지만 취하게 먹는 걸 본 적이 없다. 그런 절제력도 지금과 같은 발전의 토대가 되었을 것이다. 다음 날 아침, 사모님께서 조반을 지어 주었다. 식후에는 과일과 차로 후식까지 과분한 대접을 해주었다. 김 교수 댁을 지금까지 세 차례나 방문했는데 매번 하루씩 자고 왔다.

필자는 1990년 전후에 금비와 연하카드를 함께 만든 일이 있다. 엽서에 그의 조각 작품 사진을 넣고 필자가 시를 써 제작한 후 연하장으로 활용했다. 그리고, 그가 동신대학 교수로 임용되어 안양에서 광주와 나주로 이사했지만, 지속적인 연락과 만남으로 교분을 이어오며 그가 발전해 가는 모습을 30년 가까이 지켜보았다. 그는 취미나 놀이가 없다. 아니, 조각하는 일이 취미와 놀이였다. 술 먹고 노래 부르며 즐겁게 사는 삶을 외면하고 조각에 몰두했다. 그가 거둔 성과와 위상은 시간과 정열을 조각에 바쳐 얻은 땀의 결실이다. 그가 이룬 위치를 생각하면 '하늘은 스스로 돕는 자를 돕는다.'는 말이 떠오른다.

그의 지속적인 노력과 절차탁마의 창작 열정이 오늘의 그를 만들었을 것이다. 고교 재직시절에 퇴근 시간 이후에도 미술실에 남아 늦도록 나무를 깎고 다듬으며 시간을 투자하고 조각 작품 제작에 땀을 흘렸기에 그런 결실을 거두었을 것이다.

2021년 11월, 금비는 서울 인사동 라메르갤러리에서 조각 작품의 개인전을 개최했다. 개인전 오프닝에 많은 내빈이 참석했다. 법무부 장관을 지낸 천정배 전 국회의원, 1979년 유럽순회조각전으로 헝가리 전시 때 도움을 준 LG화학 정충시 지사장, 유인학 (전)국회의원이 축사를 했고, 금비가 조선대에 재학시 은사였던 고정수 평론가의 작품평이 있었다. 각계의 저명한 인사들 수십 명이 그의 개인전 개막식에 참석하여 축하해주었다. 출품한 작품들은 모두 브론즈로 제작한 조각인데 사람 키 정도, 또는 그 이상의 크기로서 조각 작품으로는 상당히 큰 작품들이었다.

금비의 개인전(2021년 서울)도록   유럽순회조각전 도록(1999년)

개막식을 마치고 하객 모두를 인근 식당으로 안내하여 저녁 식사를 대접해 주었다. 과거에 교직의 선배요 동료였는데 30년이 흐른 지금에는 유명 조각가가 되어 인사동의 유명 전시관에서 성대한 전시회를 열고 많은 이들의 축하를 받았다. 정체해 있는 나 자신과 비교되어 나태함을 반성했다. 금비는 고교 교사에서 대학교수가 되었고, 개인 조형연구소를 운영하고 있으며 유명 조각가가 되었다. 딸과 아들, 두 자녀는 모두 의사로 성장했다. 또 동산을 구입하여 조각 공원과 개인 미술관을 만들기 위해 준비하고 있다. 힘이 남아 있는 날까지 계속 작품을 만들겠다는 의지가 여전하다.

4. 금비의 작품세계

신항섭 미술평론가는 금비(禽飛)의 작품을 다음과 같이 평하였다.

"그의 작품에서 군상은 대체로 가족이기 십상이다. 가족은 혈연관계로써 이루어진다. 이러한 긴밀한 관계를 평면적인 구조로 이어놓음으로써 연대감을 강조한다. 치마폭과 같은 이미지의 평면적인 구조는 필연적인 관계로써 친숙성 또는 혈연관계로서의 밀착성을 상징하는 것이다. 섬마을 사람들의 강인한 삶의 정신 및 건강한 육체가 가지고 있는 아름다움을 형상화한 것이다. 그것은 단순히 고향에 대한 애정 차원을 넘어서는 인간 본성 즉 자연과 일체가 되어 살아가는 사람들의 순수성에 대한 관심이자, 애정의 표현이다. 자연에 동화되는 삶이야말로 이상적인 세계에 가장 근접하는 태도라는 인식이 깔려 있는 것이다."

그의 조각 작품에는 물결이나 파도를 형상화한 작품이 다수 있는데, 이미지가 매우 역동적이다. 그가 태어나 성장한 곳이 서해의 비금도라서 그의 내면에 잠재하고 있는 바다의 원형이 표출된 결과로 여겨진다. 바다와 파도가 부드러운 곡선으로 나타나 자연 친화적이다. 또한 그의 작품에 악기를 연주하는 모습의 조각이 많은 것은 그가 독실한 가톨릭 신자이기 때문에 종교적인 영향으로 경건한 의식의 작품을 많이 구상했을 것으로 추정된다. 또, 그의 조각에 인체의 근육을 음각으로, 즉, 움푹하게 패인 모습으로 제작한 작품이 많은데, 역설적 효과를 거두고 있다. 그런 음각이 오히려 강렬한 양각의 이미지로 구현되어 그의 개성이 돋보인다.

또, 가족이나 부부의 악기 연주 모습의 작품이 다수 있다. 그런 작품에서는 가족 간에 화합의 아름다움을 볼 수 있는데, 그 연주를 귀 기울여 듣고 싶은 느낌을 갖게 된다. 그가 악기 연주의 작품을 다수 제작한 것은 종교적 영향과 경건한 삶의 지향의식에서 비롯되었을 것이다. 미술과 조각에 대해 문외한인 필자가 그의 작품세계를 적절하게 정의하긴 어렵다. 그러나, 그의 작품세계는 '자연적인 삶과 종교적인 신념을 이상적으로 표현하려는 의도'에서 비롯된 것으로 여겨진다.

박남준 시인

지리산의 버들치 시인

박남준 시인(왼쪽)과의 인터뷰 중(오른쪽은 필자)

모악산에서 13년, 지리산에서 19년, 그렇게 30년 이상을 산자락에서 시를 쓰고 환경보호운동하며 자연과 벗하는 박남준 시인. 그가 독자들로부터 호평을 받자, TV 방송과 매스컴에 여러 번 보도되었다. 그리고, 여러 문학상을 수상, 문단의 유명 인사가 되었다.

그는 혼자 살기에 가족이 없다. 집이 집필하는 일터이고 책 읽는 도서실이며 CD로 음악을 듣는 음악실이다. 그래서 보통 사람들보다 없는 것이 많다. 그러나, 시 쓰는 시간과 자연을 즐기는 시간은 보통 사람들보다 더 많이 누리고 있다. 그는 30만 원이면 한 달 생활이 가능하다며 비상금만 남기고 그 이상의 수입은 이웃이나 필요한 곳에 나누며 산다. 쓰지 않으면 벌지 않아도 된다는 생각으로 직장에서 벗어나 자유로운 삶을 살고 있다. 작가에게 많아야 하는 것은 명상이나 구상을 할 수 있는 고독의 시간이다. 어쩌면 그렇게 가진 게 적어서 시를 창작할 시간과 글 쓰는 데 몰입할 시간을 더 누릴 수 있으리라.

그는 가진 것이 많지 않지만 여러 곳에 나누며 사는 내면의 부자다. 그 시인이 무엇을 하며 어떻게 살고 있는지, 궁금하여 하동군 악양면으로 벼르고 별러 그를 보고 싶어 하는 지인들과 함께 달려갔다.

I. 박남준 시인을 만나기까지

2022년 1월 초에 박남준 시인의 삶에 대한 이야기를 지인으로부터 들었다. 그 이야기를 듣기 전에는 박 시인에 대해 잘 모르고 있었다. 그래서, 가까운 도서관에 달려가 그의 작품집을 찾았다. 그가 쓴 수필집, 『스님, 메리크리스마스』가 있어 읽었다. 그의 글을 읽어보니 지리산 자락에서 자연과 더불어 살아가는 모습이 독특했고, 재미있고, 정감이 갔다.

그다음, 인터넷에 떠오르는 박 시인에 대한 내용과 유튜브에 떠오르는 동영상을 보았다. 또, 다음 카페, '박남준 시인의 악양편지'에서 2022년 1월에 방송된 KBS-TV 프로의 "환경스페셜", '그대의 삶은 어떤 시를 쓰고 있나요'를 보게 되었다. 눈 내린 두륜산을 걸어가며 나무를 보고 사람을 대하듯 말하는 그의 모습을 보니 감성이 참 고아(高雅)하다 싶었다.

그리고, 공지영 작가가 쓴 『지리산 행복학교』를 보았는데, 그의 생활이나 성격 등이 잘 서술되어 있다. 그리하여 필자가 자아실현의 주제로 집필하는 이 책에 그 시인의 삶을 소개하고 싶어 탐방 계획을 세웠다. 시인다운 그의 언행과 소박하게 살아가는 생활에 대하여 취재하고 싶었다.

그런 뜻을 몇 지인들에게 말했더니, 소설 쓰는 후배가 박 시인의 전화번호를 수소문하여 알려주었다. 그렇지만 박 시인에게 불쑥 전화하기 미안하여 전화의 문자로 뵙고자 하는 취지를 간단히 알리고 찾아뵙고 싶다는 뜻을 전했다. 박 시인이 동의해 주어 2월에 뵙기로 약속했다. 그러나, 2월 4일, 필자가 자전거를 타다가 왼손의 손가락이 골절되어 다음으로 미루었다. 손의 깁스를 풀고 난 후의 3월에 날을 잡으려 했으나 코로나 환자가 전국에 급증, 온 국민이 공포심을 갖게 된 시기였다. 그때는 사람 만남을 극도로 꺼리던 시기여서 박 시인이 불편하게 여길 것 같아 또 미루었다. 더구나 요양원에 계시던 어머니께서 코로나에 감염되어 3월 6일 타계하였다. 그리하여 코로나 여파가 좀 가라앉고 정부의 방역 규제가 완화된 4월 중순에야 박 시인에게 방문 일정을 여쭐 수 있었다. 함께 가고 싶다는 현종헌 소설가와 대학 동창, 또 수필가 한 분과 함께 4월 25일 찾아뵙게 되었다.

지도에서 박 시인의 집을 검색하니 하동군 악양면 동매리 산자락, 길이 실핏줄처럼 뻗어가다 끝나는 지점에 박 시인의 집이 있다. 그 집의 뒤쪽 11시 방향의 산마루에 회남재가 있다. 2021년에 자전거를 타고 그 회남재를 넘어 이 마을 앞을 두 번이나 지나갔다. 처음엔 청학동에서 회남재를 넘어 동매마을을 지나 화개장터에 갔고, 또 한 번은 악양에서 청학동을 가기 위해 성삼재를 넘어갈 때, 동매리를 지나간 일이 있어 박 시인의 마을은 낯설지 않았다.

2. 박 시인의 집

하동군 악양면에서 동매리로 들어와 마을 길이 끝나는 산기슭, 파란 양철지붕의 심원재(心遠齋)에 도착한 것은 오후 4시. 마을의 가장 깊은 곳, 가장 높은 곳에 그의 집이 있다. 지붕은 함석으로 개량하고, 창문은 하이섀시로 바꾼 삼 칸 집이다. 방문 앞에 조그만 평상이 마루처럼 놓여 있는데 옛날 집의 흔적이 고스란히 남아 있다. 한쪽 처마 밑에는 장작이 쌓여 있다. 나무 기둥과 평상에 도료를 칠하지 않아 고풍스럽다. 흙벽 집이었지만 정돈된 모습이어서 아담하고 소박했다.

집 옆 공간에 주차하고 "박남준 시인님!"하고 부르니 박 시인이 방에서 나왔다. 인사를 나누고 화단과 마당 아래에 펼쳐진 마을을 보며 선 채로 잠시 이야기를 나누었다. 화단에는 하얀 꽃들이 듬성듬성 피어 있다. 해당화와 둥굴레, 금낭화 등, 모두 흰 꽃이다. 시드는 모란꽃조차도 흰색이다. 화단의 꽃들이 대부분 흰색 계통이어서 화려하지 않고 산만하지 않아 차분하다. "왜 흰색 꽃만 심었나요?" 물으니, 일부러 그런 건 아니라고 했다.

처마 아래에는 까만 전기자전거가 한 대 있다. 예전에는 노랑색 오토바이를 탔다는데, 오래되어 바꾸었단다. 마당 한쪽, 집의 우측에는 많은 빨래가 걸려있다. 그 안쪽에는 흔들그네도 있다. 마당 아래 펼쳐진 마을을 보며 잠시 대화를 나누었다. 화단의 나무들 때문에 마을이 제대로 보이지 않았다. 이곳에 오는 동안 차를 타고 몇 집을 지나왔지만, 사람은 구경하지 못했다. 특히 아이들은 전혀 볼 수가 없고 마을에는 정적만 가득했다.

잠시 후, 박 시인을 따라 방에 들어갔다. 거실과 주방이 연결되어 있고, 가운데에는 책상과 식탁 등 다용도로 쓸 수 있는 넓은 상이 있다. 그 상은 옛날 툇마루라는데 지인에게 얻어 온 것이란다. 송판 결의 윤이 곱다. 도색 되지 않은 나무판이라 옛날 유물처럼 느껴졌다. 박 시인이 그 툇마루를 처음 얻어 왔을 때는 곰팡이가 슬고 일부가 손상되어, 고치고 여러 번 닦아 지금과 같이 매끈한 상판을 만들었다 한다. 이 시대에 그런 상을 그렇게 유용하게 다용도로 쓰는 사람은 박 시인이 유일할 것이다.

앞뒤, 사방 벽에는 여러 가지 소품들을 넣어 둔 진열장이 있다. 모두 아주 오래전부터 사용하던 무채색의 진열장들이다. 불필요한 경비를 지출하지 않으려는 의도 때문인 것 같다. 종이 한 장도 나무를 베어내야 생산되는 거라서 환경보호 운동에 적극적인 시인이기에 불편을 감수하더라도 옛 물건들을 그대로 사용하는 것 같다.

박 시인이 가지런히 자른 곶감을 하얀 도자기 위에 얹어 발효차와 함께 내놓았다. 곶감을 놓은 도자기의 한쪽에 솔방울을 놓고, 솔방울 양쪽 옆으로 찻잎을 한 줄씩 놓으니 수를 놓은 것 같다. 그 모양이 예뻐, 먹으라고 놓은 과일이 아니라 감상을 위한 정관물 같았다. 아니 레시피 작품의 견본 같아 곶감을 집기가 민망했다. 왜 그는 음식 하나에도, 차 한 잔에도 그런 멋을 부렸을까? 그에 대한 답을 CBS 라디오 방송의 대담프로에서 그가 말한 내용에서 찾을 수 있었다.

"혼자 먹는 밥이 조금 힘겨웠는데 그때 주변에 있는 잎하나, 나뭇잎 하나를 따와서 밥상 앞에다가 이렇게 꽂아 보았지요."

그는 그런 걸 '혼밥의 다정한 변신'이라 했다. 그가 만드는 음식의 디자인과 색다른 조리법을 보고 공지영 소설가가 『시인의 밥상』이란 책을 집필했다.

실내에 소박한 일상 용품들도 단정하게 진열되어 있다. 천정에는 전등 빛을 거르는 천에 나뭇잎을 배열해 놓았는데 멋지게 디자인한 것 같다. 시인의 섬세함과 미적 감수성을 짐작할 수 있었다.

박 시인이 윤이 나는 상판 위에 내놓은 곶감

거실에서 안방으로 들어가는 왼쪽에 수많은 CD가 쌓여 있다. 그는 매일 아침 음악을 들으며 일과를 시작하는 음악의 마니아다. 악양에서 자생한 '동네밴드'에서 하모니카와 리듬악기를 들고 몇 년 동안이나 젊은이들과 함께 어울린 경력이 있다. 유튜브에서 그가 기타를 치고 하모니카를 불며 공연하는 모습도 보았다.

그의 집, 심원재 옆으로 도랑물처럼 흐르는 개울물이 있다. 그 개울물이 흘러서 섬진강으로 합류한다. 집 뒤에는 우람한 지리산 줄기가 뻗어 내려오는 곳에 회남재가 있고, 북쪽에는 깃대봉이 있는데 그 아래의 기슭에 그의 집이 있다. 산에서 흘러내린 개울물은 골짜기마다 졸졸 철철, 심원재 옆으로 생명수처럼 흐른다. 거기에 버들치가 살았고, 그 버들치들에게 박 시인이 먹이를 주며 길렀다. 그래서 그의 별명이 버들치 시인이다.

그 심원재(心遠齋)는 법정 스님이 살던 산속의 집과 권정생 동화작가가 살았던 단칸방을 연상케 한다. 물론 그분들의 단칸방보다야 심원재가 훨씬 나은 수준이지만 요즘에는 보기 드문 허름한 흙집이다. 한 생애를 검약하게 살았던 권정생 작가는 세상을 떠나면서 어린이들을 위해 상당히 많은 유산(遺産)을 남겼다. 그 유서와 유산은 사람들을 깜짝 놀라게 했다. 그때 유서의 개봉을 세 사람이 함께했다는데, 박 시인도 그중의 한 명으로 참여했다. 권정생 선생과 법정 스님이 살았던 방식과 박 시인이 사는 모습에 흡사한 점이 많은 것 같다.

3. 박 시인의 일과(日課)

박 시인의 일상에 대해 질문했더니 다음과 같이 답했다. 아침 6시 기상하여 발바닥 치기 1,500~2,000개, 음악 5곡을 들으며 100~120번 절을 한다. 그리고, 교통사고로 불편한 경추와 척추의 교정을 위해 거꾸로 매달리기, 물구나무서기 10분을 하면 거의 오전이 지나간다. 아침은 먹지 않는다.

11시에 점심을 준비하여 먹고 오후에 이메일, 원고 청탁서, 인터넷 카페 등을 열어 본다. 그리고 3일에 한 번 정도 악양 들판으로 나가 1시간 20분 정도를 걷는다. 오후 3~5시에는 아궁이에 불을 땐다. 그가 평소에 반복하는 일상이다.

그 외에도 씻는 일, 빨래와 청소, 실내와 주방의 정리 정돈, 텃밭과 꽃밭 가꾸기 등 일상적으로 반복해야 하는 일들이 있을 것이다. 또, 식품이나 일상 용품을 구입하기 위해 시장도 다녀와야 하고, 전국 곳곳에서 요청해 오는 강의, 환경운동의 참여, 여행 등, 그 외의 일로 외출하는 일도 적지 않을 것이다. 그런데 이 산마을에는 대중교통이 자주 다니지 않기 때문에 전기자전거가 상당히 유용할 것이다.

박 시인의 집과 마당, 그의 자가용(전기 자전거)

혼자 살기에 단조로운 일과이겠지만 먹고 살기 위해서는 여러 가지 일들을 해야 한다. 먹거리를 만드는 일, 텃밭과 꽃밭, 채소를 가꾸는 일, 그 외에도 방문객이나 문인, 지역의 지인 등을 만나는 일, 책 읽기와 글쓰기 등으로 한가할 날이 별로 없을 것이다. 그리고, 많은 방문객들이 찾아 온다니, 손님 맞이하는 일도 빈번할 것이다.

그는 부양할 가족이 없고, 출근할 직장도 없다. 그렇지만, 책과 CD는 무척 많다. 그러니, 음악을 듣는 일, 독서와 명상, 건강을 위한 산책도 일과의 하나다. 그리고, 지리산 자락의 자연에 대해 관찰하고, 그런 생활 속의 소재와 제재로 시와 글을 쓴다. 일반인들이 가지고 있는 가족, 자동차, 각종 전기 전자 제품 등, 문명의 이기는 없는 게 많지만, 독서와 글쓰기 등을 할 수 있는 시간과 기회는 많다. 즉 물질의 소유는 적지만 정신적으로 누리는 세계는 더 많을 수 있다. 재산이 많은 사람은 물질의 풍요를 누리겠지만 박 시인처럼 자연을 즐기고 명상하며 시를 창작하는 정신적 풍요는 누리지 못할 것이다.

인생에서 무엇을 가질 것인가는 각자의 선택이다. 모든 걸 다 가질 수는 없다. 자신이 소중히 여기는 것의 일부만 선택적으로 가질 수밖에 없다. 그래서 어느 분야의 전문가가 되기 위해서는 하나를 위해 아홉을 버릴 용기가 있어야 한다. 박 시인에게는 문명의 이기(利器)가 적지만 사색하고 시 쓰는 정신세계는 풍부하다. 그래서 신은 공평하다. 누구에게는 모든 걸 주고, 누군가에게는 아무것도 주지 않는 경우는 없다. 소중한 한 가지를 가질 것인지, 평이한 여러 가지를 가질 것인가는 각자가 선택할 뿐이다.

꽃밭에 핀 하얀 꽃들

마을 사람들이 가끔 박 시인을 찾아온다. 많은 이들이 찾아오는 시인임을 안 뒤부터는 몇몇 사람이 찾아와 시집을 부탁하기도 했다. 그러나, 그들을 방 안으로 모시는 일은 피한다. 격의 없이 지내는 게 부담이 될 수 있기 때문일 것이다. 필자도 농사짓는 농막 마을의 주민들과 적당한 거리를 유지한다. 그래서 농사 정보나 농사짓는 요령을 배우기 어렵고, 도움받기도 어렵다. 그러나, 너무 격의 없이 가까이 지내게 되면 명상하거나 글 읽는 일, 글 쓰는 일에 지장을 받을지도 모르기 때문이다.

4. 박 시인이 하는 일

그의 연중행사요 대표적인 일은 봄의 찻잎 따기와 찻잎 덖기, 가을의 곶감 깎기와 널기가 있다. 그러나, 그것들은 소득을 올리기 위한 것이 아니다. 지인이나 이웃들과 나누는 기쁨을 누리기 위함이다. 찻잎을 딴다기에 차밭이 있느냐고 문의하니 차밭 주인이 봄가을에 한 번씩만 채취하도록 기회를 주는 거라 했다. 그래서 5월과 9월에 따게 되는데 토요일에 찻잎을 따고 다음 날인 일요일에 덖는 일을 한다. 시간 되면 그때 오면 좋다고 하였다. 5월에는 매주 토요일 따고, 9월에는 끝 주에 한 번만 딴다고 했다.

그는 과거에 벼농사를 지어본 일이 있다. 농사를 지어보겠다니 누가 여러 개의 다랭이논을 빌려주었다. 모두 합하면 두말 갓지기라니 아마 450평 내외인 것 같다. 그 땅을 지어먹으라 했다. 거기에 논농사를 지었다. 농사를 짓지 않던 논이라 풀이 뒤덮여 있었다. 그 논의 풀을 제거하고 쟁기질을 해야 하는데 조그만 다랭이논이라 소도, 경운기도 이용할 수가 없었다. 누군가 불을 질러 풀을 태우라고 알려주어 어느 날, 모두 태우고 괭이로 땅을 파느라 1주일을 고생했다. 그렇게 농사지은 첫해에 나락 14가마를 수확했다. 벼가 황금빛으로 샛노랗고 튼실한 알곡이어서 공판에 내놓으니 모두 1등급으로 판정해주었다. 논농사 첫해에 성공적인 수확을 한 셈이다.

그리하여 본격적으로 농사를 지어보려고 3천 평을 얻어 고추 농사를 지었다. 1986년에 그 땅의 소작료가 콩 한 말, 참깨 한 말이었다. 그러나, 그는 농사지으려고 산마을에 들어온 게 아니었다. 제2의 브나로드 운동 차원이었기에 농사를 그만 두었다. 그 대신 시 농사를 짓겠다고 다짐했다.

그런데 산마을에 살다 보니 자연에 참견하기 시작했다.

일어나면 오늘은 무슨 싹이 텄을까, 어떤 새소리가 들릴까, 어느 꽃이 피었을까 살피고, 그 새싹이나 꽃에게, "너 참 예쁘다."는 말을 하며 대화를 나누었다. 혼자 사는 외로움에 말을 건넸을까? 아무도 없어 주변의 자연을 친구로 삼았을까? 그의 발달된 감성이 자연물과 교감을 나눌 수 있는 경지에 이르렀을까?

5. 왜 혼자 사나

그는 KBS 방송국의 작가 공채 1기에 합격하여 방송작가로 근무했다. 그러다 지인으로부터 전주에서 개관하는 우진문화공간의 초대 관장으로 추천받았다. 그리하여 KBS 방송국에 사표를 내고 우진문화공간의 초대 관장으로 근무하게 되어 서울 생활을 접고 전주로 내려와 관장으로 근무했다. 그러나, 월급을 받는 게 영혼과 바꾸는 것 같아 얼마 후에 또 사표를 냈다. 직장을 그만두니 잠자리가 없어 한동안 후배의 집에서 생활하게 되었다. 후배가 인테리어 일을 하게 되어, 그가 일하는 곳에 따라갔더니 모악산 속의 무당 할머니 집이었다.

언젠가 모악산에서 하산하다 날이 어두워져 불빛이 보이는 집으로 가, 길을 물었던 바로 그 집이었다. 신당(神堂)을 차린 무당 할머니가 살던 집이다. 무속인의 삶을 엿보면 무속인에 관한 글쓰기에 도움이 되겠다 싶고, 그 집이 인연인가 싶어 두세 달 살아보자고 들어갔는데 13년이나 살았다.

박 시인은 진지하고 유연하게, 그리고 과장 없이 담백하게 말했다. 자신이 직장에 처음 들어간 일, 그 직장을 그만두고 전주로 내려온 일, 모악산 무당집에서 13년을 지낸 일, 지금 살고 있는 집을 얻게 된 사연, 이 마을에서 사람들과의 교유, 마을 밴드에 구성원으로 참여한 일, 이 고장에서 글쓰기 강의한 일, 교제하던 여자가 있었지만 애석하게 헤어진 일 등, 자신의 신상에 관한 내용을 조곤조곤, 차근차근 담담하게 말했다.

모악산 외딴집에서 살 때, 겨울에는 방이 너무 추워 고생했다. 아랫목은 뜨끈해도 센 웃풍 때문에 손을 내놓고 책을 읽을 수가 없었다. 이불을 어깨에 걸치고, 책장이 넘어가지 않도록 문진을 놓듯이 책장에 돌을 얹고 읽었다. 어느 날 새벽에는 자다 깨어 자리끼 물을 마시려고 그릇을 들었는데, 물이 흐르지 않았다. 자세히 보니 물이 얼어붙어 있었다. 그래도 조선시대 간서치16)라 불렸던 이덕무보다는 나은 환경이라고 자위했다. 솜이불도 있고, 화목도 있다. 방바닥만이라도 따뜻하기에 잘 사는 이를 부러워하지 않았다.

10년 넘게 나무를 해다 아궁이에 불을 피웠지만 온전한 나무 한 그루 베어 쓰지 않았다. 죽은 나무나 삭정이를 잘라다 썼다. 그런데 어느 날, 낫으로 삭정이를 자르다 다리를 찍어 피가 많이 흘렀다. 옷을 찢어 상처를 동여매고 내려온 그 날, 아궁이에 불을 때는데, '획' 소리를 내며 유달리 잘 타는 나무가 있었다. 나무의 옹이였다. 상처가 난 나무에 옹

---

16) 지나치게 책을 읽는 데만 열중하거나 책만 읽어서 세상 물정에 어두운 사람을 비유적으로 이르는 말

이가 박힌다. 그 상처 난 나무가 가장 뜨거운 불길이 되었다. 거기에서 「흰 부추꽃으로」 라는 시의 모티브를 얻었다.

몸이 서툴다 사는 일이 늘 그렇다
나무를 하다 보면 자주 손등이나 다리 어디 찢기고 긁혀
돌아오는 길이 절뚝거린다
　… 中略
아궁이 속에서 어떤 것 더 활활 타오르며
거품을 무는 것이 있다
몇 번이나 도끼질이 빗나가던 옹이 박힌 나무다
그건 상처다 상처 받은 나무
이승의 여기저기에 등뼈를 꺾인
그리하여 일그러진 것들도 한 번은 무섭게 타오를 수 있는가.
　… 中略
타오르는 것들은 허공에 올라 재를 남긴다
흰 재, 저 흰 재 부추밭에 뿌려야지
흰 부추꽃이 피어나면 목숨이 환해질까
흰 부추꽃 그 환한 환생

– 박남준의 '흰 부추꽃으로'의 일부

그도 젊었던 날, 사귀던 여자가 있었다. 그녀와 결혼하려고 부모님에게 인사도 드렸다. 그런데 그녀는 이미 만나고 있는 다른 남자가 또 있다는 것을 알게 되었고, 결국 헤어지게 되었다. 그러나, 그녀는 결혼한 뒤에도 여러 번 연락하여 도움을 청했다. 그는 그 인정의 끈을 단절하지 못해 몇

년을 시달렸다. 나중에 정리가 되었지만, 마음의 짐이었던 날들이 무려 10년이나 이어졌다. 그는 그렇게 마음이 여린 사람이다. 그런 아픔이 있어 새로운 인연을 쉽게 수용하지 못해, 불편과 외로움을 감내하며 지금까지 혼자 살고 있는지도 모른다.

박 시인을 잘 아는 어느 시인이 알려준 말이 있다. 전주에서 식당을 운영하는 어느 여인이 박 시인을 무척 좋아했는데 박 시인이 결단을 내리지 못하여 인연의 끝을 놓치고 말았단다. 그래서 누군가, "고자 아니야?" 하고 빈정대자 멀쩡함을 보여주고 싶었는지 바지춤을 내리고 보여주려는 순진파라고 했다. 그 뒤로도 몇 여자들이 박 시인과 인연을 맺고자 이 심원재로 찾아온 일이 있지만, 박 시인은 문을 걸어 잠그거나 미리 외출해 만남을 피했다.

그에 대해 이해와 애정이 깊은 인기 작가가 있다. 공지영이다. 그녀는 박 시인과 교분을 나누면서 박 시인이 만든 요리와 자료를 바탕으로 『시인의 밥상』이란 책을 냈다. 그녀는 그 책의 저술로 받은 인세를 박 시인에게도 나누어 주었다. 그때, 박 시인은 생애에 가장 많은 돈을 만지게 되었다. 그 돈을 받은 후에는 방문을 잠그고 외출해야 했다. 그게 신경이 많이 쓰여서 서둘러 이웃과 단체에 기부하는 등, 처분하고 난 뒤에야 마음의 평정을 찾았다.

그를 흠모하는 여인이 있었고, 그와 결혼하겠다고 찾아온 여자도 있었다. 청소와 빨래를 해주겠다고 돌격해오는 여자도 있었지만, 결혼은 이루어지지 않았다. 어느 한쪽이 열렬히 좋아한다고 사랑으로 발전하는 것은 아니다. 결혼으로 맺어지는 데에는 여러 가지 조건이 충족되어야 하기 때문이다. 또, 결혼에는 때와 기회가 있고 설명할 수 없는 인연의 작용이 필요한 것 같다.

6. 사람이 꽃보다 아름다워

모악산 자락에서 살 때다. 박 시인에게 어느 날 하동 법률사무소에서 전화가 와, 자동응답기에 사무소로 오라는 녹음이 되어 있었다. '내가 뭘 잘못하여 전화했을까?', 생각해보니 잘못한 게 하나 생각이 났다. 산에서 참나무를 한 그루 벤 적이 있는데 어떻게 알고 전화했을까 싶었다. 그때, 나무 벤 흔적을 없애려고 그루터기에 흙을 이겨 덮어두고 온 일이다. 그러나, 그것 때문은 아닌 것 같았다. 다음날에 또 그 법률사무소에서 전화가 왔다. 전화를 받고 대뜸 "내가 무슨 죄를 졌느냐?"고 큰소리로 물었더니, 애기를 다 듣고 화를 내든지 말든지 하라며 다음과 같이 알려주었다.

지금 살고 있는 집, 그 집의 대금을 다른 사람이 다 치렀으니 주민등록증과 도장을 가지고 오라 했다. 그러나, 누가 돈을 냈는지 알아야 가든지 말든지 하지, 어떻게 되었는지 몰라 법률사무소를 가지 않았다. 나중에 친구가 와서 경위를 알려주어서야 법률사무소에 가서 절차를 밟고 이 집으로 들어오게 되었다. 박 시인을 잘 아는 세 사람이 의논하여 그가 이 집, 이 마을에서 살도록 배려해 준 것이었다.

대흥사에서 백일장 대회가 있어 심사위원으로 갔다가 심

사비를 받았는데 모금을 하고 있어 심사비를 기부했다. 다음 해에도 심사위원으로 갔다가 심사비를 기부하게 되었다. 어쩐 일인지 그 이듬해에는 심사위원으로 불러주지 않았다. 그리고 지금의 집을 기증받는 전화를 받게 된 것이다. 나중에 생각해 보니 그 인연에서 비롯된 것 같다. 그 절의 스님과 지인 두 사람이 작업하여 지금의 집을 마련해 준 것이다.

그런 과정을 거쳐 이 악양면에서 살게 되었는데, 어느 날, 이 동네에서 귀농 귀촌한 젊은이들이 밴드를 만들었다. 그 밴드에서 활동하게 된 과정을 다음과 같이 설명해 주었다.

7. 동네밴드의 참여와 활동

악양면에서 직거래 장터를 만드는데 귀농 귀촌한 젊은이들이 잔치를 열고자 준비를 했다. 그들이 강산에, 한영애, 정태춘·박은옥, 전인권, 장사익 등의 유명 가수를 초청하고 싶으니 섭외 좀 해달라고 부탁했다. 그래서 예산은 얼마나 있느냐고 물었더니, 200만 원 준비했는데 300만 원까지는 가능하다고 했다. 그러나, 그 금액으로는 그런 가수를 한 명도 초빙하기 어렵다. 그래서 공연을 왜 하려 하느냐고 물으니 주민들을 즐겁게 하기 위해서라고 대답했다. 그러면 당신들이 직접 잔치를 즐겁게 만들면 되지 않겠느냐며 밴드를 만들어 보라고 권했다. 그랬더니 "밴드 이름은 뭐라 하지요?" 하고 재차 물었다. "소박하게 '동네밴드'라고 하면 되지." 하고 대답해 주었더니 그렇게 이름을 정하고 그들은 연습에 돌입했다.

어느 날, 그 밴드 단원 중 한 명이 "밴드 연습하는데 왜 안 와보셔요?" 하고 전화를 했다. 그래서 그 밴드의 단원으로 활동해보려고 기타를 들고 나섰다. 그러나, 오토바이를 타고 가야 하는데 기타의 케이스도 없고, 어깨에 멜 벨트도 없어 운동화 끈으로 묶어 메고 갔다. 연습실에 들어가려다, 상황이 여의치 않으면 바로 돌아가려 건물의 한쪽에 기타를 놓고 들어갔다. 들어가 보니 퍼스트와 세컨 베이스의 수준이 예사롭지 않았다. 보컬을 해보겠다고 기타를 연주했더니, "안 되겠어요." 하고 잘라 말했다.

화가 나서 밖으로 나와 기타를 메고, 오토바이의 시동은 켜지도 않은 채 끌고 나와 일정 거리를 이동한 후에야 시동을 걸어 집으로 돌아왔다. 집에서 불을 때다 생각하니 자신이 탈락한 게 너무 아쉽고 화가 났다. 생각을 거듭거듭 하다 보니 하모니카가 떠올랐다. 그들이 연주하는 곡에 '너무 아픈 사랑은 사랑이 아니었음을'과 '바람과 나'가 있었다. 그 두 노래는 전주와 간주에 하모니카 연주가 들어간다. 이가 빠진 하모니카를 꺼내 불어보았다. 연주가 가능했다. 그래서 다시 찾아가 연주하니 재능이 있다고 밴드의 단원으로 넣어주었다. 그러나, 그 두 곡 외에는 하모니카를 연주할 노래가 없어 공연 중에 무대에서 혼자 내려와야 했다. 그래서 서울의 악기상에 가서 탬버린과 트라이앵글, 카바사 등의 리듬악기를 사서 연습했다. 그 뒤, 하모니카를 연주하지 않을 때에는 리듬악기를 연주하여 무대에서 내려가지 않아도 되었다.

그런데 어느 날, 게스트로 초대한 작곡가가, 남의 노래만 연주하지 말고 자신의 노래를 만들어 자작곡을 연주해 보라고 권유했다. 박 시인이 가사를 쓰면 작곡하는 걸 도와준다며 노래를 직접 만들어 보라고 하여 가사를 쓰고 곡도 만들게 되었다. 그 이후 자신이 만든 노래를 부르며 동네밴드에서 몇 년 동안 활동했다. 기타와 하모니카, 리듬악기로 '마을밴드'에서 활동한 시절에 대하여, "몇 년 재미있게 잘 놀았지요." 라고 말했다. 그가 노래하는 장면을 유튜브에서 보았다. 글만 잘 쓰는 게 아니다. 글씨, 그림, 기타 연주와 노래에도 일가견을 가진 예인이다.

그가 하모니카나 기타로 연주한 노래를 유튜브에서 볼 수 있지만, '문밖의 세상'은 그가 작사, 작곡하여 노래까지 불렀다. 더러 축하 파티나 강의하다 기타와 하모니카를 연주하는데 그런 것들이 유튜브에 올라와 있다. 그중 정미조의 노래 '그리운 생각'을 통기타로 연주하며 부르는 걸 보았다. 그는 두루미가 날아가는 것처럼 노래를 느릿느릿 부른다. 학의 날개가 너울대듯이 느리고 침착한 저음이다. 노래나 말이나 표정까지 그렇게 담담하고 여유롭다. 한때는 임방울의 '쑥대머리'를 배우고자 카세트테이프를 사와 방에서 혼자 수없이 틀어 놓고 흥얼흥얼 연습하여 노래를 부른 적이 있다. 그게 계기가 되어 사람들에게는 '쑥대머리'가 그의 애창곡으로 알려지게 되었다. 그렇게 느리고 애절한 노래를 부르는 사람으로 기억되게 만든 것이다.

그는 그렇게 언행이 느려 군(軍) 생활 중에도 굼뜨는 동작으로 무시 받는 일이 있었다. 총검술 16개 동작을 자신만 통과하면 연대원 모두가 통과한 것으로 하겠다고 말한 상관이 있었다. 그래서 밤새껏 연습하여 순서를 하나도 틀리지 않고 했더니, "지금 발레 하는 거냐?" 하고 책망하는 이도 있었지만, 언약대로 전 연대원들의 총검술을 다 통과한 것으로 넘어가 준 일이 있다. 또, 사격 훈련 때, 격발이 안 돼 총을 들고 일어선 일이 있다. 그다음부터 그는 사격 훈련에서 제외할 정도였다.

5월에는 차를 따, 덖고, 가을이면 곶감을 깎는다고 했다. 소득이 괜찮으냐고 물으니, 담담하게 답했다.

"아니오. 팔지 않고 나누어 먹습니다."

그 말은 그의 생활관 내지는 인생관인가 싶다. 꽃에는 향기가 있어 아름다운 생명력이 있다. 사람들이 조화보다 생화를 좋아하는 이유이기도 하다. 사람에게는 무엇이 향기일까? 기품, 덕망, 인정 등 여러 가지를 향기로 답할 수 있겠지만 필자는 인간이 지닌 애정이 인간의 향기라고 생각된다. 그 향기의 원천은 무엇일까? 정을 많이 가지고 태어난 사람이거나 외로움에서 고양된 인간애일 것이다.

그가 30년 이상을 산자락에서 혼자 살았으니, 깊은 산 소나무 숲 그늘에서 자란 송이버섯처럼, 고봉준령(高峰峻嶺)에서 자란 에델바이스처럼, 심산유곡에서 수십 년을 숨어 자란 산삼처럼 인간의 향기가 온몸에 배어 있지 않았을까 싶다. 고난을 체험한 사람만이 지닐 수 있는 인간의 향기 말이다.

그는 자기 집 옆에 흐르는 개울의 버들치에게 밥을 주며 길렀다. 그래서 버들치들은 박 시인이 가까이 가면 버들치들이 몰려왔다. 그런데 집을 비운 어느 날, 몇 사람이 전기

배터리로 모두 잡아가 버렸다. 그래서 그는 비통하게 울었다. 그는 그렇게 나무 한 그루나 벌레 한 마리도 쉽게 자르거나 죽이지 못하는 여린 심성의 소유자다.

그는 불제자가 아니지만, 재물을 탐하지 않고 미물의 생명조차 함부로 해치지 않는다. 시인들이 산문집을 내 돈벌이 한다는 말에도 상처를 받아 출판사의 청탁에도 산문집을 내지 않으려는 여린 심성의 소유자다. 돈이 있으면 좋은 집과 좋은 차를 사고 싶고, 고급 음식점에서 맛있는 식사도 하고 싶은 게 보통 사람들의 심리다. 그런데 그는 비록 허술한 집에서 살고, 전기자전거로 다니며, 음식을 단순하고 소박하게 만들어 먹지만 도움이 필요로 하는 곳에 자신보다 훨씬 많이 가지고 사는 사람보다 더 많이, 더 자주 베풀며 구도자처럼 산다.

8. 아쉬운 작별과 반가운 재회

오후 4시부터 6시까지 두 시간 동안 박 시인의 말을 듣다가 저녁 식사를 하기 위해 악양면 소재지로 내려와 약 1km를 내려가 오리고기로 요리하는 식당으로 갔다. 박 시인이 안내해 준 그 식당에서 오리 로스를 먹으면서, 또 박 시인의 이야기를 경청했다.

그는 자신이 농사지은 이야기를 주로 했다. 어제도 술을 먹었고, 내일은 또 서울을 가야 하기 때문에 술을 자제한다고 했다. 박 시인이 집에 돌아가면 선물로 노래를 불러준다고 했는데 막상 집에 돌아오니 노래에 대한 이야기가 쏙 들어갔다. 산마을에 내린 짙은 어둠을 뚫고 심원재에 도착한 시각이, 밤 9시인데 깊은 적막 때문인지 한밤중의 분위기였다. 아쉬운 작별 인사를 나누었다.

작별 전에 아쉬운 마음으로 "언제 다시 뵐 수 있을까요?" 물으니, "5월 한 달은 주말마다 찻잎을 땁니다. 그때 오면 좋습니다."하고 답했다. "그럼 그때 뵙겠습니다." 하고 약속했는데 필자가 2월에 자전거 타다 넘어져 새끼손가락이 골절되어 치료를 받았지만, 그 후유증 때문이었는지 손목터널증후군이 심해 수술받느라고 또 약속을 이행하지 못했다. 애석하게도 박 시인과의 인연을 발전시킬 좋은 기회를 놓치고 말았다.

그러다가 박 시인이 7월 15일부터 27일까지 전주 한옥마을 '플랜C'에서 시화전을 개최한다는 소식을 알게 되었다. 그리하여 그가 전시장에 있는 날에 방문하기로 날짜를 잡아 세 작가와 함께 관람하러 갔다.

심원재로 방문했던 4월 25일에 처음 만나고, 세 달가량 지난 7월 23일, 현종헌 소설가와 안양문협 시인 두 분이 함께 동승하여 전주 한옥마을로 출발했다. 사용자 공유공간 전주시의 '플랜C'에 11시가 조금 지나 도착, 전시관으로 들어갔다. 전시장에 혼자 있던 박 시인을 다시 만났다.

전국적인 관광명소가 된 전주 한옥마을. 그 마을 안, 골목에 오래된 낡은 옛집, 집이라고 하기에는 너무 허술한 지붕과 벽, 문틀만 남아 형체만 있는 허름한 전시장이었다. 지나가던 관광객이 문 앞에서 기웃거리다 가거나, 들어온 몇몇 관람객이 잠시 전시 작품을 보고 갔다.

그는 오늘 아침 서울에서 내려왔다고 했다. 인사를 나누고 전시한 그의 시화를 살펴보았다. 시화는 왼쪽 벽에 나란히 걸려있고, 오른쪽에는 임택준, 오광해 화가의 그림이 게시되어 있다. 그의 시화와 두 화가의 3인 전시회였다. 그의 시화 작품을 세어보니 11편이 보였다. 그중 8편은 한지(韓紙)에 붓으로 글씨를 한쪽에 쓰고, 여백에 단순한 그림(컷)을 그려 무채색의 목판 액자에 깔끔하게 접착해 놓았다. 하얀 한지 바탕에 글씨를 쓰고 그림을 그려 시화의 이미지가 한복 두루마기를 입은 단아한 선비처럼 느껴졌다. 그 외의 3편은 방구부채의 한 면에 그림을 그려 액자에 넣어 놓았다.

박 시인의 조용한 성정(性情), 즉 화려하게 꾸미거나 미화하려 하지 않는 그의 소박한 심성이 시화에도 그대로 담겨 있는 것 같다. 그게 그의 개성이요, 추구하는 세계일 것이다. 전시회를 왜 자신이 살고 있는 하동에서 하지 않고 먼 전주에서 하게 되었는지, 장르가 다른 두 분과 어떻게 합동 전시회를 하게 되었느냐고 물었다.

"오래전부터 2~3년에 한 번씩 세 작가가 함께 전시회를 했는데, 근래에는 코로나 때문에 못 하고 있다가, 코로나 사태가 조금 진정되어 이번에 개최하게 되었습니다."

"그러면 어떻게 시화를 직접 그리게 되었습니까?" 하고 물으니,

"부채에 그림을 그리기 시작한 지 30년쯤 됩니다. 책을 내게 되면 그 책의 표지를 직접 그리고 싶다는 생각으로 그림을 배우기 시작했습니다. 그리하여 첫 산문집부터 직접

그린 그림으로 표지를 만들었습니다. 혼자 사니까 시간이 많지요. 그 시간을 이용하여 음악을 듣거나 그림을 그리고 작품을 가꾸는 놀이를 하게 되었습니다."라고 했다.

그는 말을 재미있게 꾸미려 과장하거나 미화하지 않는다. 그 점이 소박하고 진정성이 있어 보인다. 마치 깊은 산골짜기의 맑은 물처럼 심성이 투명해 보인다. 과장된 겸손도 아니고 과시적인 자랑도 아니다. 되도록 작게, 겸허하게 말하는 모습에서 매력을 느끼게 된다.

전주한옥마을 갤러리 Plan C전시장에 게시된 박남준 시화(2022. 7. 23.)

점심을 먹기 위해 가까운 '나들길'이란 한정식당으로 자리를 옮겼다. 점심을 함께 드는 동안 박 시인은 '동네밴드'에 참여하게 된 경위와 과정을 말해 주었다. 지난번에도 들은 이야기이지만 다시 듣고 보니 필자가 잘못 알고 있는 부분이 있었다. 지난번보다 이번에 들려준 내용이 더 자세했다.

그의 머리가 하얗다. 얼굴은 팽팽한데 머릿결이 완전한 할아버지의 모습이라 염색하면 훨씬 젊어 보일 텐데 왜 염색하지 않느냐고 물었다.

"딱 한 번 해보았지요. 30대 중반에 시간 여행을 하고 싶은 마음으로 하얗게 염색해 보았습니다. 머리가 하얀 영감이 되었을 때를 상상해보기 위해 미장원에서 염색해 보았지요. 농사짓고 나무 키우는 후배가 트럭을 운전하여 함께 타고 가는데 함박눈이 하얗게 내렸지요. 차 안에서 음악을 틀더니, 이 음악을 틀어주면 모든 여자가 넘어오게 되어 있다며, 머리를 하얗게 물들일 염색비를 줄 테니 한번 해보라고 하더군요. 머리가 허연 영감의 모습을 상상하며 용기를 내 미장원에 가서 염색했지요. 19년 전에 8만 원인가 들었어요. 그 사정을 알게 된 어느 지인이 농사짓는 후배의 등을 쳐먹었다고 저를 꾸짖었습니다. 그런데 1주일 만에 다시 검정색으로 염색해야 했습니다. 이문구 소설가가 돌아가시어 조문을 가기 위해 다시 염색했지요. 3회를 해야 완전한 검은색이 되는데 한 번만 하니 금발에 가까운 머리가 되더군요."

"지금은 검정색으로 염색할 생각은 없습니까?" 하고 물었더니

"지금까지 얼마나 힘들게 살아왔는데…. 검은 머리로 바꿀 생각 없습니다." 하고 단호하게 말했다.

식당에서 일어나 다시 시화 전시장으로 돌아왔더니 박 시인의 손님이 기다리고 있었다. 잠시, 전시 작품을 보다가 함께 간 일행들과 한옥마을을 돌아보고자 작별의 인사를 하고 나왔다. 전시 시간이 종료되면 저녁을 먹으면서 함께 한 잔 나누고 싶었지만 다른 분들과 약속이 있는 것 같았다.

박 시인이 가보고 싶은 바오밥나무(박 시인의 글과 그림)

혹시 이따가 다시 만날 기회가 있다면 다시 뵙고 싶다며 연락을 부탁드렸다.

한옥마을을 돌아보고 고교 동창들과의 약속이 있어 이동할 저녁 무렵, 박 시인이 잊지 않고 연락해 주었으나 고교 동창들과의 약속이 있어 가지 못했다. 박 시인이 9월 말쯤 찻잎을 한 번 수확하는데 그때 시간이 되면 뵙기로 했다.

그는 아프리카의 마다가스카르와 세렝게티에 지인들과 함께 갈 거라고 했다. 이번 그의 시화 전시회에 출품된 작품에 마다가스카르의 바오밥나무를 소재로 한 시와 그림이 한 편 있다. 이번에 전시하여 판매되는 시화 값은 마다가스카르에 가기 위한 경비로 쓸 계획이라 했다. 마다가스카르의 여행이 그의 버킷리스트의 하나인가 보다. 그 시를 쓰면서, 그림을 그리면서 마다가스카르의 여행을 간절히 꿈꾸었던가

보다. 글 잘 쓰고 입담 좋으며 마음결 고운 박 시인과 마다가스카르의 여행을 함께 한다면 얼마나 소중한 체험이 되랴 싶어 필자도 동참하고 싶다고 말했다. 바오밥나무를 실제로 보고 오면 그의 글에 그 나무가 어떻게 나타날지, 그림은 어떻게 그려질지, 벌써부터 궁금하다. 모쪼록 마다가스카르의 여행이 박 시인에게 새로운 발견과 영감을 얻는 고귀하고 아름다운 체험이 되어 좋은 글로 피어나기를 기대한다.

이외수 소설가

기행(奇行)과 파격(破格)의 인기 작가

왼쪽이 이외수 문학관, 오른쪽은 모월당(다목적 강당)과 도서관

소설과 시, 그림과 글씨에 재능이 특별했던 작가 이외수. 그는 대중적 인지도가 높아 라디오와 TV 방송에도 여러 번 출연했다. 2012년, 화천 군에서 국내 최초로 생존 작가인 이외수 문학관을 만들어 그에게 생활의 터전을 제공했다. 그의 유명세로 화천군은 홍보에 큰 효과를 거두었다. 젊을 때에 그는 신발도 신지 않고 다니는 등, 특별한 일화를 많이 남겼 다. 밖에서 문을 잠그고 집필한 일, 세수와 목욕, 이발도 거의 하지 않고 수염도 깎지 않아 대중은 그를 기이한 사람으로 여겼다.

기발한 상상력과 언어유희로 인간 존재를 탐구하는 소설을 썼고, 목저 체란 특유의 한글 서체를 만들었으며, 간단한 스케치로 개성적인 그림을 그렸다. 무엇보다 재미있는 소설을 여러 권 창작하여 그를 추종하는 독 자들이 많았다. 그러나, 2014년 위암을 수술했는데 2020년 뇌졸중으로 쓰러졌다. 2022년 4월, 기행(奇行)과 파격(破格)의 인기 작가 이외수는 안타깝게도 먼 길로 떠나고 말았다.

I. 이외수 문학관 탐방을 위한 여정

2018년 2월에 교직에서 퇴직한 필자는 4월부터 전국 자전거 여행을 시작하였다. 첫 번째 여행지를 제주도에서부터 시작했다. 제주도를 한 바퀴 돌며 지인들을 만나고, 남해안, 동해안, 서해안으로 국토의 변방을 돌며 자아실현에 진력하거나 특별하게 사는 사람들의 탐방을 겸한 멀티플레이 여행을 했다.

그해 10월에는 국내 내륙으로 자전거 여행 및 탐방하고자 설악산에서 공룡능선을 등산하고 평화의 댐, 이외수 문학관, 정선 아라리, 민둥산, 안동댐, 합천 해인사와 가야산까지 다녀오기 위해 승용차에 자전거를 싣고 출발했다. 내륙에는 자전거 전용도로가 적어 대부분 일반 지방도로를 이용해야 하기 때문에 부분적으로 자전거를 타기 위해 승용차에 자전거를 싣고 다녔다. 장거리의 이동은 승용차로 하고, 자전거가 가능한 곳은 자전거로 달렸다. 승용차에 취사구와 캠핑 장비를 싣고 다니며 캠핑을 했다.

첫 번째로 설악산 공룡능선에 오르기 위해 희운각 산장을 예약하고 수원에서 외설악 야영장으로 갔다. 멀쩡하던 날씨가 야영장에 도착하기 직전부터 비가 내렸다. 야영장에 도착하여 비가 잠시 멎을 때 어렵게 텐트를 치고 잤다. 그런데 다음날 새벽까지 많은 비가 내렸다. 새벽 5시, 폭우로 인하여 설악산의 입산을 금지하므로 희운각 예약금을 환급해주겠다는 전화 문자가 왔다. 설악산 공룡능선을 등산하기는 글러 꿩 대신 닭이라도 잡자는 심정으로 설악산 오색약수터로 단풍 구경을 갔다. 주전골을 지나 용소폭포까지 트레킹을 하는데, 날씨가 개어 햇살이 맑았다. 설악산의 화려한 단풍을 제대로 볼 수 있었다.

설악산에서 화천군에 있는 평화의 댐으로 갔다. 그 댐은 전두환 정권 때 북한의 수공에 대비한다고 만들었다. 북한이 금강산에서 한꺼번에 물을 방류하면 여의도가 잠길 거라며, 직장, 집, 각종 단체에서 성금을 걷었다. 그 상황이 아주 심하여 안보의 댐이 아니라 정권의 댐을 만든 거라고 비난하는 사람들도 있었다. 그런데 김대중, 노무현 정권 때에 평화의 댐을 더 견고하게 보수하였다. 와서 보니 댐의 두께가 정말 어마어마하다. 웬만한 폭격에도 끄떡없을 정도였다. 수자원센터 옆에서 차박을 하고 화천으로 갔다. 화천군청 인근의 둑에서 자전거로 출발하여 북한강을 거슬러 올라가 딴산유원지를 지나 화천댐까지 갔다 왔다. 저녁을 지어 먹고 이외수 문학관이 있는 감성마을에 승용차로 출발했다. 날이 어두워져 단풍으로 물든 산하를 보지 못하는 아쉬움을 달래며 밤길을 달리자니 쓸쓸한 감회가 밀려왔다. 1시간쯤 달렸을 때, 서창리의 상가가 나왔다. 마트에서 식품을 사고 야영장을 물으니 두 군데를 알려주었다. 캠핑장에 가서 야영하는 이에게 물으니 하루 이용료가 3~4만 원이라고 했다. 차에서 혼자 잠이나 잘 건데 그만한 이용료를 내고 잘 필요는 없을 것 같아 이외수 문학관이 있는 곳으로 가서 잠자리를 찾고자 다시 출발했다.

2. 이외수 문학관에 가다

도회지를 벗어나 산길로 접어들어 20분쯤 달리니 감성마을 주차장이 나왔다. 문학관을 먼저 확인한 후, 잠잘 곳을 찾고자 산길로 더 올라가 보았다. 네이비게이션에 목적지로 찍어놓은 이외수 문학관, 감성테마문학공원이 나왔다. 방에 불이 켜져 있는 창을 보니 이 작가의 살림집으로 보이는데, 아주 조용하다. 아마도 저 불빛 아래에서 이외수 작가가 글을 쓰거나 책을 읽고 있을 것이다. 자동차 엔진소리도 그분에게 방해가 될 것 같아 차를 돌려 아래에 있는 감성마을 주차장으로 다시 내려왔다.

텅 빈 주차장. 싸늘한 밤바람이 한기를 느끼게 했다. 감성마을 주차장 한쪽에 화장실이 있는데 외등을 밝혀 놓아 이곳이면 하룻밤을 지낼만했다. 차에서 내려 화장실에 들어가 보니 대변기가 막혀 오물이 그대로 있다. 옆의 여자 화장실에 가보니 역시 마찬가지다. 밤에 등불은 켜 놓으면서도 막힌 변기는 왜 고쳐 놓지 않았을까. 산속으로 들어가 일을 보고 흙과 나뭇잎으로 덮어놓았다. '미안하지만 이 숲에 좋은 거름이 되거라' 주문했다.

차 안에서 일기를 쓰려는데 졸음이 밀려왔다. 차 안에 잠자리를 마련하고 침낭 속으로 들어갔다. 열 사나흘이 됐는지 보름달에 가까운 달이 떠올라 산 계곡에 달빛과 그늘이 가득 채워졌다. 달의 반대쪽 산등성이 너머에는 별들이 총총 빛났다.

다음날 새벽, 공기가 차가워 일찍 눈이 떠졌다. 조반을 일찍 지어 먹고 8시 30분에 이외수문학관으로 산책을 나섰다. 주차장에서 숲길로 들어서는 곳에 '감성장터' 건물이 있고, 그 앞에 커다란 입석비가 있다.

"길이 있어 내가 가는 것이 아니라 내가 감으로써 길이 생기는 것이다."라고 씌어 있다. 그렇다. 이 길로 들어가도 된다는 표시일 것이다. 그 비석 옆길로 올라갔다. 옆으로 흐르는 작은 실개천을 따라 걸어가니 이외수문학관이 나왔다.

이외수 문학관으로 오르는 길옆의 바위에 새겨진 문구

문학관으로 올라가는 길. 터널 같은 곳을 지나 개울물 소리를 들으며 걸었다. 마당처럼 펼쳐진 곳에 많은 비석이 세워져 있다. 이외수의 소설이나 시에서 따온 간단한 문구나 시의 일부가 새겨져 있다. 대부분 의미심장한 내용이거나 경구와 비슷한 내용들이다. 글씨는 이외수의 문체인 목저체로 또렷하게 새겨져 있다. 잠언이나 경구에 가까운 구절들이 까만 돌에 단순하게 새겨져 있다. 문구들의 의미가 강렬하여 머릿속에 또렷이 박히는 것 같다. 그중 가장 강렬하게 꽂힌 문구는 이것이었다.

"쓰는 이의 고통이 읽는 이의 행복이 될 때까지"

문구의 생략 부분을 온전한 문장이 되도록 서술한다면 아마도 "쓰는 이의 고통이 읽는 이의 행복이 될 때까지 나는 글을 쓸 것이다." 라고 써야 온전할 문장이었다. 그러나, 서술어가 생략된 문장, 즉 돌에 새겨 놓은 글처럼 써야 더 함축적이고 강렬한 의미를 지니는 것 같다. 뒷말을 붙여 서술해 보니 긴장이 풀어져 평이한 문장이 되었다. 돌에 새겨진 그 문구를 문학관 안에서도 보았는데, 자신이 비장한 마음으로 글을 쓰기 위한 좌우명인가 싶었다. 글의 행간을 짚어본다는 말이 있다. 글에서 찾아보는 이미지일 것이다. 글을 쓰는 일은 참기 어려운 고통이다. 그러나 '글을 읽은 이가 행복스럽게 여긴다면 고통을 감내하고 글을 쓰겠다.'는 의지의 표현으로 여겨진다. 그렇다. 읽는 이의 행복을 위해 글 쓰는 고통을 감내하고 좋은 글을 쓰려 심혈을 기울이겠다는 스스로 다짐하는 말일 것이다.

그는 자기 방의 문을 가족이 밖에서 잠그도록 하고 글쓰기에 집중했다는 일화가 있다. 글쓰기에 몰입하기 위한 각오의 표현이었을 것이다. 그렇게 하여 『벽오금학도』가 탄생되었다. 그는 정말 글쓰기에 치열한 작가였다. 그가 세수와 목욕을 피했던 것 역시 글쓰기에 집중하고자 한 집념에서 비롯되었을 것으로 짐작한다. 감성마을 주차장에서 산기슭으로 오르는 산책로가 문학관으로 들어가는 도보 길이었다. 나무가 울창한 산길, 나뭇잎이 떨어져 쌓이고 옆으로는 개울물이 흐르는 운치 있는 길이다. 이 깊은 계곡에 문학관을 만든 것은 바로 이런 풍광이어야 글 쓰는 데에 효과가 있을 것으로 여겼기 때문이리라.

화천군에서 생존해 있던 이외수의 문학관을 만든 것이 2012년인데 당시에는 국내 최초였다 한다. 그는 대중적 인지도가 높아 이 문학관으로 많은 관람객이 몰려 화천군의 명소가 되었다. 그 이후 생존 작가의 문학관이 전국에 많이 생겼다. 해설사의 말에 의하면 국내에 문학관이 450개가 넘고, 생존 작가의 문학관도 무려 140개쯤 된다는 것이다. 사실 여부를 확인하지 못했으나 그게 사실이라면 문학관이 너무나 많다. 또 문학비나 문학관은 작가 사후에 만드는 것이 일반적인 경향이었는데 지금은 그런 관행도 파괴되었다.

10시에 문학관이 문을 열어 해설사가 왔다. 이곳엔 입장료를 내야 했다. 들어가 해설사에게 이외수 작가님을 뵙고 싶은데 만나 뵐 수 있는지 문의했다. 이외수 선생님은 문학관 위의 살림집에서 생활하시는데 오후에 잠시 문학관에 들른다고 했다. 많은 사람들이 만나보려고 오지만 특별한 경우가 아니면 만나지 못하고 돌아간다. 다행히 오늘은 셋째 토요일이기 때문에 이외수 작가가 월 1회 강의하는 날이란다. 오후 5시에 강의실로 가면 이 작가도 만나볼 수 있고 청강할 수도 있다고 알려주었다. 강의를 들으면 좋겠다 싶어 그때까지 기다리기로 했다. 문학관을 둘러보니 그의 저서들이 가지런히 진열되어 있고, 연보와 중요 기사가 게시되어 있다. 천상병 시인과 형제의 인연을 맺어 오랫동안 교분을 나눈 사실의 기사도 게시해 놓았다. 두 분의 문학적 존중심과 우애가 곡진하다.

그가 그린 그림, 즉 나무젓가락을 이용한 미술 작품도 게시되어 있는데 그는 소설, 시, 그림에도 탁월한 재능과 개성을 발휘했다. 그가 쓴 육필 원고를 보면 글씨를 또박또박 정확히 써, 원고지에 깨끗하게 정서되어 있다. 정성 들여 쓴 결과물일 것이다. 그 개성과 균형미를 갖춘 글씨체가 이외수의 목저체로 등록되었다. 목저체란 나무젓가락으로 쓴 글씨라는 뜻의 말인데 날카로우면서도 각진 글씨체다. 이 작가가 처음에는 분명히 나무젓가락에 잉크를 묻혀서 썼을 것이다. 그런데 지금은 그가 유성펜으로 써도 그 글씨체가 나온다. 글씨의 각도가 오른쪽으로 약간 기울었지만, 폭이 약간 넓어 안정감을 유지하면서도 긴장을 잃지 않는 개성적인 서체다. 그리고 곧게 뻗은 글씨라 힘이 팽팽하다. 창조란 어려운 일이다. 추사체를 만든 김정희가 생각났다. 이외수도 그렇게 하나의 문체를 개발했기에 역사의 한 페이지에 오래 남을지도 모른다.

이외수의 소설 '칼'을 읽다가 정오에 문학관을 나와 주차장으로 내려가 차에서 점심을 해결했다. 그릇을 씻고, 양말과 수건을 빨기 위해 개울가로 내려갔다. 빨래할 자리를 찾으려 바위를 딛다가 미끄러져 개울에 발이 풍덩 빠졌다. 얼른 나왔지만 이미 운동화는 물이 가득 들어차고 말았다.

빨래와 젖은 운동화를 차 안의 볕이 드는 곳에 널어놓고 문학관으로 가니 오후 3시. 방금 이외수 작가가 문학관에 오셨다가 다실로 가셨다고 해설사가 알려주었다. 다실에 들어가니 이 작가는 식사하러 외출하였고, 전영자 여사가 있었다. 이외수 작가를 취재하고 싶어 왔다고 말씀드리고 몇 가지 여쭈었다.

다실에 앉아 메모하며 이 작가를 기다렸다. 4시쯤 들어오셨다. 인사드리고 선생님과 문학관에 대한 탐방기사를 쓰기 위해 왔다고 인사드렸다. 문학관에서 구입한 그의 시집, 『그대 이름 내 가슴에 숨 쉴 때까지』를 펴고 사인을 부탁하며 볼펜을 드렸더니, 자신의 유성펜을 찾아왔다. 그 펜으로 그의 특허인 목저체로 정성을 기울여 써 주었다. 원래 목저체란 나무젓가락으로 쓴 글씨체인데 유성펜으로도 목저체의 글씨가 써질 수 있다는 게 신기했다. 펜으로도 나무젓가락으로 쓰는 것처럼 숙날이 되어 있었던가 보다. 여하튼 글이나 그림이나 그렇게 정성을 기울이기 때문에 작품이 되는가 싶었다. 정성을 기울여 사인하는 모습이 고맙고 아름다웠다.

잠시 후 문하생으로 보이는 젊은이들과 함께 이동하는 그를 따라 전시관의 한쪽에 있는 무대로 갔다. 그는 반주기에 맞추어 진지하게 노래를 불렀다. 박자와 음정이 맞고, 목소리에 힘이 있어 나이보다 20년은 낮추어야 할 만큼 젊게 느껴졌다. 특히 감정이 담겨 느낌이 좋았다. '가을비 우산 속에'로 시작하여 가을 분위기에 어울리는 노래들을 이어서 여섯 곡이나 불렀다. 노래를 그렇게 부를 수 있는 것도 풍부한 감성 때문일까? 그의 노래 부르기는 일상의 취미요 또 다른 특기인 것 같았다.

잠시 이동하며 이 작가에게 이렇게 물었다.

"비석은 큰데 글은 왜 두세 줄만 간단히 새겼나요.?"

"길면 누가 보나요?" 하고 반문으로 대답을 대신했다.

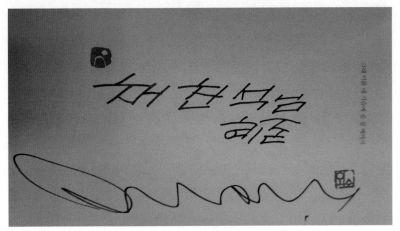

이외수 작가의 사인

　그렇다. 길면 읽기도 쉽지 않지만 암기하기는 더 어렵다. 그의 단순명쾌한 답이 명답이라고 생각했다. 그는 매월 셋째 토요일 오후 5시부터 글쓰기에 대한 특강을 했다. 5시가 거의 되어 도서관 2층, 모월당으로 갔다. 10여 명이 와 앉아 있다. 나도 청강을 위해 왔다니 대표 되는 분이 당일 경비를 걷었다. 옆에 가까이 있는 분과 인사를 나누었다. 조치원에서 왔다는 침술 전문가였다. 침을 놓거나 침술 강의를 하는 분인데 글쓰기 공부를 위해 매월 이 모임에 출석한다고 했다. 또 수원에서 왔다는 중년의 보건교사와 주부가 있어 인사를 나누었는데 한 동네 사람이라 반가웠다.

　잠시 후, 연수생 열댓 명이 모였고, 이외수 작가의 강의가 시작되었다. 이 작가는 시 쓰기에 대한 강의를 1시간 30분쯤 했다. 적절한 단어로 표현하려면 어휘력을 길러야 한다는 이야기였다. 다실에서 전영자 여사를 만났을 때, 그분도 글을 잘 쓰려면 국어사전을 몇 번은 탐독해야 한다고 했는데, 그런 맥락이었다. 강의 중 계속 참석자가 늘어 강의가 끝나기 직전에는 약 40명 정도가 앉아 있었다. 전국에서 이외수를 따르는 팬들이 강의를 듣고 하룻밤 대화를 나누는 날이었는데 필자가 방문한 날이 바로 그날이어서 '가는 날이 장날이다.'라는 행운을 만난 셈이었다.

강의를 마치고 오늘은 특별히 아마추어 천문학자를 초대했다며 이상철 씨를 소개했다. 그는 천문연구가였는데 달 관측을 위한 설명을 한 후, 천체망원경이 있는 곳으로 일행을 데리고 갔다. 하늘에 구름이 없어 산등성이 위로 뜬 달이 아주 선명했다. 하늘이 맑아 달을 관측하기에 아주 좋은 날씨로 여겼다. 그러나, 그분은 기류 상태가 매우 불안정하여 별을 관측하기 어려운 날이라며 날씨가 좋지 않은 거라고 했다. 달과 별을 관측하려면 기류가 좋아야 하는데, 오늘은 기류가 좋지 않아 달의 표면이 선명하게 보이지 않는다고 했다. 그러나, 나는 달의 표면을 볼 수 있어 기류가 느껴지지 않았다.

천체망원경이 두 대여서 연수생 20여 명은 두 줄로 나뉘어 달을 관찰했다, 망원경으로 보니 달의 표면이 육안으로 보는 것보다 깨끗하게 보이는데 분화구 같은 원형 모양이 무슨 세포처럼 여러 개가 보였다. 운석이 떨어진 자리라 했다. 지구에 오는 운석은 가까이 오면 대부분 타버리지만, 달에 떨어진 운석은 그렇게 달의 표면에 물방울이 떨어진 듯한 자국으로 보인다는 것이다. 달 관찰하던 곳의 옆 닭장에 거위가 세 마리 있다. 거위를 왜 기르느냐고 물었다. 거위가

집을 지키기도 하지만 뱀을 막아주기 때문이라고 했다. 산
계곡에는 뱀이 많아 거위가 뱀을 막고 알도 낳아주니 일거
양득이었다.

이외수 소설가(왼쪽)　　　　강당에서 노래 부르는 이외수(오른쪽)

　관찰을 마치고 강의실로 돌아와 뒷풀이를 했다. 준비한
음식을 먹으면서 그룹을 지어 대화를 나누었다. 보쌈고기,
족발, 맥주와 막걸리, 귤 등을 먹는데 먼저 이외수 작가의
노래를 들었다. 행사 시작 전 7곡을 연습하더니 그 노래들
을 연속으로 2절까지 진지하게 불렀다. 많은 수강생들 앞에
서 노래를 불렀는데, 노래의 제목을 찾는 일도, 가사를 보는
일도 거의 하지 않고 진지하게 열창했다. 오늘의 행사 시작
전, 문학관의 무대에서 혼자 노래를 불렀던 것은 이 뒷풀이
를 위한 연습이었던가 보다. 노래를 부르는 것도 그는 연습

이 필요했던 거다. 뒷풀이의 노래조차 그렇게 준비하다니, 보통 사람들의 평이한 자세와는 다르다 싶었다.

매월 1회 글쓰기 특강에서 마이크를 잡은 이외수(2018.10.20)

　다른 사람 두어 명이 이어서 노래를 불렀는데 다음에 부를 사람이 없어 필자에게도 기회가 주어졌다. '푸르른 날'을 불렀다. 몇 명이 박수를 쳐 주었지만 노래가 흥겹지 않은지 반응이 호의적이지 않았다. 수강생 대부분은 담소에 열중이었다. 아마 필자가 처음 참석했기 때문에 낯선 이방인처럼 여겨졌기 때문인가 싶었다. 좌중의 몇 사람과 인사를 나누며 대화를 나누었다.
　자정 무렵, 조치원에서 온 침술가가 1층 도서관으로 자러 간다기에 나도 침낭을 가지고 따라갔다. 몸을 씻고 서가(書架) 사이에 누웠다. 어젯밤, 차박하느라 추위에 잠을 설쳐 피로했는지 쉽게 잠을 이룰 수 있었다. 자다 살포시 잠이

깼는데 2층 모월당에서는 노랫소리가 계속 이어졌다.

※ 2018년 10월에 이외수 소설가를 인터뷰했는데 아쉽게
도 2022년 4월 25일 그는 다시 오지 못할 먼 길로 떠났다.

제4부

내가 좋아

가는 길

덕산 스님

산속 암자에서의 수행과 금강태극권

덕산 스님의 수행처 서룡산 중턱의 서진암

지리산 천왕봉의 북쪽, 남원시 서룡산(1,073m) 중턱의 서진암에서 수행하는 덕산 스님은 경찰대학을 졸업하고 경찰관으로 근무하다 돌연 2003년 불가에 들어와 19년째 수행하고 있다. 금강태극권을 배워 희망자에게 전수(傳授)하는 일도 수행의 하나로 여겨 희망자에게 남원 실상사, 파주 보광사, 서울에서 태극권을 가르치고 있다.

2022년 1월 18일, EBS TV 프로 "한국기행"에서 '오지의 겨울'이란 제목으로 덕산 스님의 암자 생활이 방송되었다. 그 방송을 보고 덕산 스님에 대해 알게 되었는데 정돈된 언행, 온화한 표정이 오랜 수행에서 비롯된 것 같아 취재하게 되었다. 출가와 수행의 목적, 수행의 방법을 여쭙고자, 남원의 서진암으로 찾아갔다. 그러나, 부재중이었다. 법당의 문 앞에 번호가 적혀있어 전화하니, 매주 나흘은 경기도 파주의 보광사에서 지낸다기에, 일정을 여쭌 후 다시 4월 30일에 보광사로 찾아갔다.

Ⅰ. 덕산 스님과의 만남

서진암에서 수행하고 있는 덕산 스님을 만나기 위해 남원시 산내면 대정리에 도착한 것은 2022년 4월 26일, 오후 6시가 조금 지났을 때였다. 서룡산 산기슭으로 차를 몰고 오르다가 밭에서 고사리를 꺾는 할머니가 있어 길을 물었다. 그대로 길을 따라 올라가면 어둡기 전에 서진암에 다녀올 수 있으니 서둘러 가라고 했다. 포장도로가 끝나고 자갈길을 조금 오르자, 승용차로는 더 이상 오를 수 없는 막다른 곳에 도착하니 6시 30분이다. 서진암까지 0.6 km라는 이정표가 있다. 그 옆의 산기슭에 기대놓은 알루미늄 지게가 있다. 아마 덕산 스님의 지게일 것이다.

서진암을 가려면 차에서 내려 산길을 30~40분은 올라가야 한다는 걸 인터넷에서 보고 왔다. 서진암에 도착하기 전, 어둠이 길을 가리게 될지 몰라, 올라갈까, 말까, 잠시 망설였다. 함께 간 두 동료는 주저했지만 길을 알려준 할머니가 서두르면 다녀올 수 있다고 했기에 용기를 내어 산길로 올라갔다. 어두워지면 휴대폰의 라이트를 켜고 내려올 생각이었다.

경사가 가파른 좁은 산길. 사람들이 걸어 다닌 흔적의 길이 있지만, 나무 사이로 한 사람이 겨우 지나갈 수 있는 험한 산길이다. 산중의 저녁은 어둠이 일찍 내려왔다. 혹시 '날이 어두워지면 스님이 산사에서 재워줄 수도 있을까' 하는 기대도 해보았다. 또는 '내일 다시 오라며 손전등이라도 하나 빌려줄 수 있겠지.' 라는 기대를 하면서 동료들보다 앞서 올라갔다. 동료들은 덕산 스님을 만날 목적으로 이번 여행에 나선 것은 아니다. 필자가 스님을 취재하겠다니 동행해 준 것이다. 그래서, 산에 오르는 속도가 늦어 50m 정도 뒤에서 따라왔다.

서진암에 도착, "덕산 스님" 하고 몇 차례 거듭 불렀다. 법당 문틈 사이로 가느다란 불빛이 보였지만 암자에서는 아무런 소리가 없다. 법당 앞에 다가가니 문틀에 스님의 전화번호가 적혀있다. 전화를 걸어 스님을 뵙고자 왔다고 하니, 지금 파주에 있다고 했다. 수·목·금요일은 파주에 있으니 파주 보광사로 오면 만날 수 있다고 했다. 뜻밖이었다. 허탈한 심정에 흐릿한 계곡을 보며 선 채로 잠시 쉬었다.

스님도 외출할 수 있다. 그렇지만 새들도 해가 기울면 둥지로 돌아오듯 스님도 암자로 돌아와 있을 것으로 판단하여 올라온 것이다. 그런데 스님은 천 리 먼 길 경기도 파주에 있다. 법당에 들어가 부처님에게 엎드려 삼 배를 하고 필자의 수필집 한 권과 동창 이규봉이 스님께 드리는 선물을 법당에 두고 발길을 돌렸다.

날은 어둡고 산의 경사가 심해 내려오며 주의를 기울였다. 바위나 돌들이 불규칙적으로 솟아 있어 잘못하면 걸려서 넘어질 수 있다. 산에서 다치는 건 대체로 하산할 때다. 오를 때는 넘어져도 앞으로 넘어지기 때문에 큰 사고가 나지 않지만 하산할 때는 위에서 아래로 구르기 쉬워 큰 사고가 날 수 있다. 그래서 막대기를 하나 주워 지팡이 삼아 내려왔다. 올라갈 때는 지팡이가 그다지 필요하지 않지만 내려올 때는 몸의 균형을 잡는데 상당히 효과적이다.

　승용차를 주차한 곳에 가까이 갔을 때, 어둠이 깊어져 길이 잘 보이지 않았다. 맨 앞에서 휴대폰의 라이트를 켜고 길을 찾아 내려오니 7시 30분이었다. 하동에서 서진암으로 출발할 때, 날이 어두워지면 마을의 민박집에서 자고 다음날 아침에 서진암으로 올라갈 예정이었다. 그런데 해가 기울었지만 어둡지 않아 서진암으로 올라갔던 것이다. 덕산 스님이 오늘 파주로 출발해 나흘 뒤에나 오신다니 기다릴 수가 없어 상경했다. 그 뒤, 덕산 스님과 통화하여 날짜를 잡아 4월 30일, 파주의 보광사로 찾아가 만났다.

2. 왜 불교에 귀의하였습니까

　종합적이라 한마디로 말하기 곤란합니다. 어렸을 때 어머니로부터 여러 번 학대를 받았지요. 한참 사랑받아야 할 시기에 학대받아 상처가 컸습니다. 그리하여 반항심리가 자라, '이 세상이 망해 버리면 좋겠다.'는 생각도 하였지요. 타고난 내성적 성격이 반항심으로 변했던 것 같습니다.

　가정 형편상 경찰대학에 진학했는데, "명찰 달고 5분 이내 선착순 집합"과 같은 군대식 교육이 성향에 맞지 않아 경찰대에 진학한 걸 후회하게 되었습니다. 졸업 후에는 경찰관으로 임용받아 근무하는데, 적응을 못 하여 갈등을 많이 했지요.

　16년 전, 1주일 휴가를 받아 절에 가서 지내며 스님들이 사는 모습을 유심히 관찰했지요. 그 생활이 마음에 들어 2개월 후 사표를 내고 절에 들어와 오늘에 이르렀습니다. 결혼하여 7살, 3살의 두 아이를 기르며 경찰직에 근무하다 출가하자니 주위의 사람들이 만류해 눈물을 많이 흘렸고, 가족에게 무척 미안했지요. 갈등도 많이 했지만, 출가가 나의 길이라 여겨 결단을 내렸습니다.

"절에서 강의하신다는데, 무슨 내용을 강의하십니까?"

"희망하는 분들에게 금강태극권을 가르치고 있습니다."

"태극권을 어떻게 배우셨는데요?"

"대만에서 태극권을 배워 온 스님이 있었는데, 그 스님에게 배웠습니다. 그리하여 지금은 파주 보광사와 남원 실상사, 서울에서 수강생들에게 가르쳐주고 있습니다."

"중생들에게 말해 주고 싶은 건 무엇입니까?"

"사람들은 각자 자신의 의식에 따라 말을 다르게 수용하기 때문에 단순한 말로서 내 뜻을 전하는 데에 큰 기대를 걸지 않습니다. 불법을 만나는 것도 인연이 있어야 하지요."

"앞으로 어떤 계획을 갖고 있습니까?

"물이 흘러가는 것처럼 그렇게 살아가려 합니다. 그런 과정을 통해 불법을 전해주면 됩니다. 삶과 죽음에는 인과가 있습니다. 어느 수사관이 들려준 말이 있는데, 죽음도 인과(因果)라 하더군요. 공주 연쇄살인사건의 범인이 7명을 살해했습니다. 그가 여섯 번째 죽이려고 했던 여자는 성공하지 못했다고 토로했습니다. 그 여자를 해치려고 매복했는데, 그 여자가 갑작스레 그날은 집에 오지 않아 사고를 면했지요. 업(業)이 없으면, 즉, 때가 안 되면 죽임도 피하더란 말

입니다. TV 드라마, 수사반장의 모델이었던 고(故) 최○○
씨가 이렇게 말했습니다. 부사의(不思議), 즉 불가사의(不可
思議)라는 것입니다."

3. 어떻게 수행하십니까

생활 모두가 수행이지요. 일상사인 차 대접, 명상, 태극권,
마당 쓸기 등, 하루 일과가 모두 수행입니다. 수행을 시작한
처음에는 많이 힘들었습니다. 그런데 '모든 사람이 하나이구
나.' 라는 사실을 알게 돼 몸으로 수행하게 되었습니다. 불
법을 밖에서 찾으려고 했지만 모든 것이 내 안에 있다는 것
도 알게 되었지요. 출가 후 1,000권 정도의 책을 읽었습니
다. 진리를 머리로 인식했지요. 그러다가 사는 방법을 아는
것이 중요하다고 생각하게 되었습니다. 깊은 산 속에 살면
저절로 건강해질 거라는 것도 오해입니다. 운동도 심하게
하면 젖산이 생겨 독소가 되기 때문에 건강을 해치기 쉽지
요. 피를 맑게 하고 영양과 산소를 공급하기 위해서는 독소
의 배출이 중요합니다. 독소가 생기면 자연히 병들게 되지요.
사람들에게 이런 말을 해줍니다. 교통사고 시, 합의금 많
이 받으려고 하지 마라. 업보(業報)로 돌아온다. 내 가정만
최선으로 여겨 남의 가정을 짓밟으면 안 된다. '모든 사람이
내 가족이다'라는 붓다의 말씀을 전하려는 것이지요. 남을
해치는 사람일지라도 자신의 손주에게는 사랑스러운 할아버
지이거든요.

절에 들어오려는 사람 중에는 술을 끊으려고 오는 이도 있고, 사회에서 어렵게 살아 좀 편하게 살아보고자 오는 사람도 있습니다. 그렇지만 어디에서나 바르게 사는 것이 중요합니다. 고통의 중요한 원인을 다음 3가지로 나누어 볼 수 있습니다. 탐(탐함 貪), 욕(욕심 慾), 치(어리석음 癡)입니다. 사기 친 놈이나 당한 자나 비슷합니다. 욕심을 못 버리면 의식이 잘못됩니다. 남을 향해 함부로 말을 내뱉으면 다투기 쉽습니다. 말 많은 사람이 말 많은 사람을 싫어합니다.

전철 안에서 '하느님 믿지 않으면 지옥에 간다.'고 설교하러 다니는 사람을 보면 '왜 저렇게 선방지지?' 하고 처음에는 화가 났습니다. 그러다가 그들에게 감사한 마음으로 대하니 화가 바로 사라지더군요. 미워하면 부딪히게 됩니다. 부부간에도 신뢰가 있어야 하지요. 부인이 의심하면 남편이 바람피우기 쉽습니다. 상상이 현실을 만드는 거지요. 생각과 현실은 연결됩니다. 미움도 사랑도 지나치지 말아야 합니다. 지나고 보면 모든 게 그림자이거나 영화의 스크린 같습니다. 깨고 나면 모두 꿈같은 거지요. 꿈속에서 칼을 든 강도를 만나면 무척 무섭지만 깨고 나면 허망한 꿈일 뿐입니다. 얼마 전에, 만나주지 않는다고 여자와 가족을 해쳤다는 사람의 뉴스를 들었습니다. 집착이 지나쳤던 거지요. 행동은 마음에 달려있고 마음은 습관이 됩니다.

많은 사람 속에 있어도 외로울 수 있습니다. 수많은 군중의 갈채를 받더라도 돌아서면 허탈감으로 더 큰 외로움을 느낄 수 있습니다. 그래서 인기 연예인인데도 마약에 손을 대는 경우가 있습니다. 일체유심조(一切唯心造)[17]입니다.

그래서 불교에서는 '아무 생각을 마라.'고 합니다. 힘들어하는 사람에게는 타고난 팔자라 하더라도 나쁘게 말하지 말아야 합니다.

4. 태극권은 어떻게 합니까

사는 일이 모두 수행입니다. 매일 새벽에 일어나 맑은 음성으로 독경하고, 부처님께 108배를 합니다. 부처님이 숫자를 세는 건 아니지만 수행자는 수를 세며 절을 합니다. 길을 씁니다. 오가는 이가 없어도 길을 씁니다. 수행을 위해서 서진암의 마당이나 주변 길을 씁니다. 길이 깨끗해지는 것을 보면 마음이 차분해져 명상하기 좋습니다. 그렇게 마음 공부를 하면 건강도 얻을 수 있고 배우지 않아도 깨닫게 됩니다. 죽음에 대해서도, 풍수지리도, 그 외에도 여러 가지를 터득하게 됩니다.

고요한 집을 절간 같다고 합니다. 절은 고요해야 합니다. 고적(孤寂)해야 수행이 됩니다. 우리나라에서는 절이 대개 깊은 산 속에 있습니다. 시끌벅적한. 길가에서는 수행하기 어렵지요. 서진암에는 하루에 한 사람도 오지 않는 경우가 있습니다. 그런 외로움에서 벗어나는 데에도 수행이 필요합니다.

내 몸의 건강을 위해서는 내 몸을 사랑해야 하지요. 몸에서 독소를 빼내야 합니다. 요즘 사람들에게는 독소가 많아지고 있습니다. 그 독소를 빼내는 방법으로 맑은 차를 마시

---

17) 모든 것은 마음이 지어낸다는 뜻으로서 마음가짐이 중요하다는 말

는 것이 효과적입니다. 맑은 차란 비료와 농약을 쓰지 않은 차를 뜻합니다.

다음은 물을 많이 마시는 것입니다. 차를 마시지 않더라도 물을 하루에 3L 이상을 마시면 됩니다. 4년 동안 하루에 4~5L의 물을 마시고 태극권을 하니 오장육부가 튼튼합니다. 그래서 20대와 함께 뛰어도 뒤지지 않습니다. 건강해지니 자신의 안위를 돌보지 않아도 되고 행복감도 느낍니다."

중국에서 이른 아침에 공원이나 광장에 가면 삼삼오오 모여 맨손체조를 하듯, 춤을 추듯, 느릿느릿 전후좌우 사방으로 움직이며 운동하는 사람들을 흔히 볼 수 있습니다. 그 동작의 대부분이 바로 태극권 운동입니다. 이 태극권은 우리나라의 태권도나 유도와 같은 투기 운동이 아닙니다.

필자는 태극권도 태권도처럼 투기 운동의 하나로 판단했는데, 덕산 스님의 태극권 시연의 동영상을 보고서야 기체조와 비슷한 걸 알았다. 덕산 스님의 말을 듣고 인터넷에서 찾아보니 태극권에 대해 다음과 같은 설명이 있다. 운동의 근본 목적은 치병 및 건강 장수에 있다는 것이다.

태극권은, 수련 과정에서 자위(自衛)의 능력이 자연히 생겨나는 체용(體用:근본 바탕과 그의 적용)이 겸비된 기예이며, 유연하고 완만한 동작 속에 기(氣)를 단전에 모아 온몸에 원활하게 유통시키고 오장육부를 강화하는 운동이다. 중국의 명조 말~청조 초(17세기)에 허난성[河南省]에 거주하는 진씨 성(陳氏 姓) 일족(一族) 사이에서 창시된 진식(陳式) 태극권에서 유래하였다는 설, 중국 송나라 말기 사람인 장삼봉(張三丰), 진인의 역경(易經) 태극오행설(太極五行

說), 황제내경소문(黃帝內經素問)의 동양의학, 노자(老子)의 철학사상 등에 기공(氣功) 및 양생도인법, 호신술을 절묘하게 조화해 집대성한 것이라는 설도 있다. 이는 정(精)·기(氣)·신(神)의 내면적인 수련을 중시하는 내가권법(內家拳法)으로, 의식·동작의 협조를 추구하고 노자의 전기치유(專氣致柔 : 기에 전념하여 부드러움에 이름), 이유극강(以柔克剛 : 부드러움으로 굳센 것을 이김), 그리고 고요함으로 움직임을 제압한다는 이론을 바탕으로 하며, 연정화기(煉精化氣), 연기화신(煉氣化神), 연신환허(煉神還虛)되는 기(技)를 도(道)로 승화시킨 기화지도(氣化之道)이다. (출전 : 두산백과 두피디아, 두산백과에서 재인용)

이 태극권에는 양식, 진식, 오행, 간화, 암흑, 금강 등의 여러 이종(異種)이 있는데, 덕산 스님이 익혀서 전수하고 있는 것은 금강 태극권이다.

덕산 스님의 금강태극권 전수 장면

5. 어떻게 서진암에서 수행하게 되었나요

덕산 스님이 서진암에서 수행할 수 있도록 실상사의 주지 스님이 배려해 주었다. 스님이 오기 전에는 비어있는 산속 암자였는데, 2021년 가을에 스님이 서진암으로 와서 겨울을 났다. 스님 외에는 고요만 사는 이 암자에서 혼자 수행했다. 새벽이면 일어나 좌정하여 예불하고, 청소하고 밥 짓고, 씻고 빨래하고, 불경을 외우고 암자를 고치기도 했다. 신도가 오면 참배를 돕고, 신도가 가면 산 위로 올라갔다 내려오며 명상했다. 1주일에 시흘을 그렇게 보냈다.

그리고, 사흘은 태극권 강의를 하기 위해 파주의 보광사에서 머물렀다. 파주와 서울에서 태극권 강의를 하고, 남원과 서울을 오가며 산다. 그렇게 태극권으로 단련한 덕택인지 스님의 발걸음은 곧고 가벼웠다. 몸의 균형이 잡혀있고 동작이 빨랐다. 맑은 음성과 진지한 표정도 태권도를 익힌 내공 덕택인가 싶었다.

스님과 작별한 뒤, 스님으로부터 여러 번의 문자를 받았다. 생활의 지혜를 위한 말, 근심을 극복하고 행복을 이루는 데 필요한 잠언 같은 교훈적 내용들이다. 불경과 수행을 통한 중생 계도에 뜻이 있는 것인지 스님은 단체 카톡으로 법문(法文)[18]을 보내주었다. 고적한 암자에서 울려 퍼지는 풍경(風磬) 소리처럼 사람들에게 불법의 울림을 전파하는 것 같다.

---

18) 불경의 글

서진암(瑞眞庵) 전경(前景)

　스님들도 농사를 짓고 보통 사람들처럼 의식주를 해결하
는 일도 한다. 그렇지만 부단한 수행으로 지혜와 덕을 쌓아
중생을 구제하는 게 스님의 사회적인 역할일 것 같다. 그래
서 큰스님은 불법을 강독하고 불제자는 부처님에게 시주할
것이다. 덕산 스님은 산속 암자에서 혼자 수행하며, 금강태
극권을 익히고자 하는 사람들에게 파주와 서울에서 전수해
주고 있다. 깊은 산중에서 홀로 독경하고 태극권을 익히고
있어 도(道)를 닦는 도인(道人)처럼 여겨진다.
　사람들은 누구나 자신의 길을 스스로 선택하여, 그 길을
걸어간다. 누군가 필자에게 '어떻게 사는 것이 잘사는 것인
가?' 하고 물으면, '자기가 하고 싶은 대로 사는 것이 잘사

는 것이다.' 라는 대답을 하고 싶다. 단, 자기가 하고 싶은 게 도덕과 법규에서 벗어나지 않아야 하고 다른 사람에게 피해를 주지 않아야 한다. 대부분의 사람들은 자신의 꿈이나 포부대로 목표를 정해 실천해 나간다. 어디서, 어떻게 살든지 가치 있는 활동을 하고 있다면 누구나 존중받을 자격과 권리가 있다고 여긴다. 세상에는 수만 가지의 생물이 있고, 인간의 직종도 2만 개도 넘는다. 어느 것 한두 가지만 옳은 게 아니다. 덕산 스님도 속세를 떠나 불교에 귀의하고 산속 암자에서 홀로 수행하고 있지만, 사람과 사회를 등지고 있는 게 아니라 더불이 살아가고 있다. 나무아미타불.

송용현 분재전문가

술과 골프도 잊게 한 소나무 분재

소나무 분재를 만들고 가꾸는 송용현 사장

　사람들은 돈, 지위, 명예를 위한 일에 우선한다. 그러나, 그런 세속적 욕망과는 달리 동식물을 기르거나 정원을 가꾸며 자기실현을 위한 일에 정열을 쏟는 사람들이 있다. 그중에 소나무 분재를 만들고 가꾸는데 20년 이상을 매달려 약 400점의 소나무 분재를 기르는 사업가가 있다. 리조트와 식당을 운영하는 송용현 사장이다. 소나무 분재를 기르기 위해 좋아하던 술도 멀리하고 골프 운동도 외면한 채, 아침저녁으로 물을 주며 소나무 분재를 가꾸고 있다.

　그 송 사장을 만나게 된 것은 2018년 4월에 자전거로 제주도 '환상의 자전거길'을 한 바퀴 돌 때였다. 서귀포 이어도로에 있는 '더 비비스 제주'의 뒤뜰에 많은 소나무 분재가 있는 것을 보고, 로비에 들어가 분재 가꾼 분을 뵙고 싶다니 연락해 주어 리조트 뜰에서 뵙게 되었다.

　그런데 송 사장은 2021년, 리조트 경영을 넘기게 되었다. 그러나 소나무 분재는 여전히 이 리조트에 있고, 관리도 계속하고 있다.

Ⅰ. 더 비비스 제주 정원의 소나무 분재

'더 비비스 제주' 리조트(서귀포시 이어도로 760) 전경(前景)

    자전거로 전국 일주의 소망을 실현하기 위해 승용차에 자전거와 텐트, 버너와 식품, 옷과 문구를 싣고 4월 12일 목포에서 배를 타고 제주도로 건너갔다. 그런데 비가 이틀이나 계속 내려 자전거를 타지 못하여 제주도의 지인들을 만났다.

    비가 멎고 하늘이 맑게 개인 2018년 4월 15일, 이호테우19)해수욕장 주차장으로 가, 승용차에서 자전거를 내려 왼쪽에 취사구 가방, 오른쪽에 침구 가방을 자전거에 장착했다. 텐트와 버너, 세면구, 필기구, 여벌 옷 등 각종 물품을

---

19) '이호'는 이 지역의 지명이며 '테우'는 제주도 뗏목. 이 일대에 테우가 많아 이호테우 해변으로 불림

가방 두 개에 나누어 담았다. 헬멧을 쓰고 라이딩 복장을 갖춘 후, 먼저 이호테우해수욕장 언덕에서 제주의 바다를 조망했다. 키가 큰 야자나무가 자란 백사장 밖으로 파란 하늘과 푸른 바다가 펼쳐지고 수평선과 하늘이 맞닿아 있다. 해안으로는 소나무밭이 있어 야영장이 있고 무료 주차장이 있는 해수욕장이다.

제주 해안 '환상의 자전거길'을 달리기 위해 준비했다. 이 환상의 자전거 도로, 약 230km를 4일 동안에 달려 제주도를 한 바퀴 돌아 이 해수욕장으로 돌아올 예정이다. 이호테우해수욕장에서 올레길 17코스로 출발, 애월, 한림, 송악산, 중문을 지나 월평에 오니 날이 어두워 강정마을 부근에서 저녁을 먹고 민박집에서 하루 묵었다.

'더 비비스 제주' 리조트 뒤뜰의 소나무 분재원

다음 날 아침, 강정마을 해군기지 앞을 지나 이어도로를 2 km쯤 달려가니 길가에 카나리아 야자나무가 멋지게 서 있는 더 비비스 리조트가 나왔다. 야자나무가 우람하게 자라 이국적 풍광이었다. 리조트 건물의 현관이 바다가 보이도록 뚫려 있다. 자전거를 세워 놓고 현관으로 들어가니 바다가 훤하게 잘 보였다. 바다에 중절모 같은 범섬이 잘 보였다. 범섬을 내려다보며 잠시 쉬려고 난간에 섰더니, 리조트 건물 앞뜰에 200여 개의 소나무 분재원이 보였다.

퇴직 후에 해보고 싶은 일이 분재 만들기여서 내려가 살펴보고 사진을 촬영했다. 약 30~80cm 높이의 현무암에 소나무를 붙여 키운 분재였다. 대부분이 소나무 분재였는데, 소나무 옆에 작은 관목이 있는 것도 몇 그루가 있다. 분재원 아래의 돌담에는 다른 수종도 있고, 리조트 아래로 내려가는 길옆에는 여러 그루의 카나리아 야자나무가 줄지어 서 있다.

리조트의 사무원에게 누가 이렇게 소나무 분재를 가꾸어 놓았는지 물으니 송용현 사장님이란다. 한번 뵙고 싶다고 했더니 연락해 주어 정원으로 가서 잠시 기다렸다가 만났다. 송 사장님은 중절모자를 쓰고 왔는데 반백의 콧수염으로 중후해 보이는 분이었다. 어떻게 소나무 분재를 이렇게 많이 만드실 수 있었느냐고 여쭈었다.

소나무 분재를 기르는 재미로 10년 이상 몰두하여 지금의 작품들을 만들게 되었다. 소나무 묘목을 돌에 붙이고 전정, 물주기를 하느라 좋아하는 술과 골프도 외면했다. 수시로 소재가 되는 돌을 사, 수집하느라 돈도 많이 들었다. 지금도 어디에 좋은 돌이 있다면 사러 간다. 좋은 돌을 보면 사 모았다가 리조트의 조경을 꾸미는 데에 쓰고 있다.

딸이 골프로 국가대표에 있을 때는 딸 뒷바라지하느라 외국을 자주 다녔다. 딸이 국가대표에서 물러난 이후에 소나무 분재를 본격적으로 시작했다. 시간과 정열을 바쳐 400여 개의 분재를 만들었는데, 몇 개를 기증한 일은 있지만 하나도 팔지 않았다. 오히려 지금도 좋은 돌, 모양 좋은 소나무가 있으면 사 모으고 싶다.

'더 비비스 제주' 리조트 뒤뜰에 가득한 소나무 분재

하나의 일에, 하나의 작품 제작에 몰두한 집념이 놀랍다. 분재를 가꾸는 일보다 더 재미있는 일이나 관심 가는 일도 있을 수 있었으련만 우직하게 분재를 만들고 가꾼 것이다. 이 많은 소나무에게 매일 조석으로 물을 주고, 매년 새순을 자르고 이파리를 뽑고 가꾸느라 술, 골프, 놀이 등을 하지 못했다. 소나무 분재 가꾸느라 힘든 일이 많다. 돈벌이가 되는 것도 아니고 오히려 계속 돈이 들어가는데 모양 좋은 분재를 만드는 재미로 고생을 감내한 것이다.

필자가 퇴직한 후, 가장 하고 싶었던 일이 바로 분재 만들기였기에 분재를 배우고 싶다고 말씀드렸다. 그래서 제주 해안도로를 일주하고 다시 이곳으로 와서 사장님과 며칠 일하며 분재에 대해 배우고 싶다고 부탁했다.

2. 소나무 분재를 배우기 위한 노력 봉사

해안도로로 제주도를 한 바퀴 돌고 이 리조트에 다시 왔다. 송 사장님은 중국에서 온 젊은이 한 사람을 고용하여 리조트 옆의 밭 가장자리에 30~80cm 크기의 현무암으로 경계석을 세우는 일을 하고 있었다. 돌을 한 줄로 담장을 만들 듯 경계석을 세우는데, 작은 돌을 앞쪽에, 더 키가 큰 돌을 뒤쪽에 엇걸어 놓아 자연스러우면서도 어울리도록 배치했다. 필자는 돌무더기에서 돌을 나르는 일을 거들었다. 송 사장님과 중국인(이후 창수로 씀)이 땅을 조금 파 돌을 바르게 서도록 놓았다. 송 사장님은 경계석을 배치하는 요령 몇 가지를 알려주었다. 돌을 세우는데 모양만 보는 게 아니다. 돌에는 위와 아래가 있고 앞뒤가 있어 제대로 놓아야 한다. 잔구멍이 많고 검은 돌은 제주도의 화산석인 현무암이다. 이 돌이 비를 맞으며 세월이 흐르면 더 검게 변하고 이끼가 끼어 고풍스러워진다는 것이다.

돌을 놓는 바닥에는 송이[20]를 깔았다. 이 송이를 깔고 경계석을 놓아야 돌이 흔들거리지 않고 단단히 자리를 잡는다. 이 송이는 황토색의 흙같이 아주 작은 잔돌이었는데 끈끈한 성질을 가지고 있어 바닥에 깔면 시멘트를 깐 것처럼 효과가 있다. 오래전, 송이 위에 놓아둔 돌들은 단단하게 자리를 잡았다.

중국인 창수 씨는 우리말을 거의 알아듣지 못했다. 그러나, 송 사장님이 시범을 보이고 일을 시키니 잘 따라 했다. 그는 40대 중반쯤으로 보이는데 자녀들이 중국에서 초등학교에 다닌다고 한다. 송 사장님은, 지금 제주도에서는 중국인이 없으면 일을 할 수 없을 정도라고 했다. 건축 공사장, 농사짓는 일, 식당 종업원 등 저임금의 일을 중국인들이 하고 있기 때문에 여러 업종이 돌아간다는 것이다. 오후에는 송 사장님이 창수 씨와 다녀올 곳이 있으니 내게는 쉬라고 했다. 그래서 가까이 있는 서귀포의 이중섭 미술관에 다녀왔다.

다음날에는 아침부터 비가 왔다. 송 사장님은 창수 씨를 데리고 돌을 가져와야 한다며 돌을 가지러 나갔다. 혼자 컨테이너 방에서 창밖으로 보이는 범섬과 바다를 보면서 밀린 일기를 썼다.

그 이튿날 아침에도 비가 왔다. 일기 예보는 내일도 계속 비가 온다는 것이다. 비가 오는 날은 경계석 놓는 일이나

---

20) 화산석을 깨어 놓은 잔돌

바깥일을 할 수가 없다. 내일도 비가 올 예보라서 무조건 기다릴 수 없어 나는 송 사장님에게 작별 인사를 했다. 송 사장님은 6월에 소나무 전정을 하게 되니 그때 와서 일을 좀 해달라고 했다.

3. 다시 찾아가 배운 소나무 분재의 전정

그리고 두 달쯤 지났을 때, 송 사장님이 리조트에 와서 소나무 전정을 해 달라고 전화했다. 그래서 7월 2일, 제주도에 내려가 소나무 분재의 전정 요령을 배워 새순을 자르고 이파리 뽑는 일을 했다. 새순의 맨 밑부분을 예리한 가위로 잘라냈다. 그리고 이파리를 거의 다 뽑아냈다. 보기 좋던 소나무가 털 뽑힌 닭처럼 앙상하여 볼품이 없었다.

소나무의 새순을 왜 자르고 잎을 뽑아내는지 그 이유를 알았다. 소나무의 성장을 막고 잎이 무성하게 크지 않도록 하여 분재로서의 크기와 아름다움을 유지하기 위한 전정이었다. 소나무 분재에 있는 이파리는 잎의 길이가 일반적인 소나무보다 작았다. 그래서 소나무 분재용 소나무는 종류가 다른 줄 알았다. 알고 보니 종류가 다른 게 아니라 잎이 무성하지 않도록 인위적으로 뽑아주어 이파리와 나무가 작았던 것이다.

분재의 형태를 보기 좋게 만들기 위해 나무에 철사를 감아 놓기도 한다. 언뜻 보면 나무가 움직이지 못하게 조여 놓은 것 같아 팔다리를 비정하게 묶어 놓은 것 같다는 생각을 한 적이 있다. 나무의 팔에 철사를 감아 놓으니 "팔다리를 묶어 나무를 아프게 하고 앉은뱅이를 만드는 것 같다."고 말하는 이도 있다. 과거에는 필자도 그런 생각을 했다. 그러나 사람도 이[齒]를 교정할 때 철사로 조이고, 뼈가 부러지거나 금이 가면 깁스를 하여 움직이지 못하게 한다. 과수원의 배나무, 복숭아나무, 포도나무도 묶거나 줄을 매달아 수확하기 좋게 묶어서 수형(樹形)을 변형시킨다. 분재 역시 가지를 묶거나 새순과 가지를 잘라내 성장을 막고 운치 있는 모양을 만들어 놓는다. 나무에게는 괴로운 일이 될지 모르지만, 생명에 지장을 주는 건 아니라서 나무의 형태를 교정하기 위해서는 불가피할 것이다.

송 사장님도 분재를 시작하던 초기에는 소나무에 철사를 감아 수형을 만들었다. 그러나, 절에 다니면서 생각이 바뀌어 감았던 철사를 다 풀었다.

필자가 이 리조트에 처음 왔을 때는 정원에 진열해 놓은 300여 개의 분재 중 절반을 송 사장님이 순치기와 이파리 뽑는 일을 해놓았다. 그리하여 작업 첫날, 정원 가장자리에 있는 5m 크기의 정원수 2개와 정원 아래에 있는 3m 크기의 소나무 몇 그루와 새순을 자르고 잎을 뽑는 일을 했다. 소나무의 새순은 밑둥을 짧게 바짝 잘라야 새순이 새끼를 치지 않는다고 했다. 또 잎을 90%는 뽑아내야 새잎이 자라 보기 좋다고 했다.

정원 아래에 있던 3m 크기의 소나무를 금세 마칠 수 있을 것으로 판단했다. 그러나, 송 사장님과 둘이 솔순을 자르고 이파리를 뽑는 데도 꼬박 이틀이 걸렸다. 순을 자르기 좋은 작고 가벼운 가위를 주어 나무에 올라가 가지에 난 새순을 자르고 솔잎을 모두 뽑았다. 가위의 성능이 좋아 새순 자르기에 힘들지 않았다. 쉬는 시간에 땅바닥의 풀을 뽑으려니 맨손으로는 안 돼 가위로 흙을 파서 뽑았더니, 사장님이 깜짝 놀라며,

"가위로 땅을 파지 마세요. 그 가위는 30만 원짜리 일제입니다." 라고 했다. 이발소에서 쓰는 가위도 일제는 30만 원이라는 말을 오래전에 들었다. 고가(高價)지만 성능이 좋기 때문에 비싸도 일제를 쓴다는 것이다.

현무암에 뿌리를 내리고 자라는 소나무

농장에 있는 소나무를 전정하러 트럭을 타고 갔다. 소나무의 모양이 아주 특이했다. 1.5 m쯤의 높이에서 둥치가 옆

으로 눕듯 길게 뻗었는데 길이가 4m쯤 되었다. 그 둥치의 가지에서 자란 소나무의 새순을 자르고 잎을 뽑아내느라 송 사장님과 꼬박 하루를 일했다.

다음날은 귤 농장에 갔다. 약 2,000평 정도의 귤 농장이었다. 귤나무를 감고 자라는 담쟁이와 비슷한 넝쿨나무를 잘라냈다. 귤나무의 천적이라 할 만큼 귤나무의 성장에 장애가 되는 나무다. 자루가 긴 낫으로 땅바닥 가까이에서 잘 랐다. 눈에 잘 띄지 않아 허리를 굽히고 유심히 살펴야 담쟁이가 보였다. 귤나무는 탱자나무에 접을 붙인 것이다. 그래서 어떤 귤나무는 밑에서 탱자나무가 길게 자라 가시가 달려있다. 장미를 찔레에 접붙여야 잘 자라듯이 귤도 탱자나무에 접을 붙여야 튼실하게 자란다.

소나무 분재를 진열한 정원 옆에 조그만 동산이 있는데, 그 동산의 소나무와 관목, 풀이 서로 엉키어 매우 어수선했다. 소나무 분재의 뿌리가 화분 아래의 물구멍으로 삐져나와 땅으로 파고들어 화분을 들어 옮길 수가 없었다. 가지를 전정하고 땅에 뻗은 뿌리를 잘라 화분을 옮겨 놓았다. 아마 2~3년 정도 방치해 놓아 뿌리가 화분 밑구멍으로 삐져나와 땅에 뿌리를 내린 것이다.

그렇게 5일 동안 아침 9시부터 저녁 7시까지 일했다. 나무의 전정과 정원의 잡초 제거, 귤 농장의 넝쿨 제거 등 닷새를 일하여 리조트에서 정리해야 할 일을 마치고 작별 인사를 했다. 송 사장님은 수고했다며 봉투를 주셨다. 일을 배우러 왔으니 돈을 받지 않겠다고 사양했으나 교통비나 하라고 기어이 주머니에 넣어주셨다. 할 수 없이 받아 마트에 가서 담배 한 보루와 초콜릿을 샀다. 송 사장님은 애연가였다. 그래서 사장님에게는 담배를, 친절하게 밥을 차려주던 식당의 종업원들에게는 초콜릿을 주었다.

다음 날 아침, 일찍 일어나 가방을 끌고 나와 리무진 버스로 제주 공항에 와서 김포행 비행기를 탔다.

4. 그렇게 일하면 가난할 사람 없어

송 사장님은 오전 10시에 리조트로 나와 분재에 물주기, 나무 전정 등의 여러 가지 일을 했다. 오후 5시에는 서귀포에 있는 식당으로 가는 부인을 차로 태워다 주고 돌아왔다. 오후 6시에는 리조트의 사무직원이 퇴근하기 때문에 자정까지 카운터에서 숙박객을 안내했다. 그리고, 아침저녁으로는 분재에 물을 주는 스프링 쿨러를 가동하고, 그릴 신청이 들어오면 직접 숯에 불을 붙여 주는 일까지 했다.

낮에는 귤 농장으로 가서 귤나무의 손질과 밭의 풀을 제거했다. 겨울이면 귤 수확과 판매 일에 매달린다. 그렇게 매일 1인 3~4 역의 강도 높은 일을 휴일도 없이 반복했다. 그 정도 일하면 누구라도 돈을 벌겠다 싶었다. 실제로 송 사장님은 리조트와 식당 2개를 운영하고 있어 상당한 경제력을 갖추고 있다. 그런데도 보통 사람은 상상하기 어려울 정도로 일을 많이 했다. 그 정도로 일한다면 못 살 사람이 없을 것 같다. 저절로 부자가 되는 게 아니구나 싶다.

5. 다시 가서 소나무 전정

이듬해인 2019년 5월, 송 사장님이 전화로 소나무 전정을 또 의뢰해 왔다. 6월 15일, 그 리조트에 갔다. 송 사장님은 여전히 낮에는 리조트의 수목과 분재 살피는 일을 하고, 오후 6시에 사무원이 퇴근하면 카운터에서 손님 안내와 물품 공급 등의 일을 하느라 자정이 넘어서야 숙소에 들어갔다. 정말 엄청난 업무량이다. 공실이 거의 없을 만큼 운영이 잘 되는 리조트를 가지고 있고, 부인은 식당 두 개를 운영한다. 또 몇천 평의 귤 농장을 가지고 있는 중산층으로서 그렇게 잘 사는 분이 작업복을 입고 밤낮으로 일을 하는 근면성이 정말 놀랍다.

송 사장님은 사업으로 경제적 여유가 생겨 젊은 시절부터 골프를 치게 되었다. 딸에게 골프를 가르쳐 주었더니 소질이 있었다. 골프를 전문적으로 배우게 했더니 국가대표로 선발되어 국가대표로 활동하다가 프로 선수로 전향했다. 그 선수가 송보배다. 지금은 골프학원을 운영하며 골프 해설가로 활동하고 있다. 소나무 분재는 딸이 국가대표에서 물러났을 때 본격적으로 시작했다.

필자는 정원 아래의 컨테이너 하우스를 정리하여 그 방에서 생활하며 손수 밥도 지어 먹었다. 하우스의 창으로 바다가 잘 보였다. 바다에 직벽으로 선 중절모자 같은 서건도와 범섬이 아주 잘 보였다. 범섬은 동화 '어린 왕자'에 나오는 보아의 모자처럼 깎아지른 절벽의 섬이다. 그 섬을 응시하다 보면 그 섬 위로 올라가고 싶은 호기심과 충동이 생긴다.

깎아내린 듯한 서귀포의 범섬

사흘째 일을 하는데 아내에게서 전화가 왔다. 백혈병에 걸려 치료받던 30대의 이종 조카가 세상을 떠났다는 것이다. 하던 일을 계속해야 하나, 조문을 가봐야 하나, 갈등하다 다녀오기로 결정하고, 다음날 오전 비행기표를 예매했다. 조문을 가서 동서 가족들과 함께 지내며 장례를 마친 다음 날 오후에 제주도로 돌아왔다.

그리고, 휴가의 기한 때문에 나흘만 더 일했다. 그래서 소나무 분재의 30%를 남겨두고 일을 마쳤다. 송 사장님은 예전처럼 수고비를 주었다. 일을 다 마치지 못하고 떠나게 되어 금액의 일부를 돌려드렸다.

그다음 해에도 송 사장님이 소나무 전정을 부탁하는 전화를 했다. 그리하여 2020년 6월, 또 리조트에 갔다. 일주일 동안 전정 일을 하고 돌아왔다. 전정하는 걸 본 송 사장님은 이제 전정을 잘한다고 칭찬해 주었다. 분명히 서툴게 하고 있을 텐데 불안해하지 않는 걸 보면 대범하게 넘어가는 것 같다. 이번에는 나흘쯤 제주에 사는 분재전문가와 함께 일했다. 확실히 전문가라서 빠른 속도로 전정했다. 옆에서 보고 설명을 듣고 다시 배우며 함께 일하니 일이 지루하지 않았다. 그분도 소나무 분재를 기르고 있는데 몇 년 전부터 분재의 인기가 떨어져 지금은 조금만 기른다고 했다. 김영란법으로 선물 수요가 줄어, 소나무 분재가 사양 산업이 되었다 한다.

일을 마치고 씻은 후, 6시에 송 사장님에게 작별 인사하고 리조트를 나와 비행기를 타고 김포로 왔다가 버스로 집에 귀가했다.

6. 세월에 따른 변화

2021년 4월. 아내와 제주 여행을 갔다가 이 리조트에 들렀다. 송 사장님은 서귀포 시내에 새 식당을 개업하여 이 리조트의 경영을 동생에게 인계했다. 왜 동생에게 인계했느냐고 물으니 리조트 운영은 야간까지 일해야 하는데 이제 나이가 드니 너무 힘들어 건강에 무리를 느낀다는 것이다. 그래서 밤늦도록 일하는 리조트의 운영에서 손을 떼고 식당을 운영하고 있다는 것이다. 사람은 세월 따라 변할 수 있다. 세월이 지나면 나이가 들고, 나이가 들면 노인이 된다.

지금은 리조트의 운영을 넘기고 귤 농장과 식당을 운영하고 있지만, 리조트의 뜰에 있는 소나무 분재는 계속 송 사장님이 관리한다는 것이다. 이 분재는 현무암에 붙여 놓은 소나무라서 물이 쉽게 마르기 때문에 겨울에는 매일 1회 물을 주지만 봄, 가을에는 아침저녁으로 주고 여름철엔 2~3회씩 주어야 한다.

필자도 퇴직하면 소나무 분재를 만들어 보고 싶었다. 그러나, 매일 아침저녁으로 물 주는 일을 할 자신이 없어 미루었다. 아직은 여행 다니고 탐방하며 글 쓰는 일을 먼저 하고 싶었기 때문이다. 이 리조트의 소나무 분재를 전정해 보고서야 분재 만들기는 필자가 실천하기 어려운 꿈이라는 것을 알게 되었다. 분재를 기르는 상황을 몰라 실현 가능성이 없는 꿈을 꾼 것이다. 그리하여 분재를 만들어 보겠다고 사놓은 밭에 식탁에서 필요한 농작물과 약용식물을 기르며 5년을 보냈다. 지금도 글 쓰는 일에 치중하고 있으니 소나무 분재 만드는 꿈은 꿈으로 끝날 것 같다.

이금석 새한서점 대표

시대의 뒤안길, 국내 최대의 헌책방

단양 산기슭 새한서점(2018. 10. 25.)

영화 '내부자'에서 주인공으로 등장하는 조승우(우장호 역), 이병헌(안상구 역)이 들마루에서 고기를 구워 먹던 곳이며, 이병헌이 도피처로 숨어 지낸 곳의 촬영지이다. 영화에서 우장호의 부친이 전직 교장으로 등장하는데, 그 교장의 서재로 이 새한서점21)의 서가가 배경으로 나왔다. 서가에 많은 책들이 꽂혀 있어 관객들에게 강렬한 인상을 주어 유명해진 서점이다.

이 서점의 이금석 대표는 1979년 서울 고려대 앞에서 헌책방을 하다가 답십리, 길음동, 부천 등을 거치며 국내 최다(最多)의 헌책방을 운영했다. 지금은 중고 책을 구하려는 이가 적어 헌책방들은 대부분 사라졌다. 결국 2002년에 단양의 폐교(적성초등학교)로 서점을 옮겨 운영하다가, 임대료의 부담 때문에 2009년부터는 이 단양군 적성면의 산마을에 서점을 짓고 자리잡았다.

맨땅에 각목과 합판으로 비만 가릴 정도의 가건물을 손수 짓고 책을 정리하여 운영하고 있지만 이 서점을 무려 40년이나 유지했다.

I. 헌책방 새한서점을 찾아서

자전거로 전국 여행 중, 내륙으로 국토를 종단하기 위해 2018년 10월에 설악산에서 평화의 댐, 영월, 안동, 합천으로 내려갔다가 충주로 올라와 단양의 새한서점을 찾아갔다. 마을 옆 언덕길로 올라가니 조그만 계곡에 판자와 각목으로 지은 가건물이 나왔다. 주차하고 내리막길을 50m쯤 걸어서 내려가 서점으로 들어갔다. 마을이나 이웃집도 보이지 않는 외딴집이라서 서점 같지 않은데 '새한서점'이라는 현판이 있어 찾아온 서점이 맞음을 알 수 있었다.

서점에 들어가 주인인 이금석 대표를 만나 인사를 드렸다. 새한서점의 운영에 대해 취재하고 싶은데 오늘은 시간이 늦어서 내일 아침에 다시 오겠다고 말씀드리고 필자가 쓴 졸저를 한 권 드리고 나왔다. 다시 차를 타고 마을을 지나 자동차 도로 옆 주차장으로 갔다. 이 주차장 주변에는 민가가 없는데 공중화장실이 잘 지어져 있어 이곳에서 주차하고 하룻밤을 새웠다.

차에서 자고 일어나 아침밥을 지어먹고 짐을 정리하고 나니 8시 30분이었다. 주변을 살피며 사진을 촬영하다가 도로 옆 밭에서 일하는 60대 부부가 있기에 새한서점에 대해 질문을 했다. 새한서점에 대해 알아보러 왔으면 주민에게 먼저 찾아와 알아보는 게 좋지 않았겠느냐고 아낙이 심드렁하게 말했다. 그 부인은 새한서점 때문에 애로사항이 많다고 했다. 자신의 논밭이 그 서점 주변에 있는데 휴

---

21) 충북 단양군 적성면 현곡본길 46-106

일에는 많은 사람들이 와서 쓰레기를 함부로 버리고, 차들이 좁은 길에 주차하여 동네 사람들의 통행에 불편을 준다는 것이다. 가끔 여러 대의 차량이 오면, 길이 막혀 차를 돌릴 수 있도록 자신이 공간을 마련해 주었다고 했다. 그 말이 맞는지, 자신의 주장인지 모르지만 새한서점이 이 마을에 있는 게 불편하게 여겨지는 것 같았다.

새한서점 이금석 대표

2. 단양의 산꼴, 숲속의 새한서점

다음날, 좁은 산길로 올라갔다가 새한서점으로 가기 위해 어제처럼 서점 50m 전방에 차를 세웠다. 내려가며 보니 주인이 서점 밖에서 일하고 있다. 개점하기 위해 준비하는 걸 방해하지 않으려고 내가 필요로 하는 책이 있는지 서가로 가서 살펴보았다. 사전류, 참고서, 문학 서적과 자연과학, 잡지책, 만화책 등 수십 종의 책들을 내용별로 정리해 놓았다. 한쪽에는 낡은 책들이 땅바닥에서부터 높이 쌓여 있다.

필자는 올해부터 밭을 구입하여 농사를 짓고 있다. 그래서 농사짓는데, 도움 될만한 책을 찾았으나 마땅한 걸 찾지 못했다. 서가를 더 살펴보니, 소장하고 싶었던 『이오덕의 일기』, 김봉군 교수의 『문장기술론』, 윤모촌 수필가의 『수필 쓰는 법』 외에 3권을 구입하였다.

3. 영화 '내부자'를 촬영했던 서가와 책

영화 '내부자'에서, 조승호(우장호 역)가 이병헌(안승구 역)을 숨겨준 은닉 장소로 영화의 촬영 배경이 된 장서(藏書)의 서재다. 우장호의 아버지가 퇴직한 교장으로 나오는데 아버지의 시골집으로서 책이 무척 많아 관객들이 놀랍게 여겼다. 그 영화를 보면서 집안에 서가와 책들이 엄청 많아 놀랍게 여겼는데, 그곳이 바로 이 새한서점이었던 것이다. 그 영화의 배경으로 잘 선택한 것 같다. 그러니 영화 제작자는 적절한 배경을 찾기 위해 많은 정보를 가지고 있어야겠다. 검사로 나오는 우장호가 폭력배로 나오는 안승구를 은밀하게 숨겨주는 데에는 아주 적절한 장소로 여겨졌기 때문이다. 그런데, 촬영한 곳이 이 새한서점의 서가인건 맞지만 현재의 이곳이 아니고 폐교였던 적성초등학교에 있을 때였다. 그때, 거기에서 조승호와 이병헌, 배우들과 스텝들이 와서 3일 동안 촬영했다 한다.

이 대표에게 어떻게 이곳까지 와서 서점을 운영하게 되었는지 물었다.

1979년 서울 고대 앞에서 서점을 운영할 때는 두 곳에서 했고, 수입도 괜찮았다. 그런데, 점점 헌책방의 운영이 어려워져 폐교인 충주 적성초등학교까지 내려오게 되었다. 원래는 고향인 제천으로 가려고 했다. 고향 떠난 지가 30년이 넘다 보니 고향에는 가까이 지내는 사람도 없었고, 서점을 만드는데, 도움을 받을 만한 사람도 없었다. 그런데 충주로 오게 된 것은 폐교를 임대하여 서점으로 쓸 수 있어 이 고장에 오게 되었다. 그래서 8년을 폐교에서 지냈는데, 임대료를 감당할 수가 없었다. 그래서 이 자리의 300여 평을 구입하여, 목재로 이 가건물을 손수 지어 2009년에 개업했다니 13년이 흘렀다.

현재 이 새한서점에서는 약 12만 권 정도를 보유하고 있는데, 보관 상태가 매우 열악했다. 서가를 맨땅 위에 세우고 벽에 기대어 놓았다. 실내의 습도를 적정선으로 유지할 수도 없는 상황이었다. 곳곳에 모기향을 피운 흔적이 있다. 그래도 다행스럽게 서가가 아직까지 비틀림이나 기울림은 없다. 이 대표의 솜씨가 좋았기 때문일 것이다. 그 점만으로도 다행이다. 그러나, 책이 비에 젖어 많은 책을 버리기도 했다.

이 대표는 말을 잘 알아듣지 못했고 발음도 수월하지 않았다. 2년 전부터 약간의 장애가 생겼다는 것이다. 아들이 2년 전부터 여기에 와 서점 운영에 도움을 주고 있다고 했다. 연로한 아버지를 도와 아들이 인터넷으로 책을 주문

받아 판매하고 있다. 헌책방도 한때는 새 책을 구입하기 어려웠던 독자들에게는 반가운 업소였지만 지금은 생활 수준이 좋아져 헌책을 구입하려는 사람이 드물다. 물론 지금도 구하기 어려운 옛 서적을 찾는 이가 있고, 오래된 책이지만 구하기 어려운 고서로서 값이 많이 나가는 책도 있기는 하다. 그렇지만 특별한 경우라서 이제는 헌책방이 시대의 뒤안길에서 간신히 명맥을 유지하고 있을 뿐이다.

사무실로 쓰는 공간의 실내 벽으로 가느다란 물줄기가 흘러 조그만 바위 위를 지나갔다. 어떻게 이런 장치를 했느냐고 신기해서 물으니 계곡물을 호스로 끌어들여 만들었다는 것이다. 석굴암도 초기에는 물이 흐르게 하여 습도를 조절했다는데 그런 원리를 적용한 거냐고 물으니 그건 아니란다. 헌 문틀이나 창틀로 목재를 이용하여 공사한 게 보통 솜씨가 아니다. 이른 아침, 공기가 싸늘한데 따뜻한 화목 난로가 있어서 푸근했다. 잠시 인터뷰하는 동안에 고양이 두 마리가 앞에서 놀고 있는데, 자세히 보니 조그만 쥐새끼 한 마리를 놓고 재빠르게 잡고, 잡았다 놓고 다시 잡는 연습을 반복하고 있었다.

사람들은 주로 휴일에 이 서점을 찾아온다고 했다. 그 사람들이 책을 좀 사 가느냐고 물으니 방문객의 일부는 사 간다고 했다. 그렇게라도 수입을 올려야 이 서점이 유지되겠다 싶었다. 책을 많이 읽지 않는 시대다. 그런데도 새로운 책이 연간 3만 종 이상이나 쏟아진다니 이 책방은 이 시대 마지막 헌책방이 될지도 모른다. 할 수 없는 일이다. 문화의 변화와 흐름은 결코 붙잡을 수 없다. 그렇지만 책은 결코 없어지지 않을 것이며 인류의 역사와 함께 할 것이다. 많은 책들이 쏟아져 나오겠지만 절판이 되어 다시 구입할 수 없는 책은 이런 헌책방에서나 구할 수 있다. 그러니, 이 새한서점도 아직은 존재 가치가 있다.

40년 이상을 헌책과 살아온 이금석 대표에게 어떤 말로 위로하고 보람으로 여기게 할 수 있는 말을 해야 할지 몰라 그저 의례적인 인사를 했다.

"그동안 많은 책들을 보관하고 정리하느라 수고 많으셨습니다. 저는 덕택에 귀한 책을 구하였고, 좋은 말씀 잘 듣고 돌아갑니다. 안녕히 계십시오."

이안수 모티프원 대표

글로벌 인생 학교, 모티프원

커피를 거르고 있는 이안수 대표

특이하게 산 사람의 이야기는 그 자체만으로도 흥미를 끈다. 거기에 다양한 콘텐츠까지 갖추면 한 편의 다큐가 되고, 작품이 된다. 헤이리마을의 작가이며 모티프원의 대표인 이안수 작가의 삶이 그렇다. 그는 세계의 예술가와 여행자들이 모일 수 있는 아지트를 만들고자 2006년에 파주 헤이리마을에 모티프원이라는 게스트하우스를 짓고 16년째 운영하고 있다.

그는 대학에서 영문학을 전공, 잡지사의 기자와 편집장으로 25년을 근무하다가 미국 유학을 갔다. 한 학기를 마치고 히치하이크(hitchhike, 자동차 얻어타기)방식으로 미국과 캐나다를 120일 동안이나 여행했다. 그 후, 십수 년간 100개 이상의 나라를 여행했다. 그렇게 모험적인 여행과 특별한 체험을 하며, 사진을 촬영하고 여러 나라 사람들과 인연을 맺었다. 그리하여 세계 여러 나라 여행자들이 이 모티프원을 찾아와 이 작가는 물론 투숙객들과 대화를 나누고 간다.

그리하여 세계 여러 나라 사람들이 이 모티프원을 줄이어 방문하고 있다. 그가 살아온 삶이 작품이고, 모티프원을 운영할 수 있는 자원으로서 꿈을 이루는 모태(母胎)가 된 것이다.

Ⅰ. 게스트하우스 모티프원의 탐방

게스트하우스 모티프원을 찾아가게 된 동기는, 『여행자의 하룻밤』이란 책을 보고 모티프원에 대한 궁금증과 이안수 작가에 대해 취재하기 위해서였다. 필자가 자아실현과 사회 기여에 진력하는 분들을 4년여 탐방, 취재하여 책을 내려고 정리하는 걸 아는 대학 동창 임문혁 시인이 필자에게 보내준 그 책을 읽게 되어 탐방의 계기가 되었다. 책을 보니 이 작가의 삶이 매우 특별했고, 재미있어 하루 만에 다 읽었다. 세상에는 이렇게 특이하게 사는 사람도 있구나 싶었다. 그리하여 이 작가가 운영하는 게스트하우스는 어떻게 생겼는지, 어떻게 운영하는지, 어떤 분이기에 그렇게 북스테이를 운영하는지 알고 싶었다. 그리하여 모티프원에 대한 이야기를 자주 만나는 두 작가에게 했더니 모티프원에 함께 방문하자고 제의하여 동행하게 된 것이다.

2022년 12월 16일 12시. 파주 모티프원 앞에 도착, 모티프원의 건물과 주변을 촬영하던 중, 정원에 나온 이안수 작가를 뵙게 되었다. "안녕하세요. 아까 전화드린 채찬석입니다." 하고 인사드렸다. "아. 어서 오세요." 밝은 얼굴, 힘찬 목소리로 말씀하시는 이 작가는 눈빛이 강렬하고 긴 수염이 집 주변에 쌓인 눈처럼 하얗게 눈부셨다.

어제 전화로 방문 계획을 말씀드렸고, 오늘 아침 10시에 안양에서 소설가와 시인, 셋이 출발한다고 전화를 드렸기에, 바로 현종현 소설가와 신준희 시인도 자연스럽게 인사를 나누었다.

모티프원은 110평의 대지에 바닥 면적 50평에 2층으로 지은 직육면체의 단순한 건물이지만 내부는 깨끗하고 아기자기하게 꾸며 놓았다. 건물은 그리 크지 않은데 창이 크고 많았다. 바깥 풍경이 잘 보일 수 있도록 창의 배치를 특별하게 만든 것 같다. 국내 유명한 건축가가 설계를 해주었다는데, 건물의 외관이 특별하여 일반 주택이나 게스트하우스와는 상당히 달랐다. 이 건물의 주변에는 10년 이상 자란 나무들이 제멋대로 자라 나뭇가지가 건물의 시야를 가리기도 했다. 일부의 나무는 벽으로 달라붙어 지붕 위로 줄기가 뻗은 것도 있는데, 건물을 감싸고 있는 것 같다. 아마 활엽수들의 나뭇잎이 푸르게 우거지는 여름철에는 그늘을 만들어, 이파리가 모두 떨어진 지금보다 풍광이 아름다웠을 것이다. 이 작가는 집 주변의 나무를 전정하지 않고, 정원의 질경이나 토끼풀도 그대로 둔다고 했다.

2. '모티프원'의 설립과 운영

모티프원(motif#1)은 파주시 헤이리마을에 있는 게스트하우스의 이름이다. 이안수 사진작가가 '세계 여행자들의 아지트'를 만들어 보려는 포부로 시작한 여행자들의 만남의 장소요 대화의 다실(茶室)이며, 자신의 꿈을 이루어나가는 산실(産室)이다. 모티프원이란 이름은 영어의 motif, 즉 '동기'를 뜻하는 말로서 그 말에 #과 1을 붙여 숫자 1의 원

(one)을 붙여 만든 이름이다. '모티프원' 이라는 이름을 짓게 된 동기와 이유를 그는 이렇게 말했다.

"방문하는 예술가들께서 생에 최고의 작업이 될 수 있는 소재를 경험하고 주제를 얻기를 희망하는 바람의 표현이자 '나를 살아있게 만드는 최고의 이유' 즉, '삶의 제1동기'를 의미합니다. 이 공간에 유숙하는 모든 분이 전 생애를 걸쳐 자신의 가장 중요한 화두에 답을 얻을 수 있도록 하기 위한 이름입니다."

시각이 정오라서 점심을 먹기 위해 차를 타고 복두부집 식당으로 갔다. 식당에 가면서, 음식을 기다리면서, 밥을 먹으면서 궁금한 것들을 여쭙고 말씀을 들었다. 이 작가는 많은 여행과 체험, 깊은 사유를 통해서 어느 경지에 이른 분이나 하실 법한 말씀들을 유창하게 하셨다.

그는 전라도와 충청도, 경상도가 만나는 삼도봉의 경상도쪽 산자락 시골에서 태어나 자랐다. 부친께서 도회지로 유학을 보내주어, 객지에서 외로웠지만 홀로 사는 법을 일찍 터득하게 되었다. 영문학을 전공하고 잡지사의 기자, 편집국장 등으로 25년을 근무하다 미국으로 유학을 갔다. 한 학기를 마치고 미국과 캐나다에 배낭을 메고 히치하이크(hitchhike) 방식으로 120일간이나 여행했다. 그 이후에도 세계 100여 국에 모험적이며 체험적인 여행을 했다.

그는 특이하게도 옛날의 도인(道人)처럼 흰 수염을 기르고 있어 어떤 이유로 기르게 되었느냐고 질문하니, 서울을 떠날 때부터는 몸에 손을 대지 않으려고 그냥 놔두었다고 했다. 또, 직장 생활하지 않으니 사회적인 룰에 따르지 않아도 되기 때문에, 한마디로 자유롭기 위해서라고 했다. 그런 용모가 이국인(異國人) 같다고 하니, 세계 여러 나라 사람들이 자기네 나라 사람으로 여기는 일이 다반사라며 에피소드를 들려주었다.

일본 여행 중일 때였는데, 일본인인 줄 알고 일본 토박이가 자신에게 길을 묻더라는 것이다. 또, 남아공의 와인 밭에서 숙식하며 일하던 어느 날 밤, 누군가가 열린 창문을 넘어오려 해, "누구냐?" 하고 소리를 지르니, "나는 보안요원이다. 왜 창문을 열고 자느냐!" 하고 오히려 큰소리를 치고 가더란다. 다음날 알고 보니, 주변에 사는 외국인 여러 사람이 물품을 잃어버렸다 한다. 창문에서 호통치고 간 그는 보안요원이 아니고 절도범이었던 것이다. 그 일로 경찰서에 가서 그 목격자에 대해 진술하게 되었다. 그때, 약자로 보이지 않기 위해 무도인으로 자처하며, 군대에서 배운 태권도 품세를 보여주어 주위 사람들에게 무술인으로 인정받게 되었다. 그리하여 대단한 무술인으로 여긴 사람들이 사인을 해달라는 부탁을 하기도 했다.

3. 모티프원에서의 대화

식당에서 모티프원으로 돌아와 거실에 들어갔다. 유리창이 아닌 거실 벽은 온통 서가(書架)로 가득 차 있다. 모티프원에 무려 1만 4천 권의 책을 소장하고 있다더니 방마다 서가에 책이 가득하다. 의자에 앉자 이 작가는 원두를 갈아 커피를 내려주었다. 그 커피는 일반 커피보다 농도가 진하여 쓴맛이 약간 있었지만 진한 향기와 구수한 맛이 입안을 가득 채워 주었다. 커피를 마시자, 이 작가는 실내를 살펴보도록 안내해 주었다. 1층의 거실과 양쪽의 방, 2층의 방 등 5개의 방을 보여주며 설명했다. 설명도 빨랐지만, 바로바로 이동하여 자세히 살펴보지 못했다. 실내의 구조나 색상이 일반 가정집과는 확연히 달랐다.

　방의 벽은 대부분 흰색이었고, 통로는 연두색을 파스텔로 칠한 듯 부드러운 색으로 도색하여 밝고 시원한 느낌을 주었다. 방마다 책과 책상을 배치해 북 스테이가 가능하도록 했는데, 그런 단순한 가구와 소품들이 지적 분위기에 젖어들도록 했다. 창을 넓고 크게 만들어 커튼을 젖히니 바깥 풍경이 잘 보였는데 그런 점이 특별했다. 책을 읽거나 조용히 명상하기 좋은 분위기다. 1층 거실 벽의 대부분에 책장을 배치하고 다양한 책을 가득 꽂아놓아 도서관 같다. 거실 안쪽으로 주방을 배치하여 한쪽에서 차를 끓이거나 조리하기에 편리해 보였고, 거실과 주방의 경계에 통나무 판을 놓아 테이블로도 이용할 수 있게 했다. 창가에 놓은 테이블과 의자는 4~6명이 대화를 나누기에 알맞은 분위기였다.

　책장 앞이나 벽 아래에 사진 액자가 놓여 있다. 사진은 그의 작품이고 민화는 부인의 작품이라 한다. 연필로 스케치한 여러 개의 작품이 벽에 게시되어 있는데 이것도 부인의 작품인 것 같았다.

　5개의 방을 살펴보았는데, 모티프원만이 지닌 특별함이 있다. 코너의 모서리에 창이 양쪽으로 있어 두 방향을 볼

수 있는 점도 여느 건물과는 달랐다. 정면 만을 보는 창은
아주 넓게 만들어 시원하게 밖의 경치를 볼 수 있다. 창을
보면 창밖 풍경이 액자화된 그림처럼 보인다. 침대는 공간
에 알맞게 놓여 있어 잘 맞는 옷을 입은 것처럼 안정감을
주었다. 모티프원의 특성이자 개성이고, 고유성이다.

이안수 작가(왼쪽), 필자, 현종헌 소설가(오른쪽)

실내에 TV가 없는 것도 모티프원의 특징이다. 옷장도 옷
걸이도 보이지 않았다. 방 안이 그렇게 단순하기 때문에 그
만큼 집중력을 높일 수 있는 것 같다. 책을 읽거나 명상을
할 때, 대화를 나눌 때에도 실내가 그렇게 단순해야 몰입이
가능할 것이다. 책상은 두툼한 통나무 판으로 만들어 중량
감이 느껴졌다. 또 책장에는 많은 책들이 꽂혀 있는데 세우
지 못한 책은 책 위에 얹어 놓아 마음 편하게 꺼내 볼 수
있겠다. 너무나 잘 정돈되어 있다면 책을 빼보기가 조심스

러울 것이다. 방에 가구가 많지 않고 규격화된 것 같아 경직되기 쉬운데 책마저 모두 똑바로 꽂혀 있다면 딱딱한 분위기가 더 심해졌을 것이다. 정리정돈이 너무 완벽하면 조심스러워 긴장에서 벗어나지 못한다. 그렇게 어느 한 가지라도 파격적으로 흐트러져 있어야 심리적으로 편안해질 것 같다. 그림과 사진도 벽에 걸지 않고 바닥에 세워놓거나, 벽과 책장에 기대놓았다. 큰 창(窓)으로 보이는 밖의 풍경도 하나의 풍경화 같다.

그는 올 6월부터 10월까지 러시아와 중앙아시아에 다녀온 이야기를 많이 언급하였다. 세대가 20대에서 60대까지의 다양한 구성원들이 '유라시아 평화원정대'를 만들어 30명이 출발했으나 4명이 도중하차해 26명만 여행을 함께 마쳤다.

원래는 동해항에서 자동차와 사람이 함께 배편으로 블라디보스톡으로 이동해 그곳에서 여정을 시작할 계획이었다. 그러나, 코로나 팬데믹과 우크라이나와의 전쟁에 따른 제재 때문에 몽골을 통한 우회로 블라디보스톡으로 간 다음 시베리아 횡단 여행을 시작했다. 거기에서 러시아와 여러 나라를 거쳐, 유럽의 서단(西端) 포르투칼 호카곶까지 갔다가 되돌아왔다. 왕복 134일 간 53,000km를 이동한 여행 이야기다. 승용차 6대로 26명이 4달 이상을 다녀왔다니 대단한 집념과 건강의 소유자들이다. 동해시에서 배를 타지 못하고 몽골에 갔다가 러시아로 진입하는 바람에 경비가 많이 들고 힘겨운 여행이 되었다. 그러나, 자신은 어디서나 잘 자고, 아무 음식이나 잘 먹기 때문에 다른 사람보다는 고생을 덜 했다는 것이다.

12시부터 시작한 대담을 예정 시각, 3시가 되어 마치려 하자, 이 작가는 자신의 저서를 한 권씩 증정해주었다. 그리고, 사인북 3권을 내놓았다. 펴 보니 많은 사람들이 모티프 원에서의 특별한 체험에 대한 소감과 이 작가에 대한 감사의 인사말을 적어 놓았다. 우리 셋도 각자 한 권씩 들고 정성을 들여 쓰고 일어났다.

　그는 이 게스트하우스를 방문하는 분들을 위해 방을 정리해야 하기 때문에 무척 바빴을 것이다. 그런데도 우리 일행에게 3시간 동안이나 자신의 여행담과 모티프 운영에 대한 이야기를 해주었다. 방문객을 맞이하기 위해 할 일이 많지만 우리 일행과의 대화를 위해 오늘은 알바생을 썼다고 한다. 20대 여성이 방을 정리하는 것, 로봇 청소기가 "윙" 소리를 내며 방바닥을 청소하는 것도 방 구경을 할때에 보았다.

　필자는 이 작가의 유창한 말들을 메모하기 바빴으나 궁금한 건 바로 질문하기도 했다. 이 작가는 동작도 빠르고 말도 빨랐다. 탐방을 마치고 이동하던 중 문자로 감사 인사를 올렸더니 긴 내용으로 바로 회신해 주었다. 다음날에는 모티프원의 블로그에 필자와 동료들이 다녀온 내용을 글로 써 사진과 함께 올려놓았다. 5년 전에 필자가 재직하던 학교의 학부모가 그 글을 보고 필자에 대한 이야기를 댓글로 달아놓았던가 보다. 이 작가는 그 내용을 보고 필자에게 찬사의 글을 써 보내주었다. 세상은 그렇게 좁다. 우리나라 사람은 한 다리만 건너면 모두 연결이 된다는 말이 지나친 과장은 아니다.

4. 세계 여행자들의 아지트를 만들려는 꿈

이 모티프원에 다녀간 사람이 3만 명이 넘는다는데 그의 책, 『여행자의 하룻밤』에 등장한 사람 중 유명인을 예로 들면, 여행작가 박준, 피아니스트 김세정, 현대카드의 정태영 사장, 밥퍼 시인 최일도 목사, '우아한 형제들'의 김봉진 대표, 미국 유니온신학대 종신교수 현경, 바이올리니스트 올리비에 케라스, 일본 회화의 대표작가인 나카무라 가즈미와 미술평론가인 다니 아라타, 중국미술관 관장 판디안, 포슬린 페인팅22)의 권위자인 독일의 한스 바우어, 홍콩 건축가 개리 창 등이 있다. 이 외에도 많은 유명인이 있지만, 필자가 관심이 많이 가는 사람 중 일부만 이름을 올렸다. 이 모티프원에 대해서는 TV와 잡지 등 여러 매스컴에서 여러 번 보도하여 인터넷에서 검색하니 더 자세한 내용을 확인할 수 있었다.

초대 국립생태원장을 지낸 최재천 원장이 신문에 기고한 글에, "어떤 일에 미친 사람 중에 밥 걱정하는 사람을 보지 못했다."는 말이 있었다. 그 글을 읽고 크게 공감했다. 돈벌이를 의도하지 않더라도, 자기가 좋아하는 일에 미친 듯이 매달리는 사람에게는 돈이 저절로 따라오는 상황을 여러 번 목격했기 때문이다. 이 작가도 비슷한 경우다. 한창 일할 중년에 소득을 추구하지 않고 바람처럼 세계를 떠돌 때는 가정에 경제적인 도움을 주기가 어려웠을 것이다. 그런데,

---

22) 백자 위에 특수 안료로 그림을 그리고 가마에서 구워 그림이 지워지지 않게 하는 원리를 이용한 공예

자본도 없이 꿈만 꾸던 그가 어떻게 지금과 같은 공간을 마련할 수 있었을까? 정말 기적 같은 일이다. 그는, '세계 여행자들의 아지트'를 만들겠다는 꿈을 실현하고 있는 게 분명하다.

물론 그에게는 몇 가지 성공비결이 있다. 세계인들과 소통할 수 있는 영어 회화 능력, 세계 여러 나라에 도전적으로 여행한 체험, 말과 글을 유창하게 구사할 수 있는 표현력, 빠르고 명쾌한 일 처리 능력 등이다. 그가 운영하는 게스트하우스의 이용료가 규모에 비해 적지 않은 금액인데도 거의 매일 빈방이 없을 정도로 예약이 된다. 아이디어가 신선하고 대화의 뒷받침이 되는 컨텐츠가 충분하기 때문일 것이다.

그러나, 그에게 건축비를 헌신적으로 지원한 부인의 공로를 빠뜨릴 수 없다. 부인은 자신이 간직했던 돈으로는 해결이 안 돼, 자금을 마련하기 위하여 대출을 받고, 친인척과 지인들에게 도움을 요청하여 이 집을 지을 수 있었다. 부부가 각기 사는 방식과 하는 일이 다르기 때문에 아내는 서울에서, 자신은 파주에서 떨어져 지내고 있다.

사람들을 좋아하고, 대화길 즐기는 그의 품성이 또 하나의 성공비결일 수도 있겠다. 필자는 인간의 향기란 인간에 대해 따뜻하게 대하는 애정이 아닐까 생각한다. 사람을 좋아하여 반기고 베풀어 주는 사람이, 향기가 진한 사람이라고 여긴다. 이 작가도 향기가 물씬 풍기는 분이었다.

앞으로 모티프원은 어떻게 발전되어 갈까? 도전적이고 진취적인 그의 의미 추구와 아이디어는 새로운 미래를 준비하고 있을 것이다. 미래 사회에서는 네트워크 형성 능력이 성공적인 삶에 중요한 역량이 될 거라 했는데 이 작가가 모티프원을 운영하는 걸 보니 맞는 것 같다.

모티프원 거실에서 본 정원

꿈을 이룬다는 건 아름다운 일이며, 보람있는 일이다. 사람의 욕구 5단계 중 가장 수준이 높은 욕구를 매슬로(Maslow)는 자아실현욕구라 했다. 한 생애 사는 동안 즐겁게 사는 것이 보통 사람들의 소망이지만 그 소망 중, 자신의 꿈을 이루는 것, 즉 자아를 실현하는 것이 가장 차원 높은 욕구다.

이 작가는 자신이 간절하게 꿈꾸던 '세계 여행자들의 아지트'를 만들어 성공적으로 운영하고 있다. 그렇게 꿈을 이루게 된 비결은 무엇일까? 정확히 말하기에는 이 작가에 대해 모르는 게 많다. 그는 모티프원을 건립하려고 할 때, 아내가 발 벗고 나서 과감하게 주선해 준 덕택이라고 말했다. 그렇지만 아내의 덕택만으로 지금처럼 모티프원이 자리 잡을 수 있었던 것은 아닐 것이다. 그의 아내는 병원에 근무하다가 몇 년 전 은퇴한 후, 북한산 부근에 살며 그림을 그린다고 한다. 자신의 삶에 열중하고 있는 것이다. 이 작가는 이따금 아내의 집에 들렀다가 다시 모티프원으로 돌아와서 방문객들을 맞이할 준비를 하고, 방문객들과 대화를 나누며 지낸다.

모티프원의 개장 후, 이곳을 다녀간 여행자는 90여 개국의 3만 명 이상이다. 그는 거의 매일 밤 방문객들과 대화를 나누었고, 그중 일부의 내용을 기록하여 2016년에 엮어낸 책이 『여행자의 하룻밤』이다. 이 책에 독자가 많았던지 출판을 거듭해 필자가 본 책은 4쇄였다. 그 후, 자신과 아내와의 특이한 생활을 제재로 『아내의 시간』이란 책을 발간했다.

그의 독특한 여행 체험, 전문적인 사진 촬영과 기록, 호기로운 대화술과 격의 없는 환대가 이 게스트하우스의 운영과 저술의 자원이 되었다. 깊은 사유와 풍부한 독서로 다방면에 해박한 식견을 가지고 있다. 그리하여 만나는 사람들에게 대화의 즐거움과 삶의 지혜를 선물할 수 있게 되었다. 그 결과, 방문객 중에는 삶을 대하는 관점이 극적으로 전환되는 티핑 포인트(tipping point)[23]의 계기가 되었다고 말하는 이가 있다. 그래서, 지금은 모티프원을 이용하려는 사

---

23) [급변전] : 작은 변화들이 어느 정도 기간을 두고 쌓여, 이제 작은 변화가 하나만 더 일어나도 갑자기 큰 영향을 초래할 수 있는 상태가 된 단계

람이 많아 거의 매일 빈방이 없을 정도다.

꿈을 이루려면 먼저 꿈을 간절히 꾸어야 한다. 그리고, 과감하게 실천궁행(實踐躬行)해야 꿈을 실현할 수 있다. 물론 운(運)도 따라주어야 하고 주변 사람들의 도움도 필요하다. 그러나, 가장 중요한 하나를 이루기 위해 다른 것을 포기할 수 있는 용기도 빠트릴 수 없다. 그 점을 이 작가에게서도 확인할 수 있다. 이 작가가 쓴 『아내의 시간』을 보면 부부가 대부분의 시간을 따로 살면서 각자 자기 세계를 추구하며 산다. 서로의 삶을 간섭하지 않아 어디를 가는지 언제 오는지 서로 묻지 않는다. 지금은 이 작가가 살고 있는 삶의 방식이 특이하지만, 미래에는 보편적인 부부의 모습이 될 거라고 예상한다. 아마도 이 작가는 시대를 앞서 살고 있을 것이다.

제5부

스스로 쌓아 올린
자기세계(自己世界)

김순란 염색전문가

천연염색 공방을 운영하는 시인

'천연염색 갈마실'을 운영하는 김순란 시인(2018. 4. 14.)

　　제주시 김녕리에서 해녀의 딸로 태어나 제주에서 자랐고, 결혼한 후에 천연염색 기술을 익혀 공방 '천연염색 갈마실'을 운영하는 김순란 시인을 만났다. 그는 한국방송통신대 국문학과를 졸업하고, 2015년 <문학광장>에서 시부문 신인상을 받으며 등단했다. '돌과바람문학회'에서 활동하며 2018년에 시집 『순데기』를 냈고, 2020년에 두 번째 시집 『고인돌 같은 평계일지라도』를 냈다.

　　2018년 4월 14일, 김 시인을 제주시 도남동의 한 카페에서 만났다. 필자가 전국으로 자전거 여행을 하며, 여행 중에 자아실현을 도모하는 명사(名士)들을 찾아 탐방기를 쓰고자 맨 처음으로 김순란 시인과 인터뷰를 하게 되었다. 김 시인은 인생의 중반기에 염색 기술을 익힌 후, 문학적 재능을 살려 시로 등단하여 시작 활동을 하며 염색 공방도 운영하고 있다.

I. 명사 탐방, 처음으로 만난 시인

교직에서 퇴직한 후 전국을 자전거로 여행하며 만나고 싶었던 사람들을 만나 무엇을 위해 어떻게 사는 가에 대해 탐방하게 되었다. 자기 세계를 구축하고 자아를 실현하며 사회에 대한 기여로 삶을 아름답게 가꾸는 분들을 찾아가 어떻게 살아왔는지 알아보고 그에 대한 인물 탐방기를 쓰기 위해서였다.

2018년 2월 말에 퇴직하고 한 달 남짓 지난 4월 12일, 승용차에 자전거, 텐트와 버너, 식품과 의약품 등 2주 동안 생활할 물품들을 싣고 제주도로 가기 위해 목포항으로 갔다. 텐트에서 잠을 자려면 4월에도 춥기 때문에 우리나라에서 가장 남쪽인 제주도가 덜 추울 것으로 여겨져 제주에서부터 전국 여행을 시작하게 된 것이다.

목포 국제여객선터미널에 도착한 것은 밤 9시. 항구의 바람이 차가웠다. 배표를 사고 밖으로 나와 주위를 둘러보니 바다 우측 산의 능선 아래에 잠자리 날개처럼 보이는 여러 가닥의 선이 펼쳐져 있었다. 그게 무엇인지, 무엇이 저렇게 ㅅ자 같은 선이 겹쳐져 있는지 매우 궁금했다. 3년 뒤에 목포해상케이블카를 타고서 살펴보니 그게 현수교에 매단 줄이었음을 알게 되었다.

이른 아침 제주에 도착, 공무원 퇴직 전 연수를 받으며 가까이 지냈던 김상돈 씨를 만나 조반을 먹고 산으로 가서 고사리를 꺾었다. 오후에는 양영길(돌과바람문학회 회장)

시인을 만나 점심을 먹으며 담소하다 탐방할 명사의 추천을 의뢰하니 염색 공방을 운영하면서 시를 쓰는 김순란 시인을 소개해 주셨다. 김 시인과 통화하여 내일 만나기로 약속했다.

밤에 김상돈 씨의 농장, 비닐하우스 안에 텐트를 치고 자게 되었다. 텐트를 사 가지고 왔지만 한 번도 쳐본 일이 없어 실습할 겸 비닐하우스 안에 텐트를 쳤다. 밤이 깊어 잠을 자려고 혼자 누웠더니 하우스의 비닐이 거센 바람에 흔들려 뿌스럭거리는 소리 때문에 잠을 이루기 힘들었다. 어두운 밤, 적막한 농장의 하우스에 밤새 비가 내리고 바람까지 세차게 불어 기괴하기까지 했다. 더구나 밤이 깊어 갈수록 땅바닥에서 냉기가 올라와 등이 시리고 추워서 잠을 이룰 수가 없어 텐트에서 나와 승용차에 들어가 눈을 붙였다.

다음 날 아침, 비는 개었지만 하늘이 찌뿌둥하게 흐리더니 나중에는 빗방울이 떨어졌다. 아침을 지어 먹고 카페로 나가 김순란 시인을 만났다. 인물 탐방을 시작해 첫 번째로 인터뷰한 분이다.

카페에 먼저 도착하여 기다리다 약속한 시각에 김 시인을 만났다. 50대의 여류 시인인데 시를 쓰기 때문인지, 시를 쓰는 고운 마음으로 살아왔기 때문인지 10대의 소녀처럼 순수하게 보이는 분이었다. 생면부지의 여류 시인을 만나 처음 인터뷰하게 되니 어떤 이야기를, 무엇을 여쭈어야 할지 걱정이 되었다. 처음이란 대체로 미숙하고 서툴게 마련이지만 평온한 김 시인의 표정과 말씨 덕택에 필자도 차분해질 수 있었다.

2. 김 시인과의 인터뷰

김 시인은 제주에서 태어나, 제주에서 성장했고 제주에서
살고 있다. 중년 이후에 재단과 재봉 일을 하는 언니를 돕
다가 염색 일을 하게 되었다. 감에 있는 타닌 성분의 갈색
으로 옷감을 착색하니 방충에 효과적이었고, 코팅 효과도
있었다. 또 냄새 제거에도 좋고 때도 덜 타 여름 일복으로
좋았다. 그래서 여러 가지 천연 재료를 이용하여 염색해 보
았다. 그리하여 다양한 칼라를 만들어 냈는데 천연염료로
염색하여 피부에 자극을 주지 않는 옷감을 만든다는 것에
자부심이 생겼다.

이제는 기술이 늘어 직접 공방을 운영하고 있는데 소득도
괜찮다. 사람들에게 천연염색법과 작품 만드는 기술을 가르
쳐 주면서 시를 쓰고 있다. 이제는 스트레스 안 받고자 욕
심을 부리지 않고 순리대로 살려 하니 마음이 편하다.

산에 다니면서 사색과 명상을 하다가 글을 쓰게 되었다.
고등학교 때 단체로 산에 갔는데 비가 내렸다. 산장에서 밥
을 해 먹었는데 기분이 매우 좋았다. 그 후, 산을 점점 좋아
하게 되어 제주도의 많은 오름과 한라산을 자주 오르게 되
었다. 직장을 갖게 된 20대에는 산악회에 가입하여 휴일에
는 주로 등산을 다녔다.

결혼한 후에는 딸과 함께 한라산에 올라가, 정상에서 일
출을 보기도 했다. 정상에 섰을 때, 정말 기분이 좋았다. 산
행은 누구나 할 수 있고, 운동 효과도 있지만, 정상에 올랐

을 때의 성취감이 가장 큰 매력이다. 그리하여 산에 오르는 일을 오랫동안 계속했다. 그렇게 한라산과 오름을 찾으며 틈틈이 시를 썼다. 국문학을 전공한 덕택일 수 있지만, 시를 쓰게 된 더 깊은 근원은 아버지의 영향 같다. 독서를 많이 하시는 아버지께서 책을 주시어 어려서부터 독서를 많이 하였다.

시를 처음으로 쓰게 된 것은 초등학교 때다. 담임선생님께서 시를 써 오라는 숙제를 낸 적이 있다. 그때, 한 편을 써 갔더니 선생님께서 "잘 썼다."는 칭찬을 크게 해주시어 글쓰기에 자신감을 가지게 되었다. 시를 집중적으로 쓰게 된 건 결혼한 뒤였는데, 시집살이가 힘들 때였다. 그리고, 염색 일을 하면서 염색 관련의 소재를 시로 쓰기도 했다. 남들이 잘 하지 않는 것, 내가 잘하는 것을 써 보았다.

순데기

김 순 란

벼 이삭 패는 것을 처음 본다는 순데기[24]
벼꽃이 예쁘다고 논두렁에 풍덩 빠진 순데기
무성한 논에 물이 찰랑거리는 게 신기하다는 순데기

달개비꽃이 파랗다는데
너무 무서워서 파랗다는데

---

24) 순둥이의 방언

이혼 도장 찍는 날 달개비꽃이 피었다지
열 살배기 아들 눈치 보며 이빨을 꽉 깨물었다지
치과의사 아들 만나러 가는 길에
가지런히 피어나는 벼 이삭들 으쓱으쓱
달개비꽃 서너 송이 살랑살랑
해바라기 고개 숙여 끄덕끄덕

족흔 아들 키우젠 흐난 고생 하영 흐여신 게

 '순데기'는 유순한 사람을 지칭해서 쓰는 별명이었는데, 김 시인의 언니가 어릴 적 별명이 순데기였다. 아마 언니의 품성이 순둥이였던가 보다. 그렇게 김 시인은 자신의 생활 주변에서 시의 소재를 찾아 삶의 존재에 대한 주제를 추구하고 있다. 위 시에서 밑줄 그은 행은 제주도 방언을 그대로 살려 쓴 구절이다.
 "족흔 아들 키우젠 흐난 고생 하영 흐여신 게"는 "귀한 아들 키우다 보니까 고생 많이 했구나."의 제주도 방언이다. 제주도의 방언으로 생동감, 현장감을 부여하여 짧은 글 속에 복잡한 사연과 생활고(生活苦)를 함축적으로 담아놓았다.
 김 시인의 시집 '순데기'에 대하여 양영길 문학평론가는 다음과 같은 서평을 썼다.
 "김순란 시인은 어머니의 물질과 자신의 등정, 그리고 순데기의 삶을 통해 존재 사유에 대한 끊임없는 물음을 제기하고 있다."며 시적 대상을 삶 속에서 건져내고 있음을 시집의 서평에서 강조하였다. "김 시인의 시집 『순데기』에는 이처럼 작가의 삶의 기둥이라 할 수 있는 고향, 제주의 이야기와 뿌리로서 근원을 향해 끌어당기는 부모와 가족의 이야기이다."라며, "그리고 순이 돋고, 꽃과 잎이 피고, 낙엽이 지는 일상의 순환 속에서 문득 떨어지는 이야기들이 때로는 소박하게, 때로는 거침없이, 때로는 아프게 담겨 있다."고 했다.

자기 언니의 어렸을 적 별명이 '순데기'였는데 그 회고적인 호칭으로 제주 방언을 구사하여 토속적인 시를 썼다. 삶의 원천이라 할 수 있는 부모와 가족의 이야기가 많다. 그는 고향의 향토적 소재를 시로 끌어올렸다. 새순이 돋아 잎과 꽃이 자라고 낙엽으로 지는 자연의 순환 속에서 소박하고, 아련한 기억을 시에 오롯이 담고 있다."

제주도 이야기를 쓴다면 제주 4·3 사건과 해녀에 대한 이야기를 써야 한다고 제주 출신의 소설가가 필자에게 권유하였다. 제주도민의 애환이 한(恨)으로 남은 4·3 사건, 제주 바닷가 마을의 여자들 대부분이 해녀로 살았던 시대, 그 시대의 이야기는 제주 여행자의 관심을 끄는 소재요 제재였다. 그러나, 4·3 사건에 대해서는 필자가 아는 게 별로 없어 다음으로 미루고, 우선 해녀 이야기를 써야겠다 싶었다.

김순란 시인의 어머니도 해녀였다. 그래서 해녀에 대해 글을 쓰고 싶으니 한 분 소개해 달라고 부탁했더니, 제주의 대표적인 해녀가 어머니인 친구가 있다고 친구와 의논하여 연락해 준다고 하였다. 시인과 인터뷰를 한 이튿날, 김 시인의 전화를 받았다. 연세가 80세라 좀 많으시지만 지금도 물질하는 '현역 해녀'라고 소개해 주었다. 고등학교 때의 친구

어머니인데 제주의 해녀 중 연륜이 긴 현역 해녀, 현봉래 여사였다. 이 책에 수록되어 있는 '물질로 보낸 70년, 해녀의 노래'의 주인공이다.

박기준 전(前) 소대장

총격받아 중태에서 기사회생한 의인

총격의 위험에서 기적적으로 살아난 박기준 선생님(2018. 6. 24.)

박기준 소대장은 육군 GOP에서 복무 중 이웃 부대의 사병으로부터 복부에 총격을 받아 의식을 잃고 쓰러졌다. 복부에 관통상을 입고 등으로 창자가 흘러나오는 중상으로 사경을 헤맸다. 장기간의 수술과 치료를 받고 기사회생했다. 그 후, 중등학교 교사로 근무하다 명예퇴직하고 책으로 발간되지 않은 "이규태 코너" 칼럼집을 정리하고 있다.

2018년 4월, 제주도 한라산 영실의 윗세오름 부근에서 필자와 만났다. 두 달 뒤인 6월, 부산에서 고성 통일전망대까지 자전거로 달리게 되어 연락을 드렸다. 그가 자택으로 초대하여 들렀더니, 사병의 총격으로 사경을 헤매다 살아난 이야기를 들려주었다.

그는 교직에서 은퇴한 후, 지금은 제2의 인생을 살아가고 있는데, 사회와 이웃을 위해 온정을 베풀며 평온하게 살고 있다.

I. 박기준 선생과의 만남

박 선생을 만난 것은 2018년 4월 26일, 한라산 영실 탐방로에서다. 영실휴게소에서 윗세오름에 올라가 남벽 분기점까지 갔다가 내려오는 길목의 조그만 실개천의 다리 위였다. 다리 위에서 백록담 쪽으로 고개를 들면 한라산의 정상인 남벽 능선이 잘 보이는 곳이다. 한라산 능선의 경관을 촬영하며 잠시 머물러 있는데, 그 다리에서 한라산 능선을 촬영하는 부부가 있어 인사를 나누게 되었다.

강릉의 고등학교에서 근무하다가 2014년에 퇴직해, 작년에도 제주 여행 중 영실에 올라왔는데 선작지왓길을 걷고 싶어 오늘도 영실 탐방로로 올라온 여행객이었다. 필자도 올 2월, 교직에서 퇴직하여 전국 일주를 목표로 라이딩을 하러 제주도에 왔다가 영실에 처음 올라왔다고 말씀드렸다. 다음에는 동해안에도 자전거 여행을 갈 거라고 했더니 강릉에 오면 연락해 달라고 하여 전화번호를 주고 받았다.

그리고, 두 달 후인 6월 17일에 필자가 동해안으로 자전거 라이딩을 가게 되었다. 고성 통일전망대까지 약 600km를 완주하기 위해 부산에서 출발했다. 라이딩 중 박 선생에게 전화하니 강릉을 지나가게 되면 꼭 들러달라고 하였다. 울산, 삼척, 정동진을 지나며 몇 차례 전화하여 강릉에 도착할 예정시각을 알려드렸다.

드디어 6월 24일, 정동진에서 동해안을 따라 강릉으로 올라가 박 선생 댁으로 찾아갔다. 자전거로 초행길을 가게 되니 도착 시각을 분명히 말씀드리지 못하여 전화를 거듭하게 되었다. 그는 필자를 기다리느라 다른 일정을 잡지 못했을 것이다. 그렇게 신경을 쓰게 해 미안했는데 고맙게도 반갑게 맞아 주었다.

그는 울안에 감나무와 몇 종류의 과일나무를 기르고 채소도 가꾸어 놓았다. 감나무는 손수 접을 붙여 길렀고, 여러 종류의 채소도 직접 가꾸었다. 부부가 아기자기하게 사는 게 아름다워 보였다. 그리고, 그는 사람들을 좋아하여 친구나 친목회원들이 찾아오면 자기 집에서 자고 가도록 권유한 다는 깃이다. 그래서 방 하나를 비워놓고 손님 접대용으로 쓰고 있었다.

나리꽃이 핀 박 선생님 댁 뜰(우측 벽, 필자가 타고 간 자전거)

6월 하순이 되니 날씨가 상당히 더웠다. 더구나 힘든 자전거 라이딩이라 땀을 많이 흘렸다. 그의 거실로 들어가니 에어컨을 틀어 아주 시원했다. 부인이 냉장고에서 냉동시킨 대봉감 홍시를 꺼내어 접시에 담아 주었다. 티스푼으로 떠 먹으니 무척 달고 시원했다. '어떻게 작년에 수확한 감을 여름까지 먹을까?' 절제력이 대단하다 싶었다.

잠시 후 샤워하고 거실 옆 사랑방을 쓰게 되었는데 세면실과 화장실이 딸려 있어 편했다. 그 사랑방은 손님맞이 방으로 쓴다고 했다. 부인은 세탁기를 돌리겠다고 빨래를 내놓으라고 했다. 잘 되었다. 그렇지 않아도 빨래를 못해, 가지고 다니며 언제 하나 걱정하던 차였다. 빨랫감을 드리고 휴대폰과 충전지를 전원에 끼워 놓았다.

저녁 식사를 나가서 하자 하여 상가로 10분쯤 걸어갔다. 상당히 규모가 큰 한정식집이 나와 방으로 들어갔다. 손님이 많았다. 강릉에서는 유명한 집이라고 했다. 큰 상에 반찬을 놓는데 약 50종은 되었다. 여러 가지 산해진미의 반찬으로 반주를 곁들여 즐거운 식사를 했다. 식사를 마치고 댁으로 돌아오니 부인이 다시 대봉감인 홍시와 감자전, 술상을 내주었다. 서로 자신이 살아온 이야기를 나누게 되었는데 군대 생활 중 총격을 받아 사경을 헤매다 살아난 이야기를 들려주었다.

2. 총격받아 중태에서 기사회생

1978년 7월. 소대장으로 근무할 때 총기 난동을 부리는 인접 소대의 사병에게 총격을 받았다. 사고가 나던 날, 그는 막사에서 선임하사와 작계25)에 대한 대화 중이었는데 갑자기 "따다당" 총소리가 울려 밖으로 뛰어나갔다. 인접 소대원인 김 일병이 민통 초소 근무 후 인근 상점에서 음주하고 복귀하면서 총을 발사한 것이다. 김 일병은 앞으로 총을 겨누고

"모두 나와! 전부 죽여 버릴 거야!" 하고 소리 질렀다.

그대로 두면 총기를 난사하여 대형 사고로 이어질 수 있는 긴급상황이었다. 옆에 선임하사와 몇몇 병사들이 있었지만 김 일병의 위협을 제지하기 위해 나서는 이가 아무도 없었다. 아니, 무서워서 나서지 못했다. 박 소대장은 김 일병이 자신의 소대원은 아니었지만 사고를 막는 것이 우선이었기 때문에 김 일병을 회유하려고 앞으로 나갔다.

"김 일병. 무슨 일이야?"

"……."

"김 일병! 내가 오발 사고로 처리하여 문제가 없도록 처리할 테니 먼저 총구를 위쪽으로 향하고 방아쇠에서 손가락 빼라. 그러면 오발 사고로 처리해 주겠다. 걱정마라."

"……."

"총구를 세우고 방아쇠에서 손가락 뺐지?"

하고 대화를 이어 가려고 서서히 접근, 약 15m 정도 앞까지 이르렀다. 이때까지 김 일병은 아무 반응이 없었는데 갑자기

---

25) 작계훈련은 지역방위 임무 수행을 위해 거주지나 직장 근처에서 실시하는 방어 훈련

"탕"

하고 한 발의 총성이 났는데, 자신의 우측 복부가 불에 달군 쇠꼬챙이로 순식간에 찔린 듯 뜨거웠는데 상상도 할 수 없는 고통으로 고꾸라졌다. .

"다음 타자 나와!"

하는 김 일병의 목소리가 들렸다. 움직이기도 힘들었지만 통증이 심해 숨을 제대로 쉴 수가 없었다. 하지만 김 일병이 다시 발사할지 몰라, 즉 확인 사살할지 모르는 두려움에 꼼짝도 못하고 엎드려 있었다. 이 광경을 지켜보던 선임하사와 소대원들은 자신이 쓰러졌으니 숨을 거둔 것이라 여겼다는 것이다. 죽은 듯이 엎드려 있는데 공포감이 밀려왔다. 죽은 척하고 기다리는 그 시간이 너무나 길게 느껴졌다.

'아! 20대 이 청춘의 나이에 꽃도 피워 보지 못하고, 이곳 철책선 한 모퉁이에서, 나를 겨눈 총구 아래에서, 이렇게 죽는구나. 내가 5대 장손인데 부모님께 죄송해서 어떻게 하나. 살아나더라도 회복될 때까지 얼마나 고통스러울 것인가? 또한 살더라도 불구의 몸이 되겠지. 불구가 되면 평생 얼마나 큰 고통을 겪을까?' 그런 불길한 걱정을 했다. 하지만 김 일병이 알 수 없도록 손을 천천히 움직여 등 뒤쪽 총탄의 출구를 만지니 피가 흥건히 흐르고 물컹한 창자가 만져졌다. 총알이 우측 복부를 관통한 것이다.

잠시 후, 밤은 완전하게 어두워졌다. 폭우가 쏟아지는 가운데에서도 자신이 움직일 수 있는지 오른쪽 다리를 서서히 굽혔다 펴보니 움직여졌다. 이렇게 침묵이 흐르는데 또다시

"따다당!"

하고, 총소리가 났다. 나중에 안 일이지만 이 총성은 김 일병이 총구를 자신의 가슴에 대고 자동 연발로 쏜 총소리였다. 그래서, 김 일병이 바로 쓰러져 신음소리를 내고 있었는데 상황을 모르는 자신은 김 일병이 콧노래를 부르는 것으로 착각했다. 날이 어두워진 캄캄한 밤이라 어느 누구도 그 상황을 인지하지 못한 채 적막의 시간이 흘러갔다.

그는 죽을 것 같은 고통과 두려움으로 시달렸다. 시간이 흐르면 계속되는 출혈로 정신이 혼미해지다가 그대로 죽을 수 있겠다는 무서운 생각이 들었다. 김 일병이 총을 들고 있지만 어떻게든지 이 현장을 빨리 벗어나야겠다는 생각이 들었다. 또, 자신의 움직임이 제대로 보이지 않을 만큼 캄캄해졌기 때문에 벌떡 일어나 뛰어나왔다. 이때 소대원들이 달려와 자신을 업고 의무실로 달려갔다. 의식이 혼미한 상태였지만 뒤에 따라오던 소대원이 이렇게 소리 지르는 걸 들었다.

"이 상병님! 소대장님의 등으로 창자가 나왔는데 집어넣을까요?"

"안 돼! 더러운 손으로 창자를 만지면 안 돼. 그대로 가!" 하고 누군가 이렇게 소리 질렀다.

의무실에 들어가 군의관으로부터 응급 처치를 받고, 다른 병사가 상급 부대에 연락해 헬기를 요청했다. 그런데 비바람 때문에 헬기가 뜨지 못한다는 것이다. 시간이 급한데 헬기가 올 수 없다니 군의관이 직접 자신을 구급차에 싣고 국군수도통합병원으로 달렸다. 이동 중에 혈압이 떨어진다는 군의관의 말소리를 아득하게 듣고는 의식을 잃었다.

국군병원에서 장시간 수술을 하고 의식을 회복했다. 천만 다행으로 목숨을 구했다. 정말 구사일생이었다. 그런데 생명은 구했지만, 등 뒤쪽에 넓게 확장된 총탄 출구의 근육 손상으로 30년이 지난 지금도 불편하다. 그는 군대에서 13년을 근무한 후, 그 충격과 몸의 불편으로 장기 복무를 포기하고 대위로 전역했다. 그리고, 경기도 중등 임용고사에 합격하여 이천 경남종고로 발령을 받았다. 그 후, 강원도로 내신하여 철원으로 발령을 받았고, 나중에 강릉으로 옮겨 고향의 교직에서 24년을 근무하고 2014년에 명예퇴직했다.

몇 년 전, 군대에서 입은 사고의 보상을 신청하는 기회가 있었다. 이미 오래된 일이었다. 또 그 당시 국군수도통합병원에서는 오래된 환자들의 기록을 제대로 보존해 놓지 않아 복무 중 사고로 입은 부상을 입증하기가 무척 어려웠다. 여러 경로를 거쳐 가까스로 입증 자료를 찾아내 이를 근거로 보상을 신청했다. 다행히 복무 중의 사고였기에 국가유공자로 인정받아 지금은 약간의 연금 혜택을 받고 있다.

또, 심사 기간 2년 간의 연금도 보상비로 받아 일부는 딸 결혼 비용에 쓰고 나머지는 모교에 장학금으로 기부했다. 당시 동기동창회의 총무를 맡게 되었는데 동기들과 모은 성금도 함께 모교에 장학금으로 기부했다. 또, 모교의 교화가 석류나무라서 집에서 기르던 두 나무 중 모양 좋은 석류나무 한 그루를 기증했다. 학교 옆을 지나가게 되면 그 나무를 살펴보게 된다. 퇴비를 뿌려주고 전정을 해주기도 했다. 또 학교의 정원이 마사토라 쉽게 물이 말라 나무가 시들 때도 있다. 그런 때에는 자신이 물을 직접 주거나 학교에 전화하여 물을 주도록 알려주었다.

3. 강릉의 명소 판광

다음날, 그는 아내의 건강 문제로 아침 식사 준비가 어렵다며 식당으로 가자고 했다. 아침만 먹고 떠나겠다니, 오늘 자신이 강릉 구경을 안내할 테니, 하루 더 자고 가라 권했다. 굳이 사양하면 정을 떼고 떠나려는 것 같아 그의 권유를 받아드렸다. 그는 승용차로 필자를 경포대와 대관령의 자연휴양림, 도둑재, 안반데기, 진고개, 선교상박물관에 안내하며 관광 가이드처럼 자세한 설명을 해주었다.

아침을 두부 요리 전문 식당에서 먹은 후, 그의 모교인 명륜고 옆 강릉향교에 갔다. 마침 해설사가 있어 강릉향교에 대한 설명을 들었다. 조선시대 국내의 향교로서는 가장 큰 규모였다 한다. 규모가 그렇게 컸다는 것은 그만큼 학생이 많았고, 강릉 지방의 학구열이 높았음을 짐작할 수 있다. 본채는 정면 5칸, 측면 4칸의 맞배지붕으로 단아하여 멋이 있는 기와집으로서 보물 214호다.

경포대로 갔다. 경포대 마루는 다섯 칸으로 되어 있다. 양 끝으로 한 칸씩 두 칸, 가운데 한 칸, 그 아래 넓은 곳에 객석 한 칸, 그리고, 악사(樂士)들이 앉는 작은 한 칸, 모두 5칸이다. 경포대 안쪽 처마 밑에는 유명 문인이나 옛 관리들이 써 놓은 시와 명문들이 걸려있다. 유서 깊은 명소요, 풍류를 즐기던 사람들의 흔적이다.

경포호의 아름다움을 말할 때 경포호에는 다섯 개의 달이 뜬다고 한다. 하늘, 호수, 바다, 술잔, 임의 눈동자이다. 경포호는 물이 깊지 않아 사람이 죽는 일도 없고 주변이 높지 않아 시야도 넓다. 오리와 물새들이 날아와 평화롭다. 또 호수 안에는 섬처럼 작은 동산이 있는데 거기에 월파정이라는 정자가 있어 더 운치가 있다. 그 정자는 호수 안에 있기 때문에 사람들이 접근하지 못한다. 그래서 새들의 휴식처이며 안식처다. 그러나, 정자의 지붕에는 새들의 똥이 많이 떨어져 지붕 위가 하얗다.

왜가리도 보였다. 왜가리는 물가에서 가만히 정지해 있다가 먹잇감인 물고기가 가까이 오면 단숨에 낚아채어 잡아먹는 엉큼한 재주꾼이다. 움직이지 않아야 물고기가 다가온다. 물고기도 자기 보호를 위해 등의 빛깔을 물빛으로 진화했다. 그러나, 왜가리의 눈은 속이지 못한다.

강릉 경포대

과거에는 경포대가 전국에서 가장 대표적인 관광 명소였다. 동해바다와 경포호가 잘 보였기 때문이다. 그런데 지금은 동해바다 쪽을 스카이베이호텔과 상가 건물들이 들어서 해변이 상당히 가려져 있다. 또 옛날엔 경포호가 지금보다 2배 이상으로 넓었는데 주변이 매립되어 절반 이하로 줄었다. 경포호는 산에서 흘러내리는 물줄기가 없다. 그래서 날이 가물거나 수온이 상승하면 물고기가 떼죽음을 당하기도 한다. 경포호 주변에 여러 길을 내고 조경을 아름답게 조성하여 산뜻하게 만들어 놓았다. 그런데 정돈된 느낌은 있지만, 인위적이어서 자연스러운 맛은 덜했다.

언젠가 그는 여기에서 시각장애인 부부가 경포호 주변을 산책하는 걸 보았다. 그들이 어떻게 가나 유심히 보니, 남자는 지팡이로 옆의 경계석을 확인하며 장애물이 있는지 확인하여 방향을 잡고, 아내는 지팡이를 좌우로 흔들어 안전하게 걷더라는 것이다. 앞을 못 보는데 어떻게 산책할까, 아니, 산책할 의미가 있을지 의아스러웠다. 그래서 "앞을 보지 못하는데 산책이 무슨 의미가 있을까요?" 하고 물었다. 눈으로 보지 못하는 대신 다른 일부 감각은 비상하게 발달하게 된다. 그래서 자연과의 교감이 가능하다. 조물주는 하나를 덜 주면 다른 하나를 더 주어 보완해 주는 것 같다는 것이다.

헬렌켈러의 자서전 '내가 사는 세계'를 보면, 영국과 유럽의 명소를 여행하며 자연을 체감했다는 글이 나온다. 또, 여러 가지를 발견하는 즐거움을 적어 놓은 내용을 보았다. 시력이 없다고 자연을 느끼지 못하는 건 아닌가 보다. 자연경관을 직접 눈으로 보는 건 아니지만 감각적으로 깨닫고 헬렌켈러가 경탄한 것이다. 그가 쓴 글에 마치 경관을 눈으로 보는 것과 같이 묘사해 놓은 장면들이 있어 놀랐다.

강릉 경포호

다음으로는 대관령의 자연휴양림 도둑재로 갔다. 키가 큰 육송의 숲이었다. 소나무 모양은 운치도 있지만, 하늘로 쭉쭉 뻗어 해를 가려 그늘진 공간이 아늑하다. 그 숲길을 걸으며 대화를 나누었다. 산길 옆, 소나무 그늘 아래에서 잠시 쉬었다. 그가 가져온 초콜릿과 음료수를 먹으며 잠시 쉬었다. 숲이 아름답고 공기가 맑아 상쾌했다. 강릉과 강원도의 동해안에는 키 큰 소나무 숲이 많아 아름다운 곳이 많다.

그는 퇴직 후, 언론인 '이규태 코너' 칼럼에서 책으로 발간되지 않은 내용 대부분을 구해 중요 내용을 정리하고 있다. 내용이 정리되면 책으로 발간할 계획이다. 또, 한자 공부를 하여 자신은 1급 자격을 취득했고 아내는 2급 자격을 취득했다. 아내도 학구적이어서 독학으로 수학을 공부하여 고등학교 다니는 딸을 가르쳤다. 내외가 모두 진지하게 세상을 산 것이다.

다음으로는 해발 1,100m의 안반데기로 갔다. '안반데기'란 처음으로 듣는 생소한 이름인데 그 뜻을 알아보니 떡메로 쌀을 치는 안반에, '데기'는 큰 그릇의 '대기'에서 온 말이라고 하는데 그 두 개의 말이 합쳐진 합성어라 했다. 지대가 높아 고랭지 채소를 주로 심는데 이곳의 배추가 맛이 좋기로 유명하다. 지대가 높고 경사가 심하다. 옛날에는 소를 이용하여 농사를 지었는데 지금은 길을 잘 만들어 트럭이 정상 가까이 올라올 수 있어 농사가 한결 수월해졌다.

그 밭과 산 위에 풍력발전기가 우람하게 솟아있는 동산에 올라갔다. 발전기의 날개가 거센 바람으로 돌아가느라 "윙윙" 소리가 났다. 무서울 정도였다. 바람으로 날개가 돌아가는 소리인지 팔랑개비 날개가 바람을 막는 소리인지 모르겠다. 날개의 길이는 50m 이상이라는데 날개가 한 바퀴 도는 데 걸리는 시간은 약 7~8초였다. 어림잡아 계산해 보니 1초에 약 45m쯤 달리는 셈이다. 상당히 빨리 도는 건데도 날개가 길어 천천히 도는 것 같다. 높이 떠가는 비행기가 아주 천천히 움직이는 것처럼 보이는 것과 같은 이치일 것이다.

멀리 동해가 보였다. 밭으로 오르내리며 펼쳐진 풍광이 이색적이어서 마치 외국에 온 것 같다. 여행의 묘미는 이렇게 색다른 경치를 볼 때 놀라운 감동을 만난다. 그래서 이 비탈밭에 많은 관광객이 몰려온다. 동산을 내려와 건너편 더 높은 동산으로 올라갔다. 오르는 고갯마루에 카페가 있다. 관광객들이 잠시 쉬어가는 휴식처다. 이렇게 한적한 곳에서 잠시 앉아 차 한 잔 마시며 대화를 나누는 것도 운치가 있겠다. 5년 뒤에 이 안반데기에 오르니 고랭지 밭으로 오르는 길들을 시멘트로 잘 포장해 놓았다. 고개의 한쪽에는 그림을 그린 안내판이 세워져 있다. 두 명의 청년이 자전거를 타고 올라오더니 경사가 가파른 북쪽으로 정상을 행해 올라갔다. 그 용기와 파워가 부러웠다.

5년 전에 왔을 때, 그 동산 위에서 대여섯 명의 인부가 밭에 물을 주고 있었다. 물탱크를 실은 트럭에서는 모터를 돌려 호스에 물을 공급했다. 두 사람은 고무호스를 붙들고 앞의 두 사람을 따라가고 두 사람은 물 호스를 잡고 밭에 물을 주고 있다. 일하는 사람들은 동남아 사람들이었다. 밭 아래에서 주인인 듯한 사람이 물 주는 것을 멈추라고, "물 그만! 그만 줘!" 하고 외쳤지만 일하는 사람들은 그 말을 알아듣지 못하고 계속 물을 주었다. 주인은 거듭 "스톱, 스톱" 하며 팔을 들어 X 표시를 해도 일하는 사람들은 그 뜻을 알아채지 못했다.

정상으로 올라가니 '멍에전망대'가 나왔다. 사방이 잘 보였다. 산에 오르는 즐거움은 정상에 서서 멀리 조망하는 데에 있다. 언덕의 정상에 있는 정자를 전망대라 한 것 같다. 거기에 초로(初老)의 노인 예닐곱 명이 앉아 술을 마시며 노래를 불렀다. 밭에 자갈이 많아 농사짓기 힘들겠다 싶은

데 자갈이 있어야 농사를 지을 수 있단다. 제주도에서도 자
갈이 없으면 토양이 물에 쓸려나가 농사를 지을 수 없다니
아이러니하다. 안반데기에서 내려와 차를 타고 진고개로 향
했다. 스페인 산티아고 가는 길옆, 밭에도 큰 자갈들이 많았
는데 그들은 기계로 아무렇지도 않게 농사를 짓고 있었다.
필자가 가꾸는 밭에도 돌이 많아 주워내는데 무척 힘들었는
데, 오래된 스페인의 밭에도 큼직한 자갈들을 그대로 두고
농사를 지었다.

안반데기의 산과 밭

소나무가 울창한 진고개, 공기가 맑아 상쾌했다. 길고 긴
그 고개를 넘어 선교장으로 갔다. 옛날에 사용하던 여러 가
지 가구와 물품을 전시해놓은 선교장 박물관(구 강원도 학
생교육원)이다. 선교장은 조선시대의 대표적인 상류 주택으
로서 국가민속문화재로 지정된 옛 건물이다. 1703년에 지어

졌다는데 그 원형이 잘 보존돼 20세기 한국 최고의 전통가옥으로 선정되기도 한 곳인데 입장하지 못해 아쉬웠다.

선교장에 도착한 건 6시 10분. 선교장 박물관의 출입문이 굳게 닫혀 있다. 개방 시간이 지나 안으로 들어가지 못하여 입구에 있는 정원에서 잠시 쉬었다. 소나무밭이 있는 곳의 벤치에서 잠시 앉아있다가 나왔다. (5년 뒤에 선교장에 가보았다. 한국의 전통적인 와가와 초가집이 하나의 마을처럼 배치되어 있고, 조그만 못과 정자가 있어 운치를 더 했다.)

선교장에서 강릉 중앙시장으로 갔다. 시장에서 그의 부인을 만났다. 부인은 살아있는 오징어를 샀다. 일부는 회를 뜨고 나머지는 찜으로 저녁상에 올려놓았다.

저녁상에 오른 오징어가 싱싱하여 회나 찜, 모두 맛이 좋았다. 거북스럽게 여겼던 오징어의 먹물과 내장도 신선한 상태에서 찜으로 먹으니 고소했다. 역시 현지인들이 맛있게 먹는 방법을 잘 알고 있었다. 오늘 그의 안내로 강릉의 명소 몇 군데를 편하게 관람했고, 해박한 그의 해설로 지식도 얻게 되었다. 역시 아는 만큼 느끼게 된다.

다음 날 아침, 부인이 감자전을 해주어 아침을 잘 먹고, 아쉬운 작별 인사를 드렸다. 제주도에서 잠시 만난 인연을 빌미로 찾아온 과객(過客)에게 박 선생님 내외가 과분한 대접을 해준 것이다. 그는 집에서 1km가량이나 걸어 나와 자전거로 가기 좋은 길을 알려주고 손을 흔들어 배웅해주었다. 빚지고 가는 마음 무거운데 그는 떠나가는 필자의 뒷모습을 지켜보고 있었다.

윤춘영 가죽공예가

가죽 공예의 예술가, 강진의 명인

윤춘영 공예가와 그의 작품 제작실

　강진군청에 가서 강진의 예술인 중 자아실현을 이룬 분을 문의했더니 윤춘영 가죽 공예가를 추천해주었다. 윤 공예가는 가죽공예의 작품을 만들어 응모, 전통생활공예품전 우수상, 한국 아카데미 공예부문 대상, 한양페스티벌에서 가죽공예로 최우수상을 수상하였다. 10회 이상의 개인전을 개최하였고, 강진군에서 가죽공예의 명인으로 인정받아 가죽공예 작품의 심사위원으로 활동하였고, 전국에 가죽공예의 강의도 다닌다.

　가정주부로 평범하게 살다가 중년의 고개를 넘어 자신의 미적 재능을 발견하고 가죽공예를 배워, 공방을 운영하고 있다. 그는 가죽에 칼라를 도입하고 문양을 새겨놓는 등, 실험적인 기법을 적용하여 자신만의 공예품을 창조했다. 한국가죽공예협회 전남지부장으로 활동하고 있는데 전통문화 계승발전과 전통산업 대중화에 힘쓰고 있다.

　이제는 자신도 시를 창작하여 가죽 작품에 새겨놓는다. 배움이란 시기가 늦었다는 일은 없다. 사는 날까지 배우고 재능을 계발하는 것은 자신의 가치를 스스로 업그레이드시켜 영광스러운 삶을 창조하는 일이다.

1. 윤춘영 가죽 공예가를 찾아가다

자전거로 남해안을 횡단하기 위해 광주에서 목포를 경유하여 부산으로 가던 중, 2018년 5월에 강진을 지나가게 되었다, 강진군청에 들렀더니 민원 안내자가 있어, 강진에서 자기 세계를 꾸준하게 추구하는 예술인을 취재하고 싶다니 윤춘영 가죽공예가를 소개해 주었다.

윤 공예가에게 전화하여 뵙고 싶다고 전화했더니 갑작스런 전화를 받았기 때문인지 인터뷰 요청에 망설였다. 인터넷에서 필자의 이름을 검색해 보면 마음이 놓일 거라고 문자로 알려드리고 전화를 끊었다가 나중에 다시 전화하여 통화할 수 있었다.

지금 필자가 강진에 여행을 와 있으니 오늘 이 시간 이후, 또는 내일 오전 중에 찾아뵙고 싶다고 했더니 저녁 8시에 가능하다 하여 강진의료원 옆 커피숍에서 뵙기로 했다. 시간에 여유가 있어 자전거를 타고 강진만을 향해 나갔다. 강진읍을 벗어나 탐진강 하류로 내려오니 자전거길이 잘 만들어져 있고, 갯벌과 바다의 경치가 아름다워 가우도까지 다녀오면 좋겠는데 윤 공예가와의 약속 시간 때문에 도중에 되돌아왔다.

약속 장소로 서둘러 갔더니 정확히 8시인데 커피숍이 문을 열지 않았다. 그에게 전화하려고 휴대폰을 보니, "오늘 손님이 오시어 내일 오전에 만납시다."라는 문자가 와 있다. 문자가 1시간 전에 왔는데 문자를 보지 못해 헛걸음을 한 것이다. 내일 아침에 찾아뵙겠다고 회답을 보냈다.

　다음날. 그의 작업실이 있는 남포마을로 아침 9시에 출발했다. 네비를 보고 갔는데도 찾지 못하고 지나쳤다. 되돌아가니 남포1리 마을회관이라는 작은 글씨가 보여 전화하고 기다렸다.

윤춘영 공예가의 작업실(2018년 5월)

　10분쯤 기다리니 그가 왔다. 50대로 보이는 아담한 여성이었다. 그분을 따라 마을회관 2층으로 올라가 작업실에 들어가니 의외로 넓은 방이었다. 작업대와 가죽 제품, 작업 도구와 그릇, 염료와 붓 등이 정돈되어 있고, 진열장에 예쁜 가죽 가방이 진열되어 있어 연구실이나 전시관 같은 분위기였다.

　자리에 앉아 인사를 드리고 가죽공예를 하게 된 동기를

여쭈었다. 그는 아버지의 혈통을 이어받은 것 같다며 선친에 대해 말했다. 아버지는 해남에서 출생, 미술교사였는데에도 그 지역에서 가장 기타를 잘 치는 분이었다. 아버지는 마을 사람들에게 기타 연주도 가르쳐 주었다. 노래를 한 번만 들어도 연주할 정도로 음감이 발달된 분이었다. 솜씨가 좋아서 아버지 손이 가면 모든 게 아름답게 바뀌기 때문에 손 놓고 쉴 틈이 없었다.

2. 늦게 발견한 재능, 대기만성인가

그는 형제자매가 8남매나 되어 재능을 살릴 기회를 갖지 못하고 나이가 들어서야 자신의 재능을 계발할 수 있었다. 어느 날 동창회에 나가려니 들고 갈 마땅한 가방이 없었다. 집에 있는 모시옷을 뜯어 가방으로 만들어 보았다. 잠도 제대로 자지 못하고 이삼일을 꼬박 만들어 동창회에 들고 갔다. 친구들이 그 가방을 어디서 났느냐고 물었다. 내가 만든 거라니 참 예쁘다고 칭찬했다. 그중에 미대를 나온 친구의 말이 특별했다.

"야! 그 가방 기발하다. 대통령상 깜이다. 너 공예를 해 봐라."
학교 다닐 때 그림을 그려 놓으니, 선생님께서 "예술에는 100점이 없지만, 이 교실에서 100점 넘게 주고 싶은 학생이 있다. 그 학생이 바로 춘영이다."라고 칭찬해 주신 적이 있다. 학교 다닐 때 미술 대회에 나가 여러 번 상을 받았다.
그러나, 결혼한 후, 아이들을 기르느라 정신이 없었는데,

아이들이 어느 정도 자라니 생활에 여유가 생겨 자신의 재능을 살릴 공부를 하고 싶었다. 그래서 돈이 생기면 가죽공예 기술을 배우러 다녔다. 20년 전에는 가죽공예의 전문가가 그리 많지 않았다. 그래서 광주 들안나체공방의 최명순 선생님과 한양대 평생교육원에서 2년을 수학하고 홍익대 교육원에서도 배웠다.

가죽공예를 하게 된 동기를 물었더니 다음과 같이 답했다. 어느 집에 갔다가 가죽 카페트가 깔려있는 것을 보았는데 매우 아름다웠다. 나도 그렇게 만들고 싶고, 또 잘 만들 수 있겠다는 생각이 들었다. 당시에 이종사촌 동생이 운영하는 공방에서 가죽으로 만든 제품을 보고 더욱 가죽의 매력에 빠졌다. 가죽은 문지르면 빛이 나고 쓰면 쓸수록 부드러워지는 소재다. 겨울엔 덜 차갑고 여름에는 끕끕하지 않고, 오래 쓰더라도 윤기가 나서 좋다. 그래서 가죽에 매력을 느끼고 가죽공예를 시작했다. 가죽으로 정성껏 가방을 만들어 선물하면 받은 이가 대만족을 했다.

그렇게 가죽공예의 공부를 하며 각종 대회에 응모, 여러 차례 수상했다. 그중에 대표적인 상으로는 2005년 전통생활공예품전에서 우수상, 2012년 한국 아카데미 미술 대전에서 공예부문 대상, 2016년 한양페스티벌에서 최우수상을 받았다. 그동안 개인 전시회도 여러 차례 했고, 여러 번 수상하자 전문가로 인정받게 되었다. 그리하여 가죽공예 작품의 심사위원도 했고 여러 곳에 초청받아 강사로 나가기도 한다. 한국가죽공예협회 전남지부장을 역임했다. 자신이 지금의 위치에 이르게 된 것은 내 가슴에, 내 피에 흐르는 예술적 갈망이 원동력이 된 것 같다고 했다.

시선을 국내에서 세계로 돌려보려고 적금을 깨서 프랑스에 갔다. 루비이똥 본점에도 가보았다. 점주를 간절하게 보고 싶어하는 그의 소망을 아는 일행이 주선해 점주도 만날 수 있었다. 그 본점의 바닥에 설립자와 3~4대 이전의 설립자까지 이름이 새겨져 있다. 나와 딸이 대를 이어 그런 경지에 이르고 싶다. 딸이 미술을 전공했는데 어미가 하는 일에 대해 자부심을 가지고 있다. 그래서 언젠가는 자신의 가죽공예를 계승할 수도 있을 거로 기대하고 있다. 나를 보고 배운 건지 유전 영향인지 모르지만 그 딸도 중학교 3학년 때, 소풍 가기 전 날, 밤늦도록 가방을 만들어 자랑스럽게 가지고 갔다. 세계적인 메이커 루비이똥이 대를 이어가듯 딸이 그랬으면 좋겠다.

파리에 가면 아름다운 여자들만 있을 거라고 예상했는데 그렇지 않았다. 그때 한국적 디자인과 색상으로 옷을 손수 만들어 입고 갔다. 주위 사람들에게 아름답다는 호평을 받았다. 분위기 좋은 세느강가, 이 좋은 자리에서 누군가가 노래를 부르면 좋겠다 싶었다. 노래를 불러주면 자신이 제작한 가죽 가방을 주겠다고 상품으로 내걸었다. 그런데 아무도 나오지 않았다. 그래서 자신이 "사공의 뱃노래 가물거리면 ~ "하고 '목포의 눈물'을 불렀다. 외국인들이 몰려와 구경하더니 "원더풀" 하고 박수를 쳐주었다. 여행을 마치고 일행들과 작별할 때, 이번 여행에서 내가 분위기를 살려주었다며 몇 사람이 즐거웠다는 인사를 했다.

3. 가죽 공예가로서의 꿈

남포마을로 와서 젊음의 대부분을 보낸 게 아쉬울 때가
있었다. 그런데 어느 날 교직에 있는 오빠가 강진만 바닷가
를 보고는 이렇게 말했다.

"너는 부자다. 이 멋진 갈대밭과 바다가 다 네 거구나!"

그 말을 듣고 생각을 바꾸는 계기가 되었다. 그때부터 보
이는 건 모두가 내 거였다. 아침에 해만 맑게 떠도 기분이
좋았다. 감사하는 마음으로 살게 돼 기쁘다. 오빠의 말이 터
닝 포인트의 계기가 되었는지 모르지만 아마도 타고난 감성
이 이 강진만의 아름다움을 발견할 수 있도록 만든 것 같
다. 아버지께서 생전에 집 주변에 꽃을 심고 꽃의 명찰을
달았다. 아버지의 영향일 수도 있고, 타고난 감성 때문일 수
도 있지만, 자신도 국화를 길러 학교와 여러 기관에 꽃을
보내기도 했다.

그렇게 말하는 표정이나 말씨가 꿈 많은 10대 소녀 같았
다. 그런 감성 때문인지 가죽공예를 하면서 시도 썼다. 문예
지에 발표한 시를 보여주었다. 그에게 꿈과 소망을 묻자, 이
렇게 대답했다.

"글쓰기 좋은 바닷가의 집을 갖고 싶다는 헤세의 글을 본
적이 있습니다. 뜰이 넓은 2층 집에 살고 싶어요. 1층은 작
품 전시장으로, 2층은 작업실과 차를 마시는 공간으로 쓰고
싶습니다. 제가 지금 피카소가 도자기를 접할 때의 나이가
된 것 같습니다."

늦은 나이에도 자신의 소질과 재능을 계발하여 가죽공예

가로 변신한 그가 놀랍다. 아직도 공부할 게 많은 학생처럼 여전히 학구적이다. 이제 가죽으로 아름다운 작품을 만드는 꿈을 가진 그와 인터뷰를 마치고 작별하고자 자리에서 일어나 인사를 하려는데 자신의 친구랑 점심을 같이하자고 했다. 친구를 한 명 불러서 셋이 동행했다. 윤 공예가의 차에 필자의 자전거를 싣고, 장흥의 한정식 식당으로 갔다.

그리고 송백정 배롱나무 군락지와 고영완 가옥도 안내해 주었다. 오래된 배롱나무, 아직 꽃은 피지 않았지만 저수지 둘레로 우람하게 자라 줄지어 선 나무들이 운치가 있다. 장흥 토요 상설시장 앞으로 흐르는 개천을 건너 잠시 걸으며 대화를 나누고 작별 인사를 했다. 뜻하지 않은 식사의 제공도 고마운데 자신이 디자인해서 제작한 가죽 제품, 빛깔이 고상한 공책 표지 하나를 선물로 주었다. 선물이란 기억을 위한 보물이다.

홍가시나무꽃을 보는 윤춘영 공예가(2018.5.22.)

우체국을 찾아가 윤 공예가가 준 선물, 가죽으로 만든 공예품을 포장하여 우리 집으로 부쳤다. 며칠 동안 자전거를 타고 부산까지 갈 예정이어서 싣고 다니기가 어렵고 잘못하면 귀한 선물을 잊어버릴 수도 있기 때문이다.

자전거를 타고 보성군 안양면 지방도로를 달리는데 가로수가 특이하게도 종려나무다. 약 2km나 줄지어 서 있다. 아열대 식물인 종려나무가 자랄 수 있는 따뜻한 남쪽나라다. 수문리해수욕장을 지나 율포에 다다르니 빗방울이 떨어졌다. 율포해수욕장에 텐트를 치고 야영하려 했는데 비가 내려 민박집으로 들어갔다.

민박집 주인이 주는 저녁을 얻어먹으며 인사를 하게 되었다. 저는 글을 쓰는 사람이라니 수문리의 시비 공원에 승용차로 태우고 가 구경을 시켜주었다. 바닷가에 여러 개의 돌에 시를 새겨 놓았다. 한적한 바닷가에 듬직한 돌, 거기에 시를 새겨 생명을 불어넣었다.

오늘 인터뷰를 한 윤춘영 공예작가도 시를 썼다. 2015년 『문학춘추』에 시를 발표하며 등단했다. 인생은 짧지만 예술은 길다. 중년의 나이에도 자신의 재능을 찾아 계발하여 강진의 명인으로 변신한 공예가, 그 용기와 노력이 존경스럽다. 타고난 심성인지, 예술 활동으로 가꾸어진 품위인지, 표정과 말씨가 아직도 꿈 많은 소녀다. 시간이 흘러 얼굴에 주름이 지더라도 꿈을 실현해 나가는 윤춘영 작가의 이미지는 오랫동안 소녀로 머물러 있을 것 같다.

진영근 전각가

특이한 이력의 전각예술가

자신의 도록에 사인하는 공재 진영근 전각가(2021. 7. 17.)

공재는 채근담의 내용에 나오는 한자 12,611자를 돌에 완각하느라 10년을 바쳤다. 그 후유증으로 원형탈모증에 의해 머리가 다 빠졌다. 그렇게 치열한 집념으로 글자를 새겨 전각가로 변신하게 되었다.

1987년 경인미술대전에서 최우수상, 1991년 대한민국서예대전에서 우수상(전각부문 최고상), 중국의 서령인사 전각평전에서 한국인 최초로 우수장, 2021년 세계서예전북비엔날레에서 그랑프리상을 수상했다. 1995년부터 그 동안 20회 이상의 개인전을 개최했고 독일 프랑크푸르트의 초대전에도 참가한 전문적인 전각 예술가다.

30년 전인 30대 때에 대한민국서예대전과 동아미술제의 심사를 맡기도 했고, 대학에서 강의도 했다. 특히 한글폰트 6체 24종을 개발하였다. 경북도청 신청사 1층 로비에는 그의 대형 작품, 돌판새김이 설치되어 있다.

I. 진영근 전각가를 찾아서

돌, 칼, 필(筆), 묵(墨)으로 심각(心刻)26)하며 사는 전각가(篆刻家) 공재 진영근. 그를 찾아간 것은 2021년 7월, 군포복합화물터미널 건물에 있는 그의 작업실이었다. 기다란 10평 남짓의 방을 작업실, 티 테이블, 작품 보관실 등의 3칸으로 나누어 사용하고 있었다. 양 벽면에는 액자에 담긴 글씨, 그림과 각인 등이 게시되어 있어 전각과 서예의 장인이요 전각예술가로 살아가는 삶을 한눈에 볼 수 있었다. (그는 2023년 2월, 군포복합화물터미널 건물에 있는 작업실을 정리하여 서울 인사동의 '진공재갤러리'에 합쳤다.)

공재는 중학교를 졸업했으나 어머니를 여의고 생활이 어려워 고등학교에 진학할 수 없었다. 그래서 16세에, 집안의 유일한 재산인 자전거를 팔아 여비를 마련하여 상경했다, 시골에서 사는 일이 힘들고 미래가 막막하여 활로가 필요했기 때문이다. 그런데 서울에 올라왔지만 마땅한 일자리가 없었다. 나이가 어리고 배운 것도 없어 사회의 가장 밑바닥 일부터 시작했다. 자격증 하나 없는 어린 나이에 안 해본 일이 없다고 할 정도로 여러 가지 일을 닥치는 대로 했다. 기술도 없어 막일로 생업을 해결해야 했다. 그러니, 마음에 드는 일을 선택할 수가 없었다.

다만 손재주를 타고났는지 초중학교 때에 그림이나 만들기에 재능이 있어 미술대회에서 여러 번 수상한 적이 있다. 그래서 도장 새기는 일을 할 수 있었다. 안양에서 목도장

---

26) 마음에 새김

새기는 일로 생계를 해결했다. 도장을 새기다 보니 한자(漢字)를 알아야 하기 때문에 한문 공부를 시작했다. 채근담의 내용에 나오는 한자 12,611자를 돌에 완각하는 데 10년이 걸렸다. 그 작업에 몰두하다 보니 머리에 원형탈모증이 생기고 완전 백발이 되었다. 1년 후에는 머리가 모두 빠지더니 다시 검은 머리가 났다. 한창 왕성하게 일할 나이인 41세 때다. 그 작업에 몰두하느라 기진맥진한 상태였다. 명장(名匠)이 되려 하거나 어느 분야의 전문가가 되기 위해서는 적어도 한 가지 일에 10년은 몰두해야 한다는 말이 맞다.

그렇게 익힌 전각 기술로 작품을 만들어 2018년에 ≪木石生花≫의 전시회인 '진공재 육갑떨기'를 개최했다. 부제(副題)는 "미치광이 미친 짓"으로 했다. 전시회를 할 때 만든 그 도록(圖錄)을 필자에게 선물로 주었다. 그 책에는 붓글씨로 쓴 시, 한자성어, 반야심경, 장서인, 실용 인장, 로고글씨, 책 표지 디자인 등 다양한 작품을 수록했다.

그는 도장을 예술적 차원으로 높이고자 문자미(文字美)를 탐구했다. 전각이란 마음을 새기는 것으로 여기어 심각예술(心刻藝術)이라고 했다. 그는 대화 중에 한문 지식을 바탕으로 한자(漢字)를 가지고 한자 성어를 적절하게 구사했다. 역시 예술의 세계에서는 학력이 그다지 중요하지 않다. 가방끈의 길고 짧음도 별 의미가 없다. 공재의 어휘 구사력과 사고의 깊이를 보면 자신의 노력 여하에 따라 얼마든지 지식이나 지혜의 깊이가 달라질 수 있기 때문이다.

대화 중에 조용필의 노래, '킬리만자로의 표범'의 가사와 대사를 암송하거나 일부분은 노래를 불렀다. 강약과 완급을 조절하면서 감정을 이입하여 아주 진지하게 대사를 낭송했다. 또 춘원 이광수의 시, '입산하는 벗을 보내고서'도 암송했다. 그는 좋은 시, 좋은 글 등, 마음에 와닿는 글을 보면 글씨와 전각으로 작품을 만들었다.

정 양 시인의 시, '토막말'에 있는 화룡점정의 시구(詩句)인 "정순아보고자퍼서죽껐다씨펄"도 서예 작품으로 만들어 놓았다. 그가 게시해 놓은 작품 중에 '이게 나라냐'라는 시 구절을 새겨놓은 서각 작품도 있다. 그 시는 정 양 시인의 시에 나오는 시의 한 제목이다. 세월호 사건에 대해 규탄한 시인데 어느 정치인이 정치적 슬로건으로 쓰면서 널리 퍼졌다. 정 양 시인은 필자의 중학교 때 은사님이어서 근래 몇 번 찾아뵙기도 했고 소식을 나누며 지내는 터라 공재가 써 놓은 '토막말' 시구가 반가웠다.

공재는 식당에 석식(夕食)을 예약해 놓았다며 자리를 옮기자고 하였다. 공재의 차를 타고 산본 중심상가의 식당, '별주막'으로 갔다. 조기찜과 막걸리, 소주를 마시며 2시간 가량 대담을 하였는데, 필자와 비슷한 취향이 몇 가지 발견되어 반가웠다. 조용필의 노래를 좋아하는 점, 마음에 드는 시가 있으면 암송하는 일, 말하다가 대화에 어울리는 대목의 가사가 생각나면 노래를 부르며 말하는 점이 그렇다. 또, 식당에서 일하는 사람을 부르지 않고 직접 가서 음식이나 물을 가져왔다. 필자도 종업원이 옆에 오면 대화가 끊기게 되기 때문에, 종업원이 테이블에 와서 고기를 잘라주는 일조차 거의 사양한다. 필자와 성향이 비슷한 점들이 반가워, 허심탄회하게 대화를 나눌 수 있었다.

2. 공재의 성장기와 작품 제작의 열정

공재는 어린 나이인 14세에 모친을 여의었다. 그래서 고등학교에 진학하지 못하고 서울로 '출향했다.'고 말했다. 타고 다니던 자전거를 팔아 교통비를 마련, 상경할 수 있었다. 먹고 살기 위해 안 해본 일이 없다고 할 정도로 여러 가지의 일을 하며 성장기를 보냈다. 그러다, 자신의 손재주를 살려 도장 파는 일로 본격적인 생업을 시작했다. 그 새김질을 하다가 전각 예술을 알게 되었다. 그러나, 작품 제작에만 몰두하여 돈 버는 일을 제대로 하지 못해 몇 년 전에야 자신의 집을 마련했다.

공재의 작업실

그렇게 어려웠던 과거를 토로하면서, '빈센트 반 고흐'27)와 중국의 제백석(치바이스)28)에 대해 언급하였다. 생전에 그림 한 편 제대로 팔아본 적이 없어 곤궁하게 살았던 고흐의 예를 들었다. 그러나, 고흐와 제백석은 사후에 작품 1점이 몇 백 억으로 매매되었다. 제백석이 1957년에 작고했고, 자신이 1958년에 태어났으니 그와 인연이 있는 것 같기도 하다는 것이다.

공재는 독학 자습으로 공부했다. 1991년 대한민국서예대전에 응모하여 서예가 한면자, 석도륜 미술평론가의 심사로 전각 부문 최고상을 받았다. 그 계기로 석도륜 평론가와는 무려 20여 년이나 교분을 나누게 되었다. 석 평론가는 자신이 전각가로 살아갈 수 있도록 문을 열어주신 은문(恩門)29)이라 하였다. 그러나, 누구의 제자라는 이름을 얻게 되면 자기만의 세계를 구축하는 데에 불편할 수도 있어 전각 공부를 혼자서 익히려고 노력하였다. 다시 태어나도 지금 하고 있는 일을 하고 싶다며, "그동안의 삶이 아주 행복했다."고 회고했다. 전각으로 돌의 방촌(사방 3 cm 내외)에 삼라만상을 새길 수 있으니 전각의 오묘함이 엄청나다며, 앞으로도 계속 글씨나 그림을 새기며 살 거라고 했다. 밥을 먹고 살려면 새기는 일을 계속해야 한다는 것이다.

공재는 학교에서 미술을 배운 게 아니고, 어느 전각가로부터 사사받은 것도 아니다. 그렇게 독학으로 전각가가 된 저력은 어디에서 비롯되었을까? 그가 초·중학교 때 각종 미술대회에서 수상을 많이 한 것은 타고난 솜씨나 미술에

---

27) 네델란드 출생의 서양 미술사에서 위대한 화가
28) 중국의 현대 화가
29) 고려와 조선시대, 과거에 급제한 사람이 그의 시관을 이르는 말

재능이 있었기 때문일 것이다. 그러나, 그것만으로 어느 한 분야의 전문가나 권위자가 되기는 어렵다. 타고난 재능만으로 누구나 손흥민, 김연아, 조용필이 될 수는 없다. 재능을 갈고닦는, 연마 없이는 그런 경지에 이를 수 없다. 채근담에 나오는 글자 16,000여 자를 돌에 새기기 위해 건강도 돌보지 않고 미친 듯이 매달렸다는 전력투구의 10년이 그를 장인의 경지에 이르게 한 것으로 보아야 한다.

인사동 경인미술관에서 전시한 공재의 작품 도록(표지)과 공재의 서각 작품

지금의 공재는 전각의 전문가가 되었고 예술성도 인정받았지만, 부(富)와 영광, 또는 사회적 지위가 높아진 것은 아니다. 그럼에도 그는 자신의 평생의 업이 '전각가'라고 믿는다. 전각에 몰두하면서 행복을 느꼈고, 누군가에게 감사하는 마음으로 산다. 다시 태어나도 전각을 하고 싶다고 했다. 그렇게 그의 머리에는 예술혼이 펄펄 살아있다. 긴 가사의 '칼

리만자로의 표범'을 암송할 수 있도록 빠져들 수 있는 격정적 열정이 있고, 좋은 문구를 보면 감동하여 작품으로 만들고 싶은 의욕이 넘친다. 정말 열정이 가득한 예술가다. 어떻게 사는 것이 잘사는 것인가? 정답은 없다. 다만 '자기가 하고 싶은 일을 잘하고 사는 것이다.'라고 필자는 믿고 있다. 그렇다면 진공재도 잘 살고 있는 것이다.

그는 2022년 서울 인사동에 '진공재 갤러리'를 마련하여 그곳에서 작품을 제작하고 전시하고 있다. 2023년 2월에 군포복합화물터미널 건물에 있는 작업실을 정리하여 서울 인사동의 '진공재갤러리'에 합쳐 운영하고 있다. 미술인들의 아지트, 인사동으로 갔으니 그의 전문성이 더욱 발전하리라고 기대한다.

서울 인사동길 19-8에 있는 '진공재 갤러리'

현봉래 해녀

물질로 보낸 70년, 해녀의 노래

TV방송 '고두심이 좋아서'에 출연(2022년)한 월정리 해녀 현봉래 여사

15세에 물질을 배워 80세까지 바다에서 살았다는 85세의 해녀 현봉래 여사. 그는 지금도 물질하는 현역이다. 무려 65년이나 물질을 했으니 평생 해녀로 산 것이다. 현 여사가 대표적인 최고령의 현역 해녀인데 지금도 물질을 한다니 그 체력과 기량이 놀랍다.

필자는 현 여사님이 들려주는 '해녀 노래'를 들으며 녹음하였고, 그 노랫말을 채록해 놓았다. 3절이나 되는 긴 노래를 현 여사님은 3절까지 완송(完誦)했다.

제주의 이야기를 쓰려거든 제주의 4·3 사건과 제주의 해녀 이야기를 써야 한다고 제주 출신의 소설가가 충고하여, 2018년 4월에 제주 토박이 해녀인 현봉래 여사를 찾아가 '해녀 노래'를 채록하고 해녀로 활동한 이야기를 쓰게 되었다.

위 사진은 필자가 인터뷰한 4년 후, 2022년의 TV 방송, "고두심이 좋아서" 프로에 '월정리에서 해녀들을 만나다'에 출연한 방송에서 따온 것이다.

I. 제주의 토박이, 현봉래 해녀를 찾아서

현봉래 해녀를 찾아간 것은 2018년 4월 14일 오후였다. 그분은 제주의 김순란 시인의 동료였던 강갑순 간호사의 어머니다. 김 시인의 소개로 제주 월정리 현 여사 댁으로 찾아갔다. 4월 중순이었지만 흐리고 바람이 드센 날이어서 쌀쌀한 오후였다. 현 여사 댁에 도착하여 전화를 드렸더니 외출했다가 돌아오셨다. 인사를 드리고 방에 들어가 말씀을 여쭈니 다음과 같은 이야기를 들려주었다.

할머니, 어머니, 대대로 이어온 해녀여서 자신도 자연적으로 해녀가 되었다. 제주 해변에서 태어난 여자는 성장하면 대부분 해녀가 되었다. 선택의 여지가 없는 운명이었다. 초등학교 다닐 때 수영을 배웠고, 초등학교를 졸업하고 물질을 배우러 갔더니 젖을 더 먹고 오라고 했다. 그래서 15세 때에 물질을 배우고 18세부터 물질을 시작하여 거제도, 삼천포, 완도, 청산도, 묘도, 중도, 보길도, 소안도 등 여러 곳을 다녔다. 광목 속 것에 스펀지를 떠서 물적삼을 만들어 입고 보통 1년씩 타지에 가서 일했다. 그렇게 돈을 벌어 밭도 샀다. 밭일보다는 물질이 편하고 수입도 좋았다.

25~28세 때 진도에서 전성기를 보냈는데 진도와 조도에는 전복이 많아 하루에 30kg도 건져 올렸다. 소라를 많이 잡을 때는 하루에 100kg을 잡기도 했다. 바닷가 자갈밭에서 밥을 해 먹거나 잡은 고동을 밥과 바꾸어 먹기도 했다. 완도에서 8년을 살았다. 1960년대에는 일본에 밀항하여 물질

하는 해녀도 많았다.

28살 때 결혼하여 이 월정리에서 살다가 일본에 가서 3년 동안 물질하여 돈을 벌었다. 49세에 허리 디스크가 생겨 지금도 불편하다. 남편의 얼굴만 보고 결혼하였는데 남편이 지게도 지지 못하여 어려움이 많았다. 그리하여 7남매 가르치고 결혼시키느라 쉴 틈이 없었다. 남편은 23년 전인 62세 때에 문어 먹은 것이 잘못되었던지 갑작스레 세상을 떠났다. 다른 해녀들은 남편의 배를 타고 나가 70~80만 원을 벌 때 자신은 혼자였기에 50~60만 원을 벌었다. 남편 이야기를 하면서 잠시 눈시울을 적셨다. 제주도에서 아이들을 낳아 길렀는데 큰딸과 막내딸은 부산에서 살고, 넷째딸은 서울에 살고 있다.

아들은 오토바이 사고로 병원에서 1년이나 치료를 받았다. 그 아들이 병원에 입원했을 때, 치료를 제대로 하기 위해 일본까지 가서 일했지만, 치료비가 모자라 빚을 졌다. 얼마 후, 겨우 빚을 갚으니 남편이 세상을 떠났다. 그렇지만 열심히 일하여 돈을 모아 집도 사고 밭도 샀다. 그 뒤, 아들의 건강이 좋아져 결혼했고, 손자를 낳아 벌써 10살인데 자신이 손자를 보살펴주고 있다.

해녀 생활을 하는 동안 재미있는 일도 있었느냐고 여쭈었더니 이렇게 대답했다. 해녀 친구들 만나서 노래하고 춤추며 놀 때, 요왕맞이 축제할 때가 재미있었다. 음력 3월 6일인데, 이날의 행사를 진행하는 공무원들, 작가들도 참석하여 성대하게 치른다. 신참과 고참이 작업 경쟁할 때 사고가 나지 않도록 공력을 들이는데, 힘은 들지만 재미도 있다.

지금도 조합에 나가 일하면 수당을 준다. 전복 양식장이나 오분자기를 밤에 몰래 잡아가는 얌체가 있다. 또 통발로 문어를 잡기도 한다. 또 조합원들이 해삼 씨를 뿌려 놓는데 외지인들이 몰래 해삼을 잡아가는 경우가 있어 밤에는 감시한다. 조합에 가입한 사람만 잡을 수 있고, 조업권이 있어야 물질을 할 수 있다. 지금 월정리에 70명의 해녀가 있는데 젊은 여자들도 해녀를 하도록 나라에서 정책적으로 지원하며 권장하고 있다. 소라가 kg당 2,800원인데 수협에서 1,200원을 보조해준다. 한 달에 15일 정도 일하는데 90~100만 원을 받는다. 많이 받는 사람은 150만 원도 받는다. 근래 많이 번 날은 나흘 만에 50만 원을 받은 적도 있다. 보험도 들고 수협에 적금도 들었다.

월정리에 카페가 많이 생겼다. 몇 년 전부터 사람들이 몰려와 윈드 서핑하며 파도타기를 하고, 오토바이를 타고 다니고, 속옷 바람으로 돌아다니는 사람도 있는데 반갑지 않다. 땅값이 많이 올라 파는 사람이 있는데 팔고 나면 외지인이 들어온다. 이 근방 3층짜리 집은 대부분 외지인의 것인데 입주하지 않고 임대를 놓았다.

마을에 차를 많이 주차해 놓아 노인정에 놀러 가려 해도 주차하기가 어렵다. 카페와 식당이 너무 많으니 장사가 잘 안돼서 그만둔 사람도 있다. 쓰레기가 많이 나와 원주민이 치우게 되는데, 한 달에 20만 원을 받고 쓰레기를 줍는다. 그래서 원주민은 불만이 많고 외지인이 늘어나는 것이 반갑지 않다. 바다가 오염되어 문제다. 이곳에 광어 양식장이 세 곳 있는데 하수종말처리장을 확대하려 하고 있다. 바다에 소라의 먹이인 감태 씨를 뿌리는데 오염되면 소라가 제대로 크지 못한다.

다친 곳은 없으나 아픈 곳이 많고, 물질할 때는 머리가 아파 약을 먹지 않으면 일을 못 한다. 해녀들 대부분이 허리, 다리가 아파 고생한다. 제주 토박이 해녀로서 강인하게 살았지만 힘겨운 생애를 보낸 것 같다. 그래도 지금은 딸들이 옷과 용돈을 보내주고 사위들도 잘해 주어 살만하다. 이 마을의 해녀 반장일도 그만두었다. 그래도 젊은 사람들과 작업도 같이하고, 함께 어울려 화투도 친다. 60세 시절, 몸이 짱짱할 때는 여러 번 육지로 여행도 다녀왔다.

살아온 과거에 대해 후회하지 않지만, 다시 태어난다면 물질보다는 직장생활을 하고 싶다. 옛날엔 제주도 사람들이 육지로 나가고 싶었으나 지금은 육지로 나가겠다는 사람은 별로 없다. 옛날에 밭이 없는 사람들은 육지로 나가기도 했지만, 자식 있고 농사지으면 육지로 나가려 하지 않았다. 현 해녀는 이제 안정된 생활을 하기 때문인지 지나간 과거지사를 평온하게 말씀하셨다.

지금도 한가하게 놀 시간이 별로 없다. 전복 양식장이 김녕, 세화에 있어서 일할 게 많다. 또 성게를 잡으면 kg 당 7만 원인데 하루에 2~3kg을 잡는다. 물질하는 틈틈이 당근과 마늘 농사를 짓는다. 오늘도 마늘쫑을 뽑으러 갔다가 필자가 찾아온다고 하여 먼저 왔단다.

2. 해녀 노래의 채록

해녀 노래를 제대로 부르는 사람이 지금은 별로 없다. 그러나, 자신은 모두 암송할 수 있다고 하여 노래를 부탁드렸다. 현 여사가 노래하는 동안 휴대폰으로 녹음했다. 노래를 녹음하여 기록한 내용과 강관순 지사가 지은 가사와는 약간의 차이가 있다.

현봉래 (구술 채록, 실제 발음으로 기록함)	강관순 (제주해녀항일기념탑 옆 노래비 내용)
1. 우리는 제주도의 가이없는 해녀들 비참한 살림살이 세상이로다 추운 날 더운 날 비가 오는 날에도 저 바다에 물결이 시들리는 몸 2. 아침 일찍 집을 떠나 한운되면 돌아와 우는 애기 젖먹이며 저녁밥 준다 하루종일 애가 쓰는 먹은 것은 기맥혀 (힘이 나서 벌어도) 살자 하니 한숨이라 잠이 안 오네 3. 이른 봄 고향산천 부모형제 이별코 생가족 생명지로 등에다 지고 (광목이나 명주로 만든 봇짐, 고리짝) 파도 세고 물센 저 바다를 건너서 이울려 대마도로 돈벌이 간다 (울산 방어진)	1. 우리들은 제주도의 가이없는 해녀들 비참한 살림살이 세상이 알아 추운 날 더운 날 비가 오는 날에도 저 바다에 물결 위에 시달리는 몸 2. 아침 일찍 집을 떠나 황혼되면 돌아와 어린아이 젖먹이며 저녁밥 짓는다 하루종일 일했으나 번 것은 기막혀 살자하니 한숨으로 잠 못 이룬다 3. 이른 봄 고향산천 부모형제 이별코 온 가족 생명줄을 등에다 지고 파도 세고 무서운 저 바다를 건너서 조선 각처 대마도로 돈벌이 간다 4. 배움없는 우리 해녀 가는 곳마다 저놈들의 착취기관 설치해 놓고 우리들의 피와 땀을 착취해 간다 가이없는 우리 해녀 어디로 갈까

강관순 지사가 쓴 가사는 4절까지였는데 현봉래 여사는 3절까지만 불러주었다.

'해녀 노래'는 각 지역별로 조금씩 다르게 구전되어 왔다. 그래서, 부르는 이의 기억이나 마음에 따라 약간의 차이가 있다. 제주 해녀들이 부른 노래이므로 제주도의 방언이나 제주 해녀의 발음으로 구전될 수 있었을 텐데 제주 방언과 제주 발음은 거의 드러나지 않았다. 이 노래는 1933년에 강지사가 일제에 의해 투옥되어있을 때 작사한 것으로 무려 90년 전이다.

제주해녀박물관기념탑 옆에 있는 강관순의 해녀노래 비(碑)

필자가 제주도에 처음 간 것은 1975년이다. 그때에 제주 도민의 방언을 들으면 알 수 없는 말들이 많았다. 이 노래를 짓고 부르기 시작했던 건 1930년대였으니 제주 방언도 있었을 텐데 이 노래에는 방언의 흔적이 거의 없다. 최근에는 각 지방에서 자기 지역 사람들끼리는 방언을 쓰지만, 외지인을 만나면 대부분 표준어를 쓴다. 방언에는 토속적인 정감이 있어 방언이 사라지는 것은 아쉬운 일이다. 필자가 2018년에 제주도의 해녀박물관에 갔을 때, 광장에서 '해녀 노래' 비를 보았다. 그리고, 2022년 1월에는 강 지사의 고향인 우도에 그 노래비가 건립되었다.

제주의 '해녀 노래'는 우도 출신의 언론인이었던 강관순 지사가 작사했다. 그는 야학에서 배우는 해녀들에게 조직적인 항일운동이 되도록 지원했다. 1931년부터 1932년 1월까지 제주의 해녀들이 일제의 수탈에 저항하며 항일운동을 전개했다. 강 지사는 항일운동의 비밀결사에 가담하다 일경에 검거되어, 2년 6개월의 징역형을 받고 투옥되어 옥중에서 '해녀 노래'를 지었다. 이 노랫말을 면회 온 사람에게 전해주어 알려지게 되었는데 이 가사에 동경행진곡을 차용하여 불렀다. 이 노래는 제주 전역(全域)은 물론 다른 지방의 해녀들에게도 전승되어 오늘날까지 이어져 왔는데 합창단원들이 합창하기도 한다. 지금은 해녀들의 항일운동을 기리는 운동이 활발해져 해녀는 물론 제주 지역의 어느 합창단에서 이 '해녀 노래'를 불렀다.

1930년대에 제주 해녀들은 남해안, 동해안, 서해안은 물론 일본까지 물질하러 나갔는데 작업장을 오갈 때 직접 노를 젓기도 했다. 그 힘든 여정에서 흥을 돋우기 위해 강 지사는 고향에 대한 그리움을 즉흥 사설로 엮어 가사를 지은 것이다. 이 노래에는 해녀들의 공동체 의식이 담겨 있는데 제주 해녀들에게 전승되어, 제주 무형문화재 1호로 지정받았다.

이 노래를 현봉래 여사가 불러주어 녹음하여 채록할 수 있었고, 자신의 생애에 대해 말해주어 내용을 메모했다. 인터뷰를 하다 보니 제주의 바람이 드세졌고 날이 어두워져, 현 여사님이 피곤할 것 같아 작별 인사를 드렸다. 구좌읍의 해녀박물관에 가면 해녀에 관한 자료를 많이 구할 수 있다고 현 여사가 알려주었다. 그 며칠 뒤 해녀박물관에 가, '해녀 노래' 비(碑)를 보았다.

TV 방송 '고두심이 좋아서'에 출연(2022. 11.)할 때 촬영한 현봉래(오른쪽) 해녀

현 여사의 취재를 마치고 나오니 조석민 선배가, 이곳 월정리는 카페 거리가 유명하다며 둘러보자고 하여 해변길을 지나 카페 거리로 가보았다. 흐린 날이어서 더 어두워지고 바람이 싸늘해서 그런지 쓸쓸하고 음산하여 구경할 분위기가 아니었다.

15세의 나이에 시작한 물질을 85세까지 이어온 현봉래 여사, 지금도 물질하고 농사짓는 강인한 제주 해녀다. 그 힘 겨웠을 생애를 생각하니 필자의 마음이 숙연해졌다.

글벗수필선 50 채찬석의 인물탐방기

사람의 발견

초판인쇄 2023년 6월 30일
초판발행 2023년 6월 30일
글 쓴 이 채 찬 석
펴 낸 이 한 주 희
펴 낸 곳 도서출판 글벗
출판등록 2007. 10. 29(제406-2007-100호)
주 소 경기도 파주시 와석순환로16, 905동 1104호
　　　　　(야당동, 롯데캐슬파크타운 한빛마을)
홈페이지 http://guelbut.co.kr
　　　　　http://cafe.daum.net/geulbutsarang
e-mail juhee6305@hanmail.net
전화번호 031-957-1461
팩 스 031-957-7319
정 가 18,000
ISBN 978-89-6533-256-5 04810